Someone From The Past

Margot Bennett

論創海外ミステリ
Ronso Kaigai MYSTERY
198

過去からの声

マーゴット・ベネット

板垣節子 訳

論創社

Someone from the Past
1958
by Margot Bennett

目次

主要登場人物

ナンシー・グラハム……………作家志望の記者
サラ・ランプソン………………雑誌編集長。ナンシーの親友・元同僚
ドナルド・スペンサー…………画家。サラの元恋人
ピーター・アボット……………サラの元恋人
ローレンス・ホプキンス………ナンシー、サラの元同僚
マイケル・フェンビイ…………俳優。サラの元配偶者
チャールズ・レスター…………サラの婚約者
クルー警部………………………ロンドン警視庁の警部
ダルシー…………………………ローレンスの同居人
ストーニー………………………ナンシーの友人
ジョージ…………………………詩人。ナンシーの友人

過去からの声

一

「これ以上シャンパンを飲んだら、とんでもないことになりそうだな」ドナルドが言った。

「今夜の調子では、そんなことにはなりそうもないけど」わたしは答えた。

「試してみようか」

「シャンパンのコルクみたいに、頭のてっぺんをワイヤーでくくりつけておいたほうが良かったかもね」

「頭のてっぺんなんて吹き飛ばしてやるさ。ナン、話したいことがあるんだ」ドナルドはそう言って身を寄せ、わたしの手を取った。

相手の指の動きを感じながら、わたしはドナルドの日に焼けて上気した顔の向こうを見つめていた。業務用ドアのそばにたむろして、おしゃべりをしているウェイターたち。格子細工の囲いの中でとまり木にとまっている中国の鳥たち。その鳥たちにはいずれ、悲しい運命が待っているのだろう。やがて、温かかったドナルドの手が、死を予感したかのように冷たくなった。彼はもはや、わたしなど見ていなかった。レストランの斜め奥を見つめている。

わたしは首を巡らせた。

店の奥から、彼女が手を振っていた。

手を振り返すのに、ドナルドの手から自分の手を引き抜かなければならなかった。手を下ろしたとき、わたしにはまだ、撤退するための時間が残されていたのだ。正しいときに正しいことをすれば、人はみな、違う人生を生きることができる。ちっぽけな体裁など、失うもののほんの一部でしかない。彼女は一緒にいる男に声をかけて立ち上がり、わたしたちのほうへ近づいてきた。彼女がテーブルのそばに立つ。そこで、撤退の可能性は失われた。

「こんばんは、わたしの大好きなお友だち《ダーリン》」彼女は声をかけてきた。

ドナルドは立ち上がらなかった。片手をテーブルの上に乗せたまま、自分の指先を見つめている。見知らぬ女に声をかけられた男のふりとしては上等だ。それからやっと、彼は言葉を返した。

「ダーリンだって？」

「ちょっとしたものの言い様じゃない」

「きみにとっては新しいものの言い方というわけだ」ドナルドは皮肉っぽく振る舞おうとしていたが声が震えていた。サラは、昔の秘密めいた楽しみを分け合おうとでもするかのように、わたしに微笑みかけてきた。

ドナルドに微笑んでいるわけではなかった。

「ここが、あなたたちの特別な、ちょっとした場所なの？」特別なちょっとした場所が、いつも安っぽい店なのを知っているかのような口ぶりだ。

「特別な、ちゃんとした場所だよ」ドナルドが答える。

「じゃあ、二人で何かのお祝いをしているのね？」

「サラ、座ったら？」わたしは素早く口を挟んだ。誰かが言うべきことだったからだ。

「ありがとう、ナンシー」心からの親しみをこめた声だった。

ウェイターが、椅子とグラスとボトルを持って駆け寄ってくる。

「結婚することを伝えたかったの」サラは言った。三秒では慰めのためには長過ぎる。そういった類《たぐい》の間が四秒。

「誰と？」わたしは尋ねた。

「チャールズ・レスターっていう人」

「何をやっている男なんだい？」ドナルドが重ねて問う。

「あなたの幸せに乾杯しなきゃ」

「きみの会社の幸運にも」とドナルド。彼はわたしのことなど見ていなかった。わたしには、ドナルドに対する影響力などかけらもない。彼がグラスを掲げ、酒を一口飲んだのを見てほっとした。彼はサラに微笑みかけている。決して気持ちのいい笑みではなかったが、危うい状況を改善するためには、多少なりとも役立つものだった。

「ありがとう、二人とも。そろそろチャスのところに戻らなきゃ。でも、ドナルド、一つだけお願いしてもいいかしら？　一分でいいの、ナンシーと話がしたいのよ」

「安物の煙草でも買いにいってくるよ」ドナルドは答えた。「ここでは売ってくれないからな」

サラは店を出ていく彼を見つめ、わたしは彼女を見つめていた。二十八歳のサラは、以前よりもずっと自分の外見に合った服装をしていた。初めて会ったときの彼女の姿をよく覚えている。美しい顔をしかめ、真っ赤に塗った唇を不満げに尖らせて、大きな姿見の前に立っていたのだ。そのときの彼女は二十二歳だったが、少なくとも二つは年上に見えた。まるで、人生をすっかり経験してしまったような顔をしていた。もちろんそれは、わたしが経験したような人生ではない。そのときのわたしにはまだ、恋に落ちたことなど一度もなかったのだから。ケルンの裏道まで追いかけてきて、起こされた住人たちに窓から罵声を浴びせられるまで、「ナンシー、ナンシー」と傷心の雄牛のようにがなり立てていた弁護士事務所の男はいた。父が行きつけの店を変える決心をするまで、毎夜、わたしにバラの花を贈り続けた斜視気味のオランダ人バーテンダーもいた。でも、そんな出来事を恋愛とは呼びたくない。純粋で、着るものも慎ましく、経験もまったくなかった二十歳の娘にとって、それはただ、恐ろしいことでしかなかったのだから。

　サラと初めて会ってから六年になる。彼女は前よりもきれいになった。外見的な美しさも増していたが、内面的にも経験を積んできたのだろう。しかし、その外見と内面のあいだには、今もまだわずかに深い傷跡が残っている。恋愛に苦しんできたという、ありがたくない証だ。

　ドナルドがドアを抜けるのを見届けると、サラはわたしに顔を向けた。

「数年ぶりね、ナンシー」

「九カ月ぶりよ」

「以前はずいぶん仲良くしていたものね。あなたは、本当にいろんなことを教えてくれたわ」

「わたしが?」

「いつだって、閃《ひらめ》きと意見に溢れていたじゃない。詩にも詳しかったし」

「いいえ、ちっとも。わたしのこと、物書きか何かみたいに言ってくれるのね」

「違うの?」

「ひよっこ以下よ」

「じゃあ、今はどういう状況なわけ?」

「物書きの卵っていうところかな。あなたもそうなりたいの?」

「わたしたち、わたしたちが前に、どんなことを話していたのか忘れちゃったの?」

「わたしたち、よく笑っていたわね。今ではそれも難しいわ……ドナルドと関わっていると」

「それなら、わたし、話せる人が誰もいなくなってしまうわ」サラは振り向いて、先ほどまで座っていたテーブルをちらちらと窺い始めた。

「今は何をしているの、ナンシー?」まだ、ぐずぐずと同じことを尋ねてくる。

「書いているわよ」

「それだけ?」

「ほとんどね」

「前は何でも話してくれたじゃない。それに、互いに助け合ってきたわ」

サラはわたしに微笑みかけた。期待を込めたような、半分恥じているような、どこか懐かしい笑い方で。その笑みが不意に、過去のある晩のことを思い出させた。泣き続ける彼女をあけ放った暗い窓辺に残し、ロンドンのウェスト・ワン地区をタクシーで走り回った日のことだ。マイクが飲んでいそうなパブを十軒も訪ねて回った。そして、その男を彼女の元に連れ戻す前に、彼の怒りをすべて吐き出させようと、エンバンクメントを二時間も連れ回したあの日。

「サラ、わたしに何をしてほしいの?」彼女はすぐに意を決したようだ。

「何だと思う?」そう尋ねてくる。

「ヒントが必要だわ」

「過去からの声」

「わたしが知っている人？」

「ええ、もちろん」

「好意的な声なの？」

「いいえ」サラはきっぱりと否定した。

「ローレンス？　ピーター？　マイク？」一人一人の名を挙げながらじっと観察していたが、サラの顔は何も漏らさない。

「男だなんて言った？」

「言う必要があったでしょう？」

「わたしには、何も言う必要なんてないわ。あなたなら興味を持つだろうって思っただけよ」

「どうして？」そう尋ね返す。それはかつての、秘密めいた過去の迷宮や憶測、そして最後には笑いへとなだれ込んでいったのと同じ種類の会話だった。

「だって、あなたはいつも人のことに興味津々なんだもの」

「でも、人って同じことを繰り返すから、そのうち興味も薄れていくのよ」

「これは繰り返しなんかじゃないの」

「サラ、本当は心配なことがあるんじゃないの？」

「ええ、たぶん。でも、何でもないことなのかもしれない」

「その〝何でもないこと〟っていうのを説明して」

サラはシャンパングラスを取り上げると、素早く一口すすった。

「説明してみるわ。過去からの誰かが、わたしを殺すって脅しているの」彼女は努めて冷静に話そうとしていたが、口元がかすかに歪んでいた。以前、わたしに恐ろしいことを話そうとするときには、必ずそうしていたように。でも、だからといってそれが、脅えていることの証にはならない。彼女は、あらゆる意味で単純な人間ではないからだ。大袈裟なことが大好きで、口元を歪めるふりをすることなんて、お茶の子さいさいなのだ。

「わたしが言っていることの意味を考えて、時間を無駄にしないで」サラは続けた。「わたしが言いたいのは、その言葉のままよ。過去からの誰かが、わたしを殺すって脅しているの」

「警察に行かなきゃ」

「嫌よ」

「どうして？」

「だって、わたしはチャールズと結婚する予定で、誰にもわたしを止めることなんかできないからよ。離婚が成立するまでものすごく待たされて、やっと彼と結婚できるんだから。ナンシー、わたしたち、ハネムーンでジャマイカに行くの。ジャマイカ行きは、わたしの夢の一つだったのよ」

「夢の国で甘いものを食べ過ぎないでね」

「夢の国なんかじゃないわ。これは現実。あるいは、ほぼ現実なの。でも、わたしたちのフラットに警察がやってきたりしたら、彼に知られてしまう」

「何を？」

「彼が今、知っている以上のことを」

「あの人は何も知らないの？」

「大事なことは何も」

「シティ（英国の金融街）では、余計なことに関心を持たないものね」

「彼が、わたしたちの知人と知り合うこともないし。わたしがマイクと結婚していたことは、彼も知っているわ」その人物の名前を口にしたとき、サラの声は感傷的だったが、脅えている様子はなかった。それで、脅迫者がマイクだとは思っていないことがわかった。

「チャールズにほかの人たちのことも話すべきね」わたしは、そう勧めた。「彼がよそで知ったりしたら、決まり悪いでしょ？」

「あの人に知られることはないわ。わたしたち、ほかの場所に移る予定だから」

「メイデンヘッドとかドービルに？」私は言い、笑い声を上げた。「メイデンヘッドにはピーターがいるわよ。あのピーターがメイデンヘッドで何をしているのかしら？」サラの顔からは何も窺えない。

「ピーターなの？」わたしは尋ねた。

サラは眉根を寄せ、小さく首を振った。

「わからない。手紙が届いたのよ。タイプ打ちだった。ほかにも届いていたんだけど、破り捨ててしまった。もし良かったら、直近の手紙をあなたに郵送するわ」

「ええ。ほかの手紙と内容は同じ？」

「みんな同じ。言葉は違っても、内容はみな同じだわ。この七、八週間で五通くらい受け取っているの。でも、二日前に一通受け取って、今朝、もう一通。届くペースが早くなっているのよ」

「わたしにどうしてほしいの？」

「わたしのために全員と会ってみてほしいの」彼女は立ち上がった。「ああ、ドナルドが戻ってきたわ」

「ピーターやマイクに会えってこと？」

「それに、ローレンスにも。お願いよ、ナンシー。あなたなら全員を知っているんだもの。手紙を書いたのが誰なのか見つけ出すのに、そんなに時間もかからないでしょう？　あなたの好きそうなことじゃない」

ドナルドがテーブルに近づいてくる。

「わたしが？」彼を見つめながら、わたしは訊き返した。

「あなたって、人に興味があるでしょう？」とサラ。「じゃあね、お二人さん」彼女はにっこりとドナルドに微笑みかけた。サラにそんなことができるなんて驚きだ。彼女は、わたしたちのテーブルから離れかけた。

「ああ、言うのを忘れていたわ、ナンシー。わたし、この二週間のうちにダイアゴナル・プレスを辞めるのよ。あれこれ整理するのに死ぬほど働かなきゃならないわ。いつ会えるかしら？」

「こちらから連絡するわ」

サラは頷き、もう一度さよならを言うと、自分のテーブルに戻っていった。一緒にいるのがたぶん、彼女を夢の国に連れていってくれるチャールズなのだろう。かなりお堅そうな人物だ。会社重役の眠りを妨げる夢などあるのだろうか。わたしは内心、そんなことを考えていた。

ドナルドが腰を下ろした。グラスを上げ、さっと一口酒を含む。このテーブルにどれほどの夕食が出されていたとしても、わたしはすっかり忘れていた。

「彼女の話って何だったんだい？」ドナルドは尋ねた。

「いろいろよ」

「ぼくのこと？」

「いいえ」

「出ようか」と、ドナルド。「この店はもういい」

「ここならアメリカ煙草が手に入るんじゃないかしら？」

「そうだね。アメリカ煙草なら置いているだろう」彼はウェイターに合図した。煙草が運ばれてくるまで、わたしたちは一言も言葉を交わさなかった。煙草に火をつける。ドナルドのことを考えていたわけではなかったし、格子細工の囲いの中にいる中国の鳥たちとセンチメンタルな時を共有していたわけでもなかった。

「ところで、サラの何がそんなに特別なのかな？」ドナルドが尋ねてきた。

「話したくないわ」

「彼女について、ぼくには話したくないっていう意味？」

「ええ。そういうこと」

「サラとぼくのことなら、こっちだって訊きたいとは思わないさ。もう知っているからね。ぼくが知りたいのは、サラときみとのことだよ。今でもまだ、彼女を好きでいられるのは、どういうわけなんだろう？」

「わたしたち、友だちだったのよ。出版社で働くのって、あなたなら楽しめると思う？」

「週に三日だけならね。きみたちが友だち同士だったのは、ぼくも知っている」

「あなたと知り合ったのは、もう何年も前なのよ。わたしたちのこと、もっとよく知っていると思っていたのに」

「もっと知りたいと思うよ」

「もう十分知っているじゃない」

「まだ足りないな」

わたしはシャンパングラスを手に取り、しげしげと見つめた。夫婦はお互いオープンであるべきだと、かつてサラに口を酸っぱくして言ったのを覚えている。ドナルドとわたしはじきに結婚するだろう。隠し事をしないという単純な誓いや、その他諸々の立派な志はかなり前に失っていたとしても、彼に隠しておきたいと思うことは何もなかった。

「サラと一緒にダイアゴナルで働き始めたとき、わたしは二十歳だった。それから五年間というもの、彼女はわたしの大親友だったの。彼女がマイクと結婚するまで、同じ部屋で暮らしていた。よく、互いに助け合ったものよ。他人には決して話さないようなことも話してきた。お互いの恋愛についてだって、はっきりと意見し合ってきたの」

わたしはそこで口をつぐんだ。その部分について、ドナルドがどう受け止めるかわからなかったからだ。しかし、彼の表情に変化はなかった。ほんの少しでもいいから、感情を表してくれればいいのに。

「それから?」彼は、そう言っただけだ。

「二人だけに通じるジョークを編み出したり、ありもしないような未来を思い描いたり、人には言えない過ちを告白し合ったり。ダイアゴナルにいたあいだ、わたしたち、同じ部署で働いていたの。大抵、同じ人を好きになったし、一緒にパーティやいろんな場所に出かけていった。わたしたち、あらゆるものを分け合ってきたのよ」

ドナルドが身を乗り出した。

「男もかい?」と声を荒げる。

わたしは立ち上がった。

「もう出ましょう」

ドナルドは支払いに手間取っていたが、外の舗道でわたしに追いついた。

「タクシーをつかまえよう」彼は言った。

「歩きたいわ」

「どうして?」

「雨が降っているし、長距離だから。ほかに理由が必要?」

「いいや。じゃあ、一緒に歩くよ」

雨に濡れたロンドンの舗道を、わたしたちは一、二ヤードの距離を置いて歩いた。このまま失ってしまうのかもしれないと思いながらも、わたしはドナルドに目を向けることも、話しかけることもしなかった。恋愛に、軍事行動のような綿密な計画を立てることはできない。軍事行動が、人の言うほど綿密なものだとも思えないけれど。

フラットの入口に着いたとき、わたしは何も考えていなかった。

「説明させてもらえるかな?」ドナルドが言った。

「こんな外じゃ嫌だわ。中へどうぞ」

部屋に入り、濡れた靴を脱いでガスストーブの火をつける。わたしはストーブのそばに座り込んだ。

寒い夜ではなかったが、ずぶ濡れになっていた。ドナルドは少し離れた所に立っている。

「ぼくと別れるつもりなのかな?」唐突にそんなことを言い出した。

わたしは笑い出してしまった。そんなに激しくではないが、苛立ちを募らせるには十分なほど。

「おかしいわね。わたしも今、同じことを訊こうとしていたの」

彼は腰を下ろした。

「ねえ、ナンシー、何だってきみは、サラのことばかり話していたんだい?」

それこそ笑いを誘うような質問だったが、わたしは笑ったりせず、真面目に答えた。

「彼女の過去についてわたしが知っていることをみんな、あなたに理解してもらいたかったからよ」

「人の過去を残らず知ることなんてできないよ。半分だって無理だ。四分の一さえ難しいだろうな」

「もっとできるわ。いろんなことを記録してきたもの。わたしにとっては、それも書くことの訓練だから」わたしは迂闊にも、そんなことを言ってしまった。

「訓練?」

「とにかく毎日何かを書けって、編集部の主任が言ったのよ」ちゃんと理解してくれているのか、疑うような目をドナルドに向けてみたが、そんなレベルにも達していなかったかもしれない。件《くだん》の編集主任や書くことの推進力についての話など――サラは、この上なく面白いと思ってくれたものだが――ドナルドには説明すること自体、無理なのだから。

「ぼくのことについて、何かを書き留めてきたっていう意味?」

「あなたのことではないわ」素早く言い返す。

「嘘だろう?」

「策略を巡らせる必要が出てきたみたいね」

「結局、きみはぼくを憎んでいるんだ。前に、ぼくがサラとつき合っていたから」

「ドナルド、あなた、二十七歳なのよ。あなたが以前、誰かと恋愛関係にあったとしても何の不思議もないわ」少しばかり無理をして、忍耐強く理性的な口調で答える。忍耐と理性がとんでもない口論に発展するポイントというものが、この世にはあるものだ。

「驚くべきは、きみがぼくたちのことについてずいぶんたくさん知っていることだよ。たぶん、どんな細かなことでも知っているんだろうな。ぼくがサラに何を言ったか、彼女にどこで何をしたか、彼女がぼくに何をしたか」

「みっともないったらないわ」とうとう、わたしは言ってしまった。「こんなこと、もうやめましょう」

「今夜、サラはぼくのことを話していたんじゃないのかい？」

ドナルドは椅子から立ち上がっていた。女は座ったまま言い争うことができるが、男には難しいようだ。立ち上がっていないと、思う存分喧嘩腰にもなれないのかもしれない。

「そうなんだろう？　そうじゃなきゃ、どうして彼女がきみと話なんかしたがるんだよ？」

「知りたいなら教えてあげるわ。彼女は、過去に関わった誰かから脅されていると話していたのよ。殺してやるって」

「悪い考えではないな」ドナルドはそう答えた。

わたしは顔を上げたが、彼はこちらを見てもいなかった。ガスストーブから一ヤードほど離れた所で両腕を下ろしたまま立っている。雨に濡れた衣服から湯気が上っていた。惨めさで、すっかり血の気の引いた顔をしている。

「どうして彼女は、きみにそんなことを話したんだろう？」ドナルドはそう尋ねた。叫んではいなかった。すべてがひっそりと静かに進んでいく。まるで、悪夢の中の出来事のように。

「わたしが関係者のことを知っていると思ったからじゃない？」

「きみは、彼女のお古《ふる》をみんな引き受けたのかい？　それとも、ぼくだけ？」

「わたしは、あなたのことを引き受けたりなんかしていないわ。勘違いしないで。ドアはそっちよ」

「こんな具合に終わるのも納得だよ」彼は答えた。「きみがそんなふうに思っているなら」

ドナルドはドアへ向かい、部屋から出ていった。

二

鬱々と自己嫌悪に沈むこともあるが、いつまでも落ち込んではいられない。ダメージを十分に検証したら、調査官は引っ込むべきだ。そういうわけで、可能なときには極力、サラのことや、過去に彼女とつき合いのあった男たちのことを考えるようにした。破滅したローレンス。怒りに燃え、情け容赦のないマイク。犯罪者のピーター。そして、ドナルド。

わたしと出会う前からサラが知っていたのはピーターだけだ。彼はサラの人生に突然現れ、雑誌の中の果てしない物語のように、彼女の生活から消えた。そうした物語は、あらゆるページに流れている――様々な記事や挿絵、三十五ページ、七十九ページ、八十二ページと度々挿入される広告文の中にも。やっと終わったかに見えても終わりではなく、単なる予告に過ぎないということも、驚くべきことではない――次号へ続く、というわけだ。サラはピーターから逃れ、徐々に、うきうきと華やいだ気分で、ローレンスと、彼の非現実的な夢に巻き込まれていった。しかし、物語のそもそもの始まりにはピーターがいて、ずっとピーターとともに進んできたのだ。

ピーターは、バーミンガムの粗野で品のない、問題の多い地区の出身だった。サラが洗濯屋で働く叔母に仕方なく育てられていた、少しましだが貧しい通りからさほど離れてはいない。サラが自分のすばらしい容姿を無駄にしてしまったのは、ピーターのせいだ。

貧しい少女が美しさという武器を持っているなら、早いうちから活用しなければならない。十六歳で聖歌隊に入ってもいいし、十八歳で美人コンテストの優勝者になれるかもしれない。そうでなければ、写真のモデルとして訓練を積むとか、ファッションモデルの頂点にまで上り詰めるとか。彼女だったら、将来有望な若手女優にだってなれたかもしれないのだ。しかし、ラグビー選手やプロボクサーのように、美しさもまた短い命だ。二十八かそこらで終わってしまう。誰が、三十歳で美人コンテストに優勝できるだろう？　三十五歳でトップモデル、いや、飛行機の客室乗務員としてでさえ、やっていける者がいるだろうか？　会社役員として商工人名録に載るような人物と結婚する以外、あまり多くの道は残されていない。夏は短いのだ。もし、美しい花を摘みたいのなら、然るべき季節に心して働かなければならない。

十八歳から二十一歳という貴重な期間、本来なら自分の庭の手入れをしていなければならないときに、サラは評判の良くないピーターとつき合っていた。歩き方や座り方、お洒落の仕方やカメラの目の捉え方を学ばねばならないときに、彼女は夜ごと、ピーターと暗い路地を歩いていたのだ。なぜなら、二人には行き場がなかったから。彼女はピーターの手を握り、映画館の後部座席に座っていた。家賃を稼ぐために工場で働いていたが、その仕事も、ピーターと競馬場に出かけるために投げ出してしまった。やがて、彼女は病気になった。サラが言うには、煙草一本も買えないような、ひどい状況だった。

彼女のことなどまったく望んでいなかった叔母は、お金がなかったにもかかわらず、サラを奥の部屋に住まわせていた。ピーターが姪っ子に会いにきたときには、開いたドアのすぐそばに座って、縫物をしていた。

ピーターは様々な肉体労働に就いてみたが、どれも長続きしなかった。出されたものは文句を言わずに何でも食べるつもりでいた客が、こってりとしたポークを饗されたとする。彼らはそれを食べることができない。頑張って何とか食べようとするのだが、脂っこいポークに胸が悪くなってしまう。部屋を辞するためには、皿を押し戻すほうがまだしも礼儀にかなっているというものだ。仕事に向き合うピーターもそんな感じだった。彼は切実に働きたいと思っているし、それなりの努力もする。でも単純に続けていくことができない。彼の生理が反発するのだ。仕事は彼にとって、こってりとしたポークの塊なのだろう。すべての人間が同じというわけにはいかないし、何もしないでいるよりも魅力的な仕事を見つけなければならない特別な理由もない。

サラはこうしたことをみな、ゆっくりと少しずつ話してくれた。ガスレンジで缶詰のスパゲッティを料理しながら。ときには、ティアラだとか執事だとか、いまだ存在する社交生活の名残を探してメイフェアの通りを探検しながら。

わたしたちはとても空想的だった。良き皮肉屋となるためには、夢見がちであるという堅固な土壌が必要なのだ。

ごく稀に、大抵は大きなホテルの前だったが、高価な毛皮や宝石で身を飾った女性たちを見かけることがあった。サラは、ひと目で本物のダイヤモンドを見抜けると豪語していた。わたしは、ペースト（模造品に用いる鉛ガラス）ならわかるだろうと思っていた。

「大した違いはないのよ」わたしは彼女に言ったものだ。「ダイヤモンドなら闇の中でも光る。ペーストは光らない」

「ピーターがわたしのことを、よくそう言っていたわ」

「あなたは闇の中で光るの？」

「ピーターはそう言った。いつか、闇の中でも、わたしの傍らで光るダイヤモンドを持ってきてくれるって。叔母がドアをあけたまま縫物をしているんだから、そんな話、ひそひそと囁くだけだったけどね」

「叔母さん、あなたたちのそばをいっときも離れなかったの？」

「お茶を入れにいく十分間以外は」

「その十分間で、あなたたち何をしたの？」

「大いに活用したわよ」

「そのあと、叔母さんは戻ってくるわけ？」

「そうよ。お茶を手に戻ってきて、腰を下ろす。わたしたちのためのお茶はなし。彼女、ピーターのことが嫌いだったの。それで、またひそひそ話に戻るわけ。あんなふうに病気で寝ているのって、ちっとも楽しくなかったわ。ピーターがいなかったら死んでいたかもしれない。それが、ある夜、彼がまたやってきて、にこにこ笑っているの。立ったまま、ベッドの脇の椅子に、次から次へと煙草の箱を置いていくのよ。チョコレートやワインのボトルも。自分たちは金持ちになったんだって、あの人、言ったわ。それで、病気が良くなると、わたしは逃げ出したの。ロンドンに逃げてきたのよ」

「どうして？」

「お金持ちにはなったけど、そのお金の出所がわからなかったから。わたしたちは、どこにもたどり着くことができない。そんな状態が、永遠に続きそうに思えたから」

「叔母さんみたいになってしまうと思ったの？」わたしは尋ねた。「誰かの部屋のドアをあけたまま、そばで縫物をしているような？」

「面白い考えね、ナンシー」サラは答えた。「非常に面白い」

「『非常に面白い』なんて言い方しないでよ」あの頃のわたしは、常に生意気なことばかり口にしていた。

「『非常に面白い』のどこが悪いの？」彼女が訊き返してくる。

「そんな言い方、古臭いからよ。大げさ《グラマラス》だわ」

「それこそ、わたしがなりたかったものよ。魅力的《グラマラス》に。わたしは、ちゃんとした服が欲しかったし、長いまつげや大きな車に憧れていた。上流社会に潜り込みたかったの。だから、前の暮らしから脱出しなければならなかった。ロンドンに出てきてレストランで働いていたけど、あんな仕事、大嫌いだった。そのうち、ある写真家のところで仕事を見つけた。モデルとしては全然だめだったけれど、彼はわたしをスタジオで働かせてくれた。そこで、写真の知識を身につけたのよ。それから、ダイアゴナル・プレスの求人広告を見つけて応募し、何とか受かったってわけ」

「ピーターのことは、もう愛していないの？」

「これ以上、愛そうとは思わない。二度と会いたくないわ」

しかし、もちろん、ピーターは再びサラと会うことになる。彼はロンドンまでサラを追いかけてきたのだ。彼女を見つけ出すのに時間はかかったが、見つけたとなると、魚雷のような破壊力でサラの生活に突っ込んできた。その衝撃の現場に居合わせたのはラッキーだった。そんなときでさえわたしは、人に対して冷たい好奇心を抱いていたのだ。

サラや自分の身の周りで起こったことを毎日、あんなにも詳しく書き留めていたのは、一つには好奇心のせいだったのかもしれない。しかし、今となれば、赤面するような理由がほかにもあったように思う。ダイアゴナル・プレスに入社し、初めて、お金をもらって無学極まりない文章を書き散らし始めた途端、わたしは自分のことを偉大な作家であると勘違いしてしまったのだ。常にノートを持ち歩き、すぐにも文学的な昼食会に名誉あるゲストとして招かれるようになると。二十六歳になった今では、そんな勘違いにも気づき、もうノートも持ち歩いていない。しかし、そうした記録は、自分自身のトラブルやサラについて考えようとするときには、実に興味深い資料になった。記憶力はいいほうなので、二時から四時へと、記録の細部からより細かい部分へ、より惨めな出来事へと読み進んでいくうちに、そのノートが記憶をより鮮明にさせることもなくなってきた。

他人がわたしたちの人生に、光溢れるステージの上を闊歩するように突入してくることはめったにない。夜明け前の薄ぼんやりとした風景の中で人影を察知するように、その存在に気づくだけだ。そして、その人たちのすべてが、昼間、明るくなるまでわたしたちとともにいるわけでもない。

ローレンスも、そうしたぼんやりとした人間の一人だった。それと気づかないような段階を経てよく知るようになるまで、決して注意が向かないような人間。

丸っこい体型で、いつもシャツの襟を首にきつく食い込ませていた、わびしげな男。ひょっとしたら、自分のことを実際よりもずっとスマートだと信じていたのかもしれない。

ダイアゴナルが出版する雑誌の一つで、エッセイの編集をしていた人物だった。その役職は、常に彼を親指締め（昔の拷問道具）のように苦しめていた。ローレンスが担当するエッセイでは、すべてがうまくいかなかったのだ。ページを埋めるには短過ぎ、締め切りには間に合わない。あるいは、ただ重役たちを怒らせるためだけに、狡賢い作家たちによってひどい作品に仕上げられていたり。同じ問題に向き合うほかの編集者たちと違って、彼にはそうした障害をかわすことができなかった。

夜遅くまで働かなければならないことを、いつもこぼしていた。サラとわたしも遅くまで働いていたが、わたしたちはこの仕事で成功することを決意した上でやっていたのだ。誰にも、わたしたちの残業を止めることなどできなかっただろう。もっとも、そんなことをする人間もいなかったけれど。ローレンスはしばしば、煙草がないとか、タイピストがいないとか、自分の残業に感謝する人間もいないとか言って、わたしたちの部屋にぶらりと入ってきたものだ。時々足を止めて、写真やキャプションや記事について議論するわたしたちの話に加わってくれた。そうしたことについて、彼はわたしたちよりもはるかに多くのことを知っていたのだ。彼はわたしたちに手を貸すことを楽しんでいた。そんなふうにローレンスは、わたしたちにとって知人として認知される存在になっていった。

サラとわたしは、ガスコンロつきで、川を見下ろす大きな二部屋続きの物件を見つけたとき、すぐに借りたいと思った。その部屋に必要なものを買い揃える費用として、ローレンスが五十ポンドを貸してくれると言った。それぞれが週に一ポンドずつを返済。それなら可能だったので、わたしたちはさっそくその部屋を借りることにした。

しかし後日、彼はすっかり恐縮することになる。楽に話をするためにシャツの襟元を緩めようと、何度も首周りに指を滑らせながら。

ローレンスは結局、金を貸せなくなってしまったのだ。

たぶん奥さんのせいだったのだろう。

わたしたちは当然のことながら、世の妻たちの敵だった。二人にとっては職場が生活のすべて。そこに、不穏な噂という形以外で、妻と呼ばれる人々が入ってくることはない。わたしたちは何とか口ーレンスを丸め込み、奥さんに相談することなしに二十ポンドの金を引き出すことに成功した。そのお金で二台のソファーベッドといくつかの鍋を揃えた。

ローレンスは時々ふらりとわたしたちの部屋を訪ねてきた。わたしたちに酒を飲ませ、本を貸し、ロンドンのイーストエンド（ロンドン東部の貧民街）を案内してくれた。ウェストエンド（ロンドン西部。富豪の邸宅が多い）を案内する金はなかったようだ。そしてそのたびに、彼はどんどんサラと親密になっていった。

サラはちやほやされ、いい気分に浸っていた。ローレンスの妻はいないも同然だった。彼女の写真さえ、わたしたちは見たことがない。まるで、月の裏側にでも住んでいるような人。

サラにとって、ローレンスは恋人以上の存在だった。シンボル的存在。教養のジャングルへとわたしたちを果敢に導いてくれる、先駆者であり探検家だった。優雅な生活を象徴する人物――サラダボウルでガーリックを擦り潰す方法を知っているような。ベートーベンの曲でリズムを取り、モーツアルトのメロディーをハミングできるような。イギリスでよく見かける十種類の木々を見分けることができ、同じくらいの種類の鳥を識別できた。イギリスで編まれた詩を頭の中でぐるぐると巡らせることもできる。まるで、詩の数々がガーリックのかけらで、彼の頭がサラダボウルででもあるかのように。

彼の妻は――わたしたちにもぼんやりと、徐々にわかってきたことだが――まったく違うタイプの人間だった。居間の一隅《ひとすみ》にテレビをでんと置いてしまうような人。地下室のワインボトルに絡みついた蜘蛛の巣に何のロマンも見出せない人だ。彼女にとっての良い暮らしとは、趣味のいいカーテンで飾られた三間続きのスイートルームだった。

サラとわたしには、そういうタイプの女性は理解できなかった。わたしたちには識別できない種類の鳥だ。ある意味、わたしたちは掠奪者だったのだと思う。ちゃんとした社会の外側にいる者。サラは、ピーターや洗濯屋で働く気難しい叔母の元から逃げ出したとき、それまで知っていたすべてのものを置いてきた。わたしはそもそも、知るべきことを何一つ知らないでいた。何年も、安物の装飾品をいろいろな国で売りさばく仕事をしていた父と、ヨーロッパ中を渡り歩いていたのだから。父の仕事場はもっぱら各地のバーだった。最低ランクの宿に泊まり、ギリシャ客船の下級船室ではなく三等船室で旅することが、わたしにとっての贅沢だった。ロンドンに戻ってきたとき、わたしは十九歳だった。一カ月後、父は入院し、そのまますぐに亡くなった。だから、サラとわたしは何もない状況を共有していたことになる。わたしたちに、社会的なバックグラウンドはなかった。それは単に、金銭的な意味や、人から敬意を払われるという意味でのバックグラウンドではない。わたしたちは、何一つ持っていなかったのだ。ダイアゴナル・プレスのオフィスで初めて顔を合わせて以来、わたしたちは二人だけの世界と価値観を築き上げていった。そしてそれは、哀れなローレンスやその妻を守るような性質のものではなかった。

恋愛の進行中、ローレンスは次々と夢物語を紡ぎ出していった。まるで、燃え上がる田舎の大邸宅のように。あるいは、誤ってレース場に紛れ込んだ貧相でずんぐりした小型自動車が、並居る獰猛なフェラーリを追い立て、賞金目指して爆走させようとでもしているかのように。

彼はサラに、自分の夢はアイルランドの西海岸で暮らすことだと話していた。そこで一日中釣りをして、夜は一晩中、小説を書くのだと。

「それなら安全だわね」サラがその話を教えてくれたとき、わたしは言ったものだ。「そんな夢なら女が入り込む余地はないもの」

ローレンスはサラに一緒に行ってくれるよう頼んだ。彼女が、釣竿を手にどっぷり水に浸かることを楽しめるような気質でないのはわかっていたので、ローレンスに奥さんのことを訊いてみた。彼は、奥さんとはもう、明るく手を振って別れたのだと答えた。そのシーンを思い描こうとしてみたが、うまくいかなかった。

そんなわけで、ローレンスとサラはつき合い始めた。熱烈な恋愛だった。熱い砂の上に落ちた二つのアイスクリームのように、二人は互いに溶け合い、混じり合っていった。

すぐにもアイルランドに旅立つ予定だったので、二人がロンドンに家を構えることはなかった。その代わり、ローレンスがたびたび、わたしたちのフラットを訪ねてきた。日曜日には時々、彼ら二人を部屋に残して、わたしが郊外に出かけることもあった。そこで渋々、乗馬を習っていたのだ。どういうわけか、馬に乗れることが、自分には欠けている、人から一目置かれるバックグラウンドを補ってくれるような気がしていたからだ。しかし、平日にはロンドンの自分の部屋にいて、かなりの頻度でローレンスと会うことになった。

彼は偉大な朗読者だった。大きく声に出すことで喜びは伝えられる。世の文学愛好者が持っているそんな考えを、ローレンスも信じていた。ロンドンでの放浪生活の特徴とも言えるガスストーブを囲んで座り、ローレンスがわたしたちを教化しようとする。彼は『失楽園』まで持ち出してきた。

「とある夏の一日、夜明けから真昼にいたるまで、さらに、真昼から露に濡れる夕べにいたるまで、彼は堕ちに堕ち、ようやく日が暮れる頃、夕陽とともに中天から真っ逆様に流星さながらに光芒を放ちながら、エーゲ海に浮かぶレムノス島に落ちたという」

ローレンスが読み上げる。

「お湯が沸いたか見てくるわね」と、わたし。そして、わたしが部屋を出た途端、ローレンスはサラを抱き寄せるのだ。お砂糖をどうするか訊くために部屋に戻ると、ローレンスは本を手探りし、慌てて続きを読み始めた。

「……絶妙な技術をもってしても罰を免れるわけもなく、勤勉な配下と共に真っ逆様に落され、地獄で建築に従事したというわけだ」

そして、わたしたちはコーヒーを飲む。まるで夜間学校のようだった。

『失楽園』にもかかわらず(第五巻から第六巻へと、際限なく続きそうなその作品は、ほとんどサラの興味を引かなかった)、二人は自分たちのうまくいきそうにもない計画を推し進めることに決めたようだ。ローレンスは仕事を辞め、釣り用の小舟や炭の蓄え、濃い藍色のインクを一ガロンも買い込む手筈を整えた。アイルランドの西海岸が浸食でもされない限り、誰も彼らを止められなかっただろう。

ある夜、わたしたちはいつものようにフラットで、ロマンチックな夕食を楽しんでいた——キアンティのボトルにロブスターのサラダ——ラジオからはチャイコフスキーが流れていた。ローレンスは本当に、上質な生活がどういうものなのかを知っている。そのとき、ドアベルが鳴った。サラが呼び鈴に応えるために下りていった。ローレンスとわたしは蠟燭の光に照らされて、満ち足りたような、それでいて物悲しいような気分で、音楽の泉に溺れていた。

サラが、ついに彼女を見つけ出したピーターを連れて戻ってきたとき、音楽は第三楽章に入っていた。

男を紹介するよりも先に、サラはラジオを止めた。彼女の行動は正しかった。ピーターとチャイコフスキーは相容れない。ロマンチックな夕食さえ、ピーターには似合わなかった。彼には、肩の辺りにフィッシュ・アンド・チップスの臭いを漂わせている雰囲気がある。サラは彼を紹介した。彼女は、ピーターが現れたことが得意げで嬉しそうだったが、ローレンスのほうは、震える手で髪を掻き上げ、もごもごと何かを呟く以外、何もできなかった。

ピーターが、照明のついていないことで何か言った。サラがさっと頰を染める。蠟燭の光は弱々しく、実用的とは言えなかった。彼女は蠟燭を吹き消し、照明のスイッチを入れた。それが、ピーターの姿を見た最初だった。しかも、はっきりと。茶色の厚い髪が、油っぽくべったりと頭に貼りついていた。中背で、淡い青色のスーツを着ている。粗野で狡賢い感じ。しかし、残酷なほど強い光の下でサラの横に立つ彼の姿を見ていると、真実がすぐにわかってしまった。サラに関する限り、アイルランドの西海岸は瞬く間に流れ去ってしまったのだ。

ローレンスには、とても信じられなかったようだ。起こった出来事を受け入れられずにいた。その夜、特別な客として、かなり遅くまでねばっていたが、とうとう引き上げざるを得なかった。サラは、さよならを言う時さえ、ピーターから目を離せずにいた。

ローレンスはしばらくのあいだ、折られたタンポポのようにうち萎れて、力なく辺りをうろついていた。仕事を失い、妻を失い、アイルランドも失ってしまったのだ。炭や釣り船、ほかのすべてのものも諦めた。一人で暮らさなければならないのなら、永遠に続く雨の中、雨漏りのする小屋での生活は、あまり魅力的とは言えないだろう。書くことには書いた本も売れなかった。フリーランスの仕事をぽつりぽつりと引き受けるようになった。嫌々ながらしていた仕事でも、彼はそれなりに有能だったのだ。酒を飲むだけの金を稼げるようになり、一度飲み始めると止められなくなった。事前許可制法（酒類販売の時間と場所を規制する法律）は厳しかったが、昼間から酒を飲ませるクラブはもっとしたたかだった。

わたしたちは時々ローレンスと合っていた。数カ月あくこともあったし、ほんの数週間のこともあった。ダイアゴナル・プレスで昇進し、出版業界について少しずつ詳しくなると、外部委託の仕事をたびたび彼に回すこともできるようになった。彼は当初、わたしたちをよく助けてくれたものだ。そんな彼に報いるために、もっと簡単な方法がないのは残念だった。

いずれにしても、サラが悪かったわけではない。彼女が釣りを得意としたことは、一度もなかったのだから。ピーターが現れなくても、いずれすべては壊れてしまったことだろう。もちろんサラは、心の中で彼のような人間を待ちわびていたのだが、それにしてもローレンスの理想は、現実を生き延びるにはお粗末過ぎた。人は、互いに相手を変えていく。しかし、相手に変わる気持ちがなければ、そんなに大きく変えることはできない。

ピーターはローレンスを追い払った。しかし、彼が残していった本や音楽まで駆逐することはできなかった。そうしたものは、空飛ぶ円盤から落ちてきたものでもあるかのように、ピーターにとっては徹底抗戦すべき敵のような存在だった。

サラのほうにも、初めて会ったときに比べると、いくつかの変化が現れていた。髪にウェーヴをかけるのをやめ、ストレートにしていた。声の調子を和らげ、アクセントを変え、パープルのアイシャドウや真っ黒なマスカラもやめた。探究心が旺盛で、常に学ぶべきことをあれこれと探していた。

サラの元に戻ってきた最初の数週間、ピーターにとっては彼女の手を握っていることがすべてだった。サラにとっては、世界が衝撃とともに動きを止め、宙吊りになってしまったかのようだった。しかしそれが、世界にできることの限界だったはずだ。二人のために時を戻すことなどできないのだから。二人にだって、ピーターに腰を抱かれ、安っぽい映画館のみすぼらしいシートに座っていることでサラが満足していた頃にまで、無理やり時を戻すことなどできなかった。彼女には山ほどの興味があり、ピーターにはそのどれもが受け入れられなかった。

彼がわたしたちのフラットに居つくことはなかった。彼には彼なりの道徳観があり、サラに束縛されることを恐れてもいたのだろう。ピーターは本当にひょっこりと顔を出した。そして、彼が気まぐれのように現れると、わたしは大抵、ふらりと外出した。彼は、ハーストパーク競馬場でわたしに勝ち目があるかどうかを探るような目で、いつもわたしを見ていたものだ。

ピーターは、幸福感が急速に萎んでいった六カ月のあいだ、わたしたちの周りにいた。同じ仕事を長く続けようと彼なりに努力をしていたのだろうが、次から次へと変わる仕事は克服できない問題があることを示していた。彼には、サラにかけてやれるお金がほとんどなかったのだ。そして、二人のあいだに絡みつく感情的な有刺鉄線に、それ以外の理由があることなど決して思い至らなかった。

女が恋人の元を離れようとするとき、どんな前兆が現れるものだろうか？　恋人が話していても、相手から注意が離れてしまう。相手の顔よりも、もっと興味深いものはないかと、視線が部屋の中を彷徨《さまよ》う。男が自分にキスをしているときには、諦めの気持ちで立っている。二人でいるときに第三者が現れるとほっとし、それが、四人、五人と増えていくと嬉しくなる。男が出かけようと誘うときには疲れている。演技などではなく、本当に疲れているのだ。男が自分に関する面白いエピソードを披露すると、「あなたなら、そうでしょうね」と弱々しく答える。大抵は、少し苛立った調子で「くだらない」という言葉が続く。「そんなこと、どうでもいいじゃない。そうでしょう?」月曜日、何とはなしに約束を交わす。火曜日、彼女は髪を洗わなければならない。水曜日、男と会ってみても、会話は潮に抗うかのように遅々として進まない。男が自分の手を取ろうとしたときには、相手がそんな肉体的接触を試みたことに驚いて、さっと手を引っ込めてしまう。沈黙が果てしない時間の暗礁を終わらせる。彼女は、哀調を帯びた優しい眼差しで、相手の顔を観察し始める。死の一撃を加えるのに、どこが一番苦痛の少ない場所かを探しているのだ。

ピーターでさえ、そんな兆候は読み取れたはずだ。しかし彼は、まともとは言い難い純真さで信じていた。もし、また金が手に入りさえすれば、サラは間違いなく、あの否定しようのない過去の日々のように、自分を愛してくれるだろうと。

ある夜、彼はふらりとフラットに現れた。どこかで秘密の山にでも登ってきたかのように疲れ、顔だけは勝ち誇ったように輝かせて。

「おれが来たって伝えてくれよ、ナンシー」ピーターはわたしに言った。

「サラはもう寝ているのよ、ピーター。疲れているみたいなの。頭が痛いって」

「これを見れば頭痛なんてふっ飛ぶさ」

彼は持っていたバッグをあけると、テーブルの上にシャンパンのボトルを二本置いた。

「正真正銘、最高級のシャンパンさ。グラスを出してくれよ、ナンシー。おれたちが出かける前に一緒に飲もう」

わたしはサラを連れてきた。顔は蒼白で、今にも怒り出しそうだ。ピーターはサラの肩に腕を回した。いかにも自分のものという仕草だ。しかし、彼のほうも支えを必要としていた。

「おれたち、また金持ちになったんだぜ、サラ」

彼女はピーターの腕を振りほどいた。立ったまま、相手が一本目のボトルをあけるのを、険しく疑わしげな目で見つめている。コルクが、スタートの号砲にも似た小さな音を立てて飛んだ。わたしたちの新しいテーブルの上にシャンパンの泡がこぼれ落ちる。サラはそれも見逃さなかった。

ピーターは三つのグラスにシャンパンを注いだ。

「やっとおれたちに巡ってきた幸運のために！」ピーターが声を上げる。

サラはグラスに手もつけなかった。居たたまれない雰囲気に、わたしは急いでグラスを持ち上げ、酒を口に流し込んだ。しかし、それも何の役にも立たない。たとえ、わたしの全身が紫色に塗りたくられていたとしても、ピーターはこちらに目も向けなかっただろう。

ピーターはまた、自分のグラスに酒を注いだ。

「出かけようぜ！」とサラに言う。「最高の夜のために街に繰り出そう」

サラは動かなかった。ピーターはいつもの中途半端な笑みを浮かべ、ポケットに手を突っ込んだ。そして、〈シカゴ・トリビューン〉紙ほども厚みのありそうな札束を取り出した。

彼はそれを、サラに向かってひらひらと振ってみせた。

「おれが約束したダイヤモンドのことを覚えているかい？　その半分までたどり着いたというわけさ」

「何をしたの？」サラは尋ねた。

「競馬で勝ったのかもな」そう答えた彼の顔には、まだにやついた笑みが浮かんでいた。

二人は互いに見つめ合っていた。じっと動かず、まるで、テーブルを挟んで一つの石から彫り出された二体の彫像のように。何者も、彼らを一つに戻すことはできない。分断された二つの物体に固定されてしまったのだから。シャンパンがまだ泡立っていた。サラがグラスを下ろすまで、それだけが唯一の動きだった。

「たぶん、競馬で当てたんでしょうね」

彼女はそう言うと、まだあけてないシャンパンのボトルをピーターのコートのポケットに押し込んだ。

「出ていってちょうだい！　出ていって！　今すぐに！」

「サラ、スイートハート、おれは一人で使うために稼いだんじゃないよ！」

「こんなことにわたしを巻き込まないで！」

「好きなように、おまえを巻き込んでやるさ。この、ひねくれ女！」ピーターは彼女に向かって声を荒げた。

ボトルとグラスをテーブルから払い落とす。グラスが床で砕けるよりも早く、ピーターは両手でサラの首を絞め上げていた。そのとき、彼はいとも簡単にサラを殺すことができただろう。でも、サラは、ピーターがだらりと手を下ろすまで、抗う素振りさえ見せなかった。ピーターは肩を落として立っていた。サラの頬には涙が伝っていた。言葉を発することもできずに。

そのあと彼がどうするつもりなのか、わたしには見当もつかなかった。腕に手をかけてみたが、ピーターはわたしを押しのけ、踵《きびす》を返して部屋から走り出ていった。

翌日の夜遅く、警察が彼を捕まえた。当然だった。彼はその日の大半を、自分がいかに手際よく煙草屋をぶん殴り、現金箱からその日の売り上げを掻き集めたか、会う人ごとに自慢していたのだから。捕まったとき、ピーターはひどく酔っ払っていた。儚い夢から抜け出す努力もできないほどに。

もちろん彼は単なる素人《しろうと》でしかない。しかし、その事件では、重大ではないにしても暴力が振るわれたのだ。彼は一年の実刑を言い渡された。

ノートのその部分に差しかかったとき、すでに朝の五時になろうとしていた。読んでいたノートを閉じ、ほかのものと一緒にして、保管していた引き出しにしまい込む。そうした記録の助けがなければ思い出せないような事実は、そんなにはなかった。それでもその中に、サラを脅していた男の手掛かりが見つかるのではないかと、ぼんやりと期待していたのだ。ピーターのような気がする。彼には十分に、そうした凶暴性がある。しかし、実行に移す前に文章にするような男には、どうしても思えなかった。マイクやドナルドについての記録を読むこともできたが、この二人についてなら、そんなことをするまでもなく良く知っていた。

疲れていた。ドナルドのことがまだ、頭の中でぐるぐると回っている。強めの睡眠薬を二、三錠呑めばいいのはわかっていた。そうすれば、四時間くらいは眠れる。ただ、薬の残った午前中は、刺激剤でも呑まない限り仕事にはならない。そのあとは、精神安定剤を少し呑めば、一日頑張れるくらいのレベルになるだろう。

「まったく、この時代の恋愛ときたら」と、わたしは思っていた。「一族の長が結婚を決めて、村長が誰にも文句を言わせないような国に住みたいわ」

結局、睡眠薬はやめにして、夜明けまでサラとドナルドのこと、ドナルドと自分のことを考えて過ごした。

朝、最初に目にしたのがサラからの手紙だった。受け取ってすぐには開封していなかったのだ。朦朧とした頭でケトルを火にかけ、バスタブに湯を溜める。温めた湯で、必要量に一錠プラスした刺激剤を、ベンゼドリン（交感神経を刺激する覚醒剤的薬品）のほうが良かっただろうかと思いながら呑み下した。空っぽの頭で不機嫌なまま湯に浸かる。服を着ながら、自分の恋愛について考えてみた。みっともないことこの上ない。コーヒーを入れる段になって、サラのことを思い出した。彼女を助けると約束したのだ。まだほかにもすべきことがあった。すでに九時半を過ぎようとしている。サラにはまた、自分の欠点を思い知らされそうだ。彼女はいつも、八時には起床していた。

受話器を取り、ローレンスに電話をしてみようと思った。しばらく呼び出し音に耳を傾けていると、先方が受話器を取った。でも、何も言わない。ローレンスがベッドから震える手を伸ばしている姿が容易に想像できた。

「ローレンス、ナンシーよ」無駄を承知で言ってみたが、やはり返事はない。「あなたに会いたいの」切迫した声を装ってみても、まるで、大気圏外に話しかけているような感じだった。受話器が外されただけの電話機に言うべきことはそんなにない。わたしは電話を切った。ローレンスなら、時間が経ってから思い出して、かけ直してくれるだろう。

今度はマイクの電話番号を探す。その番号にかけようとして、彼が引っ越していたことを思い出した。頭がよく回らず、どうしていいかわからない。しかし、最後には、彼の所属事務所に電話をしていた。

まだ若そうな女性事務員が電話に出た。すでに九時半だが、演劇の世界はこんなに早くからは動き出さない。彼女は、上司の許可なしには役者の電話番号を教えることはできないと答えた。そして、事務所にはまだ誰もいないのだと。

「まあ、残念」わたしは言ってみた。「あのね、わたしはアメリカから来ているの。ニューヨークの〝注目のこの人ファンクラブ〟の代表なのよ。そして、マイケル・フェンビイは、六月の〝注目のこの人〟ナンバーワンなの」

「フェンビイさんがアメリカで仕事をしたことがあるなんて、知らなかったわ」

「まだないわよ。そして、今日、わたしが彼と会えなければ、そのチャンスも永遠に巡ってこないでしょうね。わたしたちが年間最高注目株のバッジを授与した俳優なのに、とても残念だわ」

事務員の声は、電話線も震わせそうなほど疑わしげだった。それでも彼女は、マイクの電話番号を教えてくれた。

ダイヤルしてみると、マイク自身が電話に出た。

「おはよう、マイク」そう声をかける。「起きててくれて良かったわ」

「やあ、ナンシー」彼は答えた。「本当にきみなんだね。ずっと電話しようと思っていたんだ。つまり、そのお、一緒にランチでも取れないかなって。そのうち、一緒にランチはどうだい、ナンシー?」

「ええ、喜んで」

「よし、じゃあ、予定を調整しよう。日にちを決めてさ?」

「そうね、マイク」わたしは少し待ち、問いかけた。「いつがいい?」

「ぼくは自分の手帳を調べて、いつ空いているかを確認する。きみはきみの手帳を調べて、いつ空いているかを確認する。その上で日にちを調整しよう」

「自分の予定帳なら、もう調べたわ。わたしはいつでもオーケー。今日から来週までずっと」

「ちょっと、ナンシー！　何かまずいことでも起きたのかい？」

「いいえ、何も」

「誰かが刑務所にぶち込まれたとか、そんなこともないんだよな？」

「ええ」

「ランチで会うときに聞かせてくれ」

「いつ会えるのか、まだ返事をもらっていないわ」

「手帳が見つからないんだ。あとで電話するよ。それでいいだろう？」

「いいえ、だめよ、マイク。わたしは今日、会いたいの」

「でもなあ。テレビ出演の予定があるんだ。だから、こんなに早起きしているんだよ。リハーサルがあるんだ」

「いつ？」

「残忍なやつらでねえ。森の中で十時にさ。バーント・オークだかウェンブリー・パークだか。きみにもわかるはずだし、本当にわかってもらいたいよ、あのプロデューサーときたら。神経質なやつでさ！　望遠鏡みたいなものを使ってセットを考えるんだ。集中したいときにはシャボン玉を飛ばすんだぜ」

「石鹸で？」

「いいや、ブリキ缶に石鹸水を入れて持ち歩いている。針金の先で、そのシャボン玉を壊していくんだ。それでリラックスできるんだと。壊れたシャボン玉で、床はぬるぬる。まるで、目に見えないバナナの皮でも敷きつめているみたいに。出演者はみんな、足首を捻挫したり首を折ったりしているんじゃないかな。きみにもぜひ見てもらいたいよ。つるつる足を滑らせながらね」

「かまわないなら、そうしたいわ。わたしがあなたの現場まで行って、そこで会うことにしましょう」

「いやいや。そのうちランチを取ることにしないかい?」

「今日にして、マイク、お願い」わたしはなおも食い下がった。「どうしても、そうしたいの」

「手帳が見つかったよ」彼は答えた。「今日はフリーだ。結局、シェパード・ブッシュでの仕事だけだからな。〈ブルー・ユニコーン〉っていうパブがある。そこで十時に。どんな話でも聞くよ」

かすかに笑みが広がるのを感じながら受話器を置く。上々の出だしとは言えないが、それでもマイクには感謝の気持ちでいっぱいだった。

電話帳をぱらぱらとめくり、ピーターと連絡を取るための糸口を探す。サラからの手紙はまだ未開封のままだ。それを読むよりも、ピーターに電話するほうが、まだましのような気がしていた。彼が住んでいる場所ならわかっている。ソーホーだ。通りの名も、番地も知っている。今日中に連絡を取り、会うことができるだろう。楽しい面談にはなりそうもない。恐らくは、彼にとっても。

やっと手紙の封をあけてみると、サラからの手書きのメモとタイプ打ちの書面が出てきた。メモは簡単な内容だった。

「ナンシー、手紙を送るわ。できるだけのことをお願い。サラ」

同封物は月並みな紙にタイプ打ちされたものだった。四折判の薄っぺらいコピー用紙。わたしが自分でも使っているような、ごく一般的なものだ。そこには、こう書かれていた。

「おまえから受けた仕打ちを、おれは決して忘れない。おまえのような人間は生きるに値しないんだ。そもそも、どんな人生がおまえに値するっていうんだ？　おまえがたどってきた道のりを、おれはずっと見てきた。それがどんな道であろうと、おまえにとっても、おれにとっても、さほど変わりはないだろうがな。問題は、今後、あと戻りはできないっていうことだ。おれたちは分岐点を過ぎてしまったんから。あとはもう、一本道が続くばかりだ。近い夜、おまえの元を訪れる。過去の愛人たちの誰が自分を殺そうとしているのか、そのときまでおまえが知ることは決してない」

その手紙をもう一度読み返し、テーブルの上に置いた。気の触れた男からの手紙だ。でも、頭のおかしな男から脅されるのと、正常な男から脅されるのでは、いったいどちらがましなのだろう？

コーヒーをカップに注いで飲み始めたとき、ドアをノックする音が聞こえた。今にも消え入りそうな音。ドアベルは作動しているはずだ。この朝の訪問者はベルを鳴らさないことにした。その事実が、どういうわけか不安を掻き立てた。ドアをあける。ドナルドが中に入ってきた。

まるで、難破船の中にでも閉じ込められていたような顔だった。自分の気持ちを整える暇もない。ドナルドはゆっくりとわたしの脇を通り過ぎ、居間へと入っていった。

「ナンシー、彼女が死んでしまった。どうしたらいい？　死んでしまったんだ」

彼はそう言って、テーブルの脇にへたり込んだ。わたしはしばし、口もきけなかった。気を失いかけたように、目の前が暗くなる。元に戻ったときに思い出せたのは、信じがたい言葉だけだった。再びドナルドに目を向ける。

「どうして知っているの?」囁き声になっていた。

「どうして?」彼は繰り返し、わたしの手を取るとぎゅっと握り締めた。「どうしてって、彼女と会っていたからだよ。それを言いにきたんだ。ぼくは、彼女と会っていた。それで、このぼくも終わりというわけだ。死んだも同然だよ。きみに話しにきた。最後にきみと会うために。これで、ぼくにはもう何も残らない」

「彼女に何があったの?」

「わからない。でも、死んでいたんだ。血が流れていた」ドナルドはわたしの手を放し、顔を背けた。

「ああ、サラ!」泣き出していたのだと思うが、はっきりとは覚えていない。どこからか――どこか痛々しい傷口から、血を流しているサラを思うと胸が痛んだ。どんなものであれ、彼女がどれほど肉体的な苦痛を恐れていたかを覚えている。馬に乗ることさえ怖がっていたのだ。ある週末、彼女はわたしと一緒に行ってもいいかと尋ねた。乗馬は社会的なたしなみの一つだからと。彼女を乗せた馬がゆっくりと走り出した。その速度が時速五マイルに達したとき、彼女の緊張は限界に達した。サラは馬から落ちた。最初はひどい怪我をしたのかと思ったが、痣をいくつか作っただけだった。彼女は惨めさと恐怖で凍りついていた。もし、サラが殺人者を見てしまっていたら? 恐怖を感じる時間が、彼女に残されていたとしたら?

「ナンシー?」ドナルドが話しかけていた。「大丈夫かい? 何か飲むかい? 水か何か。コーヒーを持ってこようか?」

「いいえ、大丈夫。何があったのか教えてちょうだい」

「それを話しにきたんだ。ぼくは現場にいた。でも、彼女の寝室にはいなかった。それでも、その場にいたことに変わりはない。寝室に入ってみると、サラが死んでいたんだ」

「彼女の部屋にいたの？」

「ナンシー、説明させてくれ。ぼくは彼女の所にいた。みんな、ぼくが犯人だと言うだろう」

わたしはまだ、ドナルドの心配などしていなかった。サラのこと以外、考えられない。

「医者は何て言っているの？」

「医者はいなかった。医者にできることなんて、何もなかったんだ」

「誰も呼ばなかったの？」

「きみに会いたかった。愛していると伝えたかったんだ。伝えたから、もう行くよ」

「どこへ？」

「たぶん、自分の部屋へ。警察がやってくるまで」

「警察？　警察には連絡したの？」

「いいや。きみに会わせてもらえなくなるかもしれないから」

「ドナルド、言っていることがわからないわ。警察には知らせてないの？」

「ああ」

「誰か、ほかに知っている人は？」

彼は首を振った。

「サラをそのまま置いてきたっていうこと？」

「ああ」

「誰かに知らせなきゃ」

「うん、そうだね」ドナルドは答えた。「それで、ぼくの身も破滅する。いずれにしろ、もう終わっているんだ。ぼくが出てきたのを見た人間がきっといるよ。年寄りとか、郵便局員とか、牛乳配達夫とか」

「彼女の部屋に行ったのはいつ？」

「それを話したかったんだよ。今朝の三時頃かな」

溺れた男の息が完全に止まるよりも、少しだけ長い沈黙が続いた。

「そう。それであなたは、わたしに愛してるって言うために、ここに戻ってきたと言うのね」

「ああ、そのとおりだ。説明しても仕方ないな。わかっているんだ。ぼくはもう終わりだ。昨日の夜で終わったんだ。あの店にいたとき、ぼくは、きみがもうとっくにわかっていることを言おうとしていた。ぼくはきみを愛しているし、きみもぼくを愛している。だから、結婚して、一緒に暮らしたほうがいいってね。すべて順調だった。ロビーは祝賀会を考えてくれていた。ぼくは、エージェント経由の仕事をほぼ手中に収めていたんだ。仕事があって、愛する女性もいる、ひとかどの男に戻っていた。それなのに、彼女が現れた。彼女には、登場すべきタイミングがわかっているんだ。たった五分、ちょっと煙草を買いにいくような時間で、すべてがだめになった。あの女がそうしたんだ。彼女がそばにいたとき、きみはぼくに人間らしく振る舞うことを期待したよね？　きみは忘れてしまったんだ。彼女がどんなふうにぼくを捨てたか。死ねばと言って、ぼくの元を去った。それはきみも知っているだろう？」

「そして、今度はあなたが、死んでしまった彼女を置き去りにしてきたのね」

「うん、そうだね。誰にもそれ以外のことは考えられなかったさ。ぼくはきみに話したいだけなんだ。

昨日の夜は何もかもが最悪だった。だから、もっとひどくしてやろうと思ったんだよ」

「それで？」

「それで、彼女の所に出かけていった」

「事態を余計に悪くしたのは確かなようね」

わたしは座って考え込んでいた。わたしたちは昨夜、永遠に互いを失ってしまったのだ。わたしは彼に出ていけと言った。だから、彼がほかの誰の所に行こうが文句は言えない。それでも、わたしは文句を言い始めていた。

「じゃあ、あなたはずっとサラのことを愛していたのね。あなたはそれを止められなかった。だから、彼女と再会した途端、彼女の所に戻らずにはいられなかったのよ」

「それは違う。きみはぼくを許せないだろうね」ドナルドは答えた。「許す必要もない。ぼくはただ、きみに本当のことを話したかった。それだけなんだ」

こうしたことのすべてに、自分が素早く反応できていたとは、とても言えない。わたしはのろのろと、ばかげたことを考えていた。たとえ一晩でも、ドナルドが自分と別れたあとにサラの元に行っていたなら、二度と戻ってきてほしくなかった。大人になり切れていない男など、男がまったくいないよりもまだ悪い。しかし今や、サラは死んでしまった。単純で不愉快な事実が暴露され、足元の地面がぱっくりと口をあけてしまったのだ。

「話は終わったんだから、どちらかが警察に行くべきだわ」

「うん。当然、ぼくが犯人だと思われるだろうな」

見知らぬ誰かに発見されるまで、一人捨て置かれたサラを思う。

「二人で警察に話しましょう」

「うん、そうだね。でも、ナンシー、きみはぼくを信じてくれるかい？　ぼくじゃないって……殺《や》ったのは、ぼくじゃないって」

「朝の三時に歩き回っている牛乳配達夫や郵便局員なんて、そんなにいないわ。あなたが入っていくのを見た人はいるの？」

「わからない」

「それに、出てきたところも。何時頃、彼女の部屋を出たの？」

「ずっと歩き回っていたんだ。どのくらい歩いていたのか、わからない」彼は立ち上がっていたが、急に、長距離レースを終えたランナーのように崩れ落ちた。座るのに手を貸す。

「ドナルド、彼女の部屋をいつ出たのか言ってちょうだい」

「八時半頃かな」

「頃？　前なの？　あとなの？」

「どうかな。目が覚めて腕時計を見たんだけど、遅かったよ。八時半過ぎだったと思う。もっと遅かったかもしれない。起き上がって、彼女の姿を見て、出てきたんだ」

「出てくるとき、周りに牛乳配達夫や郵便局員がいた？」

「通りに人はいたな」

「その人たちに見られた？」

「こっちを見ていたら、ぼくの姿も目に入っただろうね」

「まだわたしに話したいことがある、ドナルド？」

「きみが知りたいことなら何でも。自分の持ち駒を調べてみたほうがいいな。ナンシー、ここに酒はあるかな?」

「いいえ。ちゃんとした薬ならあるわよ。そうじゃなきゃ、精神安定剤とか、興奮剤とか、睡眠薬なら。あなたには、その全部が必要みたいだけど」

ドナルドは少しだけ身を起こした。「昨日の夜は、ちょっと強い薬《ノックアウト・ピルズ》を呑んだんだ。ノックアウトされたような気分なのは、そのせいかもしれない」

「どんな状況だったの?　彼女、撃たれたの?」

「わからない」

「何も聞こえなかったの?」

「うん」

「あなたはどうして——ええと、つまり、事件が起きたとき、あなたはどの部屋にいたの?」

「居間だよ」

「なぜ?」鋭い視線を向けて、わたしは尋ねた。

「そこで寝ていたからさ」

わたしは黙っていた。

「そんな目で見るなよ!」ドナルドは突然、怒鳴り出した。「確かに彼女の所で夜を過ごしたけど、ぼくは居間のソファで寝ていたんだ」

彼の顔を見ることができなかった。自分が考えていたことも言いたくない。それはおよそ、父の叔母のジュリアが考えそうなことだった。

「きみはぼくを信用していない。きみが信じてくれないなら、誰がぼくを信じてくれるんだ？　サラはぼくを愛していなかった。ずっと前から愛していなかったんだ」

「ドナルド、自分の持ち駒を検証するなら、正しくやってちょうだい。居間で寝るつもりだったら、どうして彼女の寝室なんかに入ったの？」

「どうして何もかも説明しなければならないのかな」

驚きで呆然としているわたしにとっても、これはあんまりだった。

「あなたには自分の居間があるじゃない。そこで寝ることだってできたはずよ」

「どうして彼女の所に行ったのかは言いたくない」

他人に対する好奇心。わたしの厄介な、始末に負えない好奇心に火がついた。

「話してもらわなきゃ、ドナルド。すべてを知らない状態で、どうしてあなたを助けることができるの？」

「いずれにしろ、きみにぼくを助けることなんてできないよ」

「そこに行った理由があるはずだわ」

「まったく、もう。わかったよ、話すから。彼女と寝るために行ったのさ。それが理由だと思う。疚《やま》しさなんか感じなかった。きみはぼくを追い出したんだからね。サラのせいさ。ぼくは彼女を憎んでいた。たぶん、もっと憎めたらと思ったんだ。それから、口論になった」

「それからって？」

「着いてすぐにっていう意味だよ。彼女はもう寝ていたんだ。呼び鈴を鳴らしたけど、彼女は最初、応えなかった。それで、ドアをばんばん叩いたら、やっと出てきたんだ」

「続けて」

「どう続ければいいのかな。彼女はぼくに帰れと言った。でも、ドアを叩き壊されたくなかったんだろう。最後には中に入れてくれたよ」

「サラは寝ていたの？」

「午前三時だったからね。彼女はもう寝ていた。髪に針金のカーラーみたいなものを巻きつけていたよ。ネグリジェみたいなものを着て、緑色の部屋着のようなものを肩に羽織っていた。彼女はそれを着て、つまり、ちゃんと着込んで、僕を中に通したんだ」

「それから？」

「それから、口論になった」

「どんな口論だったのか説明して」

「わかった、話すよ。きみのことについて何か尋ねたんだ。たぶん、それが出かけていった理由だったと思う。はっきりしないけどね」

「そう」

「でも、彼女はきみのことについては一切答えようとしなかった。ぼくがどこに行くべきなのか、彼女は言った。だからぼくは、自分がどこに行くつもりなのか教えてやった。それが彼女には気に入らなかったようだね。ぼくのことが大嫌いだとか、軽蔑するだとか、いろいろ言い始めた。でも、もし、ぼくがきみと結婚する予定だったら、彼女はきっと、ぼくのことを離さなかったんじゃないかな。そのうち、どういうわけか、二人で飲んだりしゃべったりし始めたんだ。終いには毛布を貸してくれて、ぼくは居間で横になった。そんな時間になっても眠れなかったから、サラが薬を出してくれたんだ。

青い錠剤で、たぶんアミタール（アモバルビタールの商品名。鎮静・睡眠剤）だと思う。だから、今朝、目が覚めなかったんだな。あんなことが……」

「結局、わたしたち、友だちだったのよね」わたしは泣き出していた。ドナルドが身を寄せてきたが、わたしは彼を押しのけた。泣くのはやめだ。涙に割いている時間はない。

「まったく、いったいどうしたらいいんだろう？」ドナルドが呻《うめ》く。

「ここにいて」わたしは彼に言った。「一時間くらい出かけてくるから。お願いだから、わたしが戻るまで、このフラットから動かないで。約束してくれる？」

「誓って約束するよ」

出かける前に、鍵を保管している引き出しをあけた。長いあいだそこに、サラのフラットの鍵も保管していた。

三

サラのフラットは、わたしの部屋と同じように、小綺麗で便利だが、月並みなエリアにあった。ここまで到達するにも、わたしたち二人にはずいぶん長い時間がかかった。ダイアゴナル・プレスで初めて一緒に仕事を始めた頃、わたしたちは、貧相な二間続きの寝室兼居間をシェアするだけで大いに満足していたものだ。バスつきで、キッチンを洋服ダンスで仕切った部屋だった。客が来たときには、汚れた食器をバスタブに隠し、取り外しができる水切り板で蓋をした。二人とも家庭的ではなかったが、料理の仕方を知っているのが常識だということに気づくと、サラは料理本を買い込んできた。そして、その本に従って、一皿ずつ試していった。スープばかりの週が続いたことを覚えている——スコッチブロス（肉・野菜に大麦を混ぜた濃厚なスープ）、ボルシチ、レンズ豆のスープ、ミネストローネ。スープのページが終わるとオードブルの週に戻り、それから魚料理の月へと移った。

　わたしたちが、互いの過去や進行中の恋愛についてあんなにも詳しくなったのは、貧しさが二人の距離を縮めてくれたからだ。討論を百パーセント免れることができるのは、サラ曰く、水も漏らさぬほど完璧な恋愛だけ。

　通常、恋をしていたのはサラのほうだ。わたしたちには共通点が多くあったけれど、一番肝心な点で違っていた。サラは美しかったのだ。時が経つにつれ、わたしの外見も改善されていった。見苦しくない程度にはなったが、サラの水準に到達できる見込みはなかった。

タクシーの中で、ずっとそんなことを考えていた。もちろん、フラットを出てすぐにタクシーを拾っていた。慎重な方法ではなかったが、わたしは急いでいたのだ。ドナルドの話を聞くのに、時間を使い過ぎていた。

街角でタクシーを降りるだけの分別は残っていた。運転手に料金を払い、通りを急ぎ足で歩く。かつてはサラにもわたしにも、タクシーを使う余裕などなかったものだ。編集者の一人が年に一度、安く使える若い人材を探す仕事をしていたから、ダイアゴナル・プレスに採用されただけなのだから。最初は、雀の涙ほどの給料しかもらえなかった。バス代を節約するために、よく歩いて家に帰ったものだ。

サラのフラットまで階段を上っていく。鍵を回し、ドアをあけるときには、恐怖で心臓が縮み上がりそうだった。テーブルの上に、バラの蕾を生けた花瓶が置かれていた。どこか外国で、街の裏に広がる森を探検していたときのことを思い出した。歩いているうちに突然、花で埋もれた小道に出たのだ。花の中にはバラも混じっていた。まだ十六歳の頃だった。お伽噺のようだと思ったものだ。足首まで花に埋もれて歩いていた。夏の初めの花々。やがて、花々は膝の高さまで達し、わたしは先に進めなくなった。花の香りがきつ過ぎた。少しも良い香りではなく、甘過ぎる嫌な匂いだった。角を曲がり、衝撃とともに理解する。街の火葬場の裏手にいたのだ。死者のために花は燃やさない。死者の棺に詰めるのだ。そのときまで、花の香りに気を留めることなど、ほとんどなかった。

身を屈め、花瓶のバラを覗き込む。カードが添えられていた――チャールズより。

バラの元を離れる。寝室に足を踏み入れ、この世のものとは思えない光景を目にした。サラを見据え、この上なく残忍な方法で、初めて死すべき運命という残酷な現実を理解する。わたしの心にあけられた穴は、二度と塞がることはないだろう。わたしはただ立ち尽くし、見つめているばかりだった。わたしたちは、とても多くのものを分け合ってきた。それなのに、彼女は死んでいる。心臓から送り出されたはずの血も乾き、冷たくなって死んでいる。

専門家ではないから、最初は彼女が撃たれたのか、刺されたのか、わからなかった。容易《たやす》いことではなかったが、何とか毛布をめくってみた。大量ではないにしても、シーツに血が広がっていた。本当にわずかな血。こんな少量の失血で、人が一人、死んでしまうなんて。

サラは、いつも好んでいたような、薄手でかわいらしいネグリジェを着ていた。長々と見つめているうちに、何だろうと思っていたものが焦げ跡だとわかった。ということは、彼女は撃たれたのだ。それも、かなりの近距離から。彼女には、自分を撃った相手が見えていたのに違いない。怖かっただろうに。とても怖かっただろうに。そして、目的を遂げたあと、犯人はまた毛布を引き上げていった。

その毛布を、今度はわたしが引き上げる。とても慎重に。毛布で彼女を包み込むようなことはしなかった。一緒に暮らしていたとき、わたしたちはいつも母親じみた真似は避けていた。二人は対等だった。親子ごっこも、姉妹ごっこもしたことはない。でも、今は対等ではなかった。

座ることができず、ただサラのそばに立っていた。人生は長い。死者を偲ぶための五分くらい、どうということはないだろう。

しかし、その五分が、あとで高くつくことになった。

居間に足を進める。ソファの上に毛布が数枚畳んであった。その横に、吸殻が十本ほど入った灰皿。口紅がついた吸殻はない。もし、ドナルドが一人でそれだけの煙草を吸ったのなら、ひどい夜を過ごしたことだろう。が、すぐに、サラは彼が訪ねてくる前にベッドに入っていたことを思い出した。口紅などつけていなかったはずだ。二人で飲んだり話したりしていたのだ。サラも煙草を吸っていたのに違いない。

灰皿を取り上げ、キッチンのごみ箱に中身を捨てる。二人で住んでいた最初の部屋を出たあと、サラはダイアゴナルから無料で手に入る雑誌を読むようになり、とても多くのことを学んでいった。夜、寝る前には、必ず灰皿をきれいにするようになった。わたしも、彼女からその習慣を学んだ。吸殻でいっぱいになった灰皿は嫌いだ。サラがこの灰皿をきれいにしなかったことには、何かわけがあるに違いない。でも、ドナルドがいたのだ。サラが寝室に引き上げたとき、彼がまだ煙草を吸っていたなら、そして、それが午前四時のことなら、いくらサラでもそのままにしておいただろう。

朝の四時に食器を洗うなんて、家の中のことをきちんとしようとする意識がよほど高くなければできないことだ。彼女は、自分とドナルドが使ったグラスや、ほとんど空《から》になったボトルをそのままにしていた。白ワインか何かのボトルだろう。サラは、ワイン以外は飲まないようになっていた。何故なら、それが上等なことだと思っていたから。完全に飲み切っていなかったのは幸いだった。それを隠すには、食器棚の中の、ほかの酒瓶と一緒にしておくのが一番簡単な方法なのだから。彼女は、あまり多くの酒類は置いていなかった。

グラスをキッチンへ運ぶ。べたついていた。熱いお湯で洗わなければならないだろう。蛇口を捻る。水は冷たかった。常に温水が供給されるシステムのフラットでも、六月にはよくあることだ。でも、ここはそうしたシステムではないことを思い出した。サラは電気湯沸かし器を使っていた。電源がオフになっていたのかもしれない。

オーブンの上からケトルを取り上げた。中に水が入っている。そのままガス台に置き、火をつける。居間に戻り、毛布の片づけにかかった。このフラットにドナルドが残した形跡は、何一つ残してはならない。

慎重に毛布をたたみ、戸棚の中にしまい込む。その扉に手をかけたまま立ち止まり、目に見えない虫がかすめ飛んだかのような思いを捕らえようとする。

それは、キッチンで片づけなければならないことだった。戻ってみると、ケトルの中身が沸騰しそうになっていた。グラスを洗うには十分な温度だ。ケトルを持ち上げながらもまだ、心を過《よぎ》ったかすかな思いが気になっていた。でも、時間がない。グラスを洗って水気を取り、しまい込む。

ドナルドが何か形跡を残していないか、バスルームも覗いてみる。そこは、きれいに片づいていた。大判のタオルが一枚、まだ湿っていたが、タオルが乾くのにどのくらいの時間がかかるかなど、いったい誰にわかるだろう。

あとは寝室だけだ。今朝、死んでいるサラを発見したとき以外、ドナルドがそこにいたことはない。どうして彼は、中に入ったりしたのだろう？　さよならを言うため？　たぶん。殺人者がドアをあけたままにしておいてくれれば、覗き込むだけですんだかもしれないのに。

不意に指紋のことを思い出した。普通、人は指紋のことなど気にしない。しかし、今は普通の人間でいる場合ではなかった。ハンカチでドアの取っ手を一つずつ拭いていく。ドナルドがこのフラットにいた形跡が何も残らないように。居間を最後に見回すまでは、そう思っていた。しかし、床の上に、二、三の名前と電話番号が書かれた紙切れが落ちていた。名前の一つには、わたしにも覚えがある――ロバーツ。ドナルドに、彼の絵のちょっとした展示会の開催をもちかけていた人物だ。ドナルドは、決して優秀な犯罪者にはなれないようだ。

その紙切れを、きれいにした灰皿に載せ、マッチで火をつける。燃え尽きてしまうとマッチ棒で燃えかすを磨り潰し、キッチンのごみ箱に空ける。昨夜、ドナルドがここにいたことを知っている生きた人間、もしくは、その事実を証明できる人間は、わたしだけ。殺人者という、考えられる例外を除けば、わたしだけだ。

ドナルドのためにできることを終えると、今度はサラのために寝室に向かった。彼女の身の回りを、きれいに整えようと思ったのだ。遠慮のない警察の目から、できる限り彼女を覆い隠してやりたかった。

緑色のスリッパが黄色いカーペットの上に転がっていた。一足は、ドアを入ってすぐの所。もう片方は、ベッドのすぐ脇に。そういうことに関して、いつもの彼女なら、とてもきちんとしている。でも、昨夜はドナルドのせいで遅くまで起きていたのだ。彼女を見ないように注意しながら、スリッパをきちんと揃え、ベッドの足元に置いた。

ベッド脇のテーブルに、水の入ったコップが置いてあった。

次は、彼女の服に取りかかる。初めてサラに会ってから、彼女がマイクと結婚するまでのあいだ、わたしたちは三年間、同じ部屋で暮らしていた。そのあとも時々、何度か一緒に過ごしたことがある。彼女の習慣は、自分の習慣と同じくらい正確にわかっていた。二人とも、寝るのが遅くなってしまうことがたびたびあった。一刻も争えない状況に陥るのは翌朝のことだ。わたしたちが、前の晩のうちに翌日着るものを用意しておく習慣を身に着けたのは、かなり以前のことだった。前の日のうちに、翌日着るドレスやスーツにアイロンがかかっているかを確認し、ハンガーにかけておく。下着も順番に椅子の上に重ねておく。

それがこの朝は、その服さえ状況が違っていた。どうしてなのかは、すぐに理解できたけれども。

わたしは一つ一つ検討していった。まずはストッキングから。ストッキングが万全かどうかを確認しておくのは重要なことだ。土壇場の伝線で、かつてどれほど悪態をついたことだろう。そこにいるあいだ中、わたしは思い出の脇道へと逃れ続けていた。殺人事件に巻き込まれたせいで、少しも冷静になれない。レース使いのナイロンのスリップを取り上げる。色は白。その下のショーツとガードルは薄いブルー。最後に取り上げたブラジャーは黄色だった。

わたしは下着類を手に考え込んでいた。何か、おかしい。

古びたナイトガウンを着て、アイロン台の横に立っているサラの姿を思い出した。アイロンの熱で溶けてしまったナイロンを見下ろし、腹立たしそうに叫んでいる。

「もう、どうしてアイロンをこんなに熱くしてしまったのかしら！　ブルーのスリップはこれ一枚しかないのに。これじゃあ、ブルーのショーツと黒いブラジャーに、ピンクのスリップを合わせなきゃならないじゃない」

「誰も見たりしないわよ」わたしは彼女に言った。

「どうして、そんなことがわかるの？　今日、そうなるかもしれないのに」

「もし、百万長者の求婚者が、色の取り合わせを覗き見したくて仕方なくなったらね」

わたしたちは、二人して噴き出した。

「何ておかしなことを考えるの、ナンシー」彼女は言ったものだ。「でも、もしも、わたしが億万長者、少なくても百万長者くらいにでもなったら、下着の色の取り合わせに全部つぎ込むのに」

そんな会話を交わしたのは、少なくとも四年は前のことだ。わたしの記憶力の何と優秀なことか。急に涙がこみ上げてきたのはきっと、彼女のことをこんなにもたくさん覚えているからだ。叫び出したい衝動に襲われ、止めることができなくなりそうだった。自分のバッグの元に走り、煙草を取り出して吸い始める。そんなことは、どうしても避けなければならない。

百万長者にはなれなかったけれど、サラはマイクとの結婚生活が破綻したあと、ダイアゴナルに戻っていた。今では、雑誌の一冊の編集を任されている――つまり、今朝までは、ダイアゴナルが出版する雑誌の編集をしていた、ということだ。いい給料をもらっていたはずだ。下着の色を合わせるのに必要なお金くらい、十分にあったに違いない。

彼女は、この二週間のうちにダイアゴナルを去り、会社役員のチャスと結婚して、ドリームランドに行くつもりでいた。殺されることがなければ、今頃、オフィスにいたはずだ。今日は土曜日。それでも、彼女は出社していただろう。ダイアゴナルの編集部スタッフは普通、土曜の午前中も仕事をする。もしかしたら、チャスと昼食の約束でもしていたかもしれない。

考えても仕方のないことばかりだった。それでも、気持ちは強く持たなければならない。下着のことに考えを戻す。サラは、緑と薄い黄色が好きだった。緑という色について、何かが頭の奥ではねた。しかしそれは、捕らえようとした途端、魚のように身をくねらせて逃げてしまった。ショーツとガードルに合う薄いブルーのスリップを黙々と探す。不意に、緑色のナイトガウンを着てドナルドの声に応えるサラの姿が、色つきの映像で脳裏に浮かび上がった。

探偵の真似事をするつもりなど少しもなかった。そんなことのためにここにいるわけではないし、やがて警察が全部やってくれるはずだ。下着の謎を解くことに、どうしてこんなに躍起になっているのか、自分でもわからなかった。いつものように、たとえこんな状況でも好奇心に突き動かされているのだと思っていた。タンスの引き出しを全部調べた。バスルームの洗濯籠まで、考えられそうな場所はすべて。それでも、薄いブルーのスリップはどこにもない。あるのは、何枚もの白いショーツとガードルとブラジャーだけ。白になら、どんな色の下着でも合わせることができる。

鏡台に戻り、自分のハンカチで台を拭う。その上の鏡まで磨き上げた。目の部分が二カ所黒いだけで、わたしの顔は真っ白だった。まるで、マクベス夫人の夢遊歩行のシーンのために、化粧を施されたばかりの顔みたいに。

ワードローブを見ていないのを思い出して、覗いてみる。サラはかなりの衣装持ちだった。安物ではあるが、十分に吟味して選んだものばかりだ。緑色のナイトガウンはそこにもなかった。絶対どこにもないと確信できるほど、フラットの中を探し回った。でも、どこか見落としている可能性もある。ずっと目を逸らし続けていたが、やっと、びくびくとベッドに近づいた。サラの姿を見るのも、これが最後になるだろう。

顔の輪郭は、以前と同じようにすっきりと整っていた。その横顔は、いつもわたしに繊細なデッサン画を連想させた。軽くカールした短い髪が、青白い額に乱れているのを悲しい気持ちで見つめる。彼女に触れたくはなかった。それでもまだ、二人で楽しんできた友情に対して、サラに負い目があるような気がしていた。身を屈め、注意深く彼女の髪を梳き戻してあげた。冷たい肌に指先が触れたときには、思わず身を震わせながら。それから、もう一度、彼女を見つめ、踵《きびす》を返した。少なくとも、彼女はどんな質問にも答える必要はない。それだけが、遺された者に与えられた救いだった。

自分が持ってきた鍵を取り上げ、サラがスペアキーを保管している鏡台の引き出しに入れる。たぶん、わたしのフラットの鍵もそこにあるはずだ。別々に暮らすようになって以来、わたしたちはずっと、互いの鍵を分かち合う習慣を保ち続けていた。

しなければならないことが二つある。それを思い出しながら、ドアに向かった。まずは、動揺を装いつつも淡々とした声で警察に連絡を入れる。もう一つは、急いで自分の部屋に戻り、昨夜、サラの部屋にいたことを誰にも話さないようドナルドを説得することだ。

でも、わたしのタイミングは悪かった。どこかで貴重な五分を失っていたのだ。それを取り戻せるなら、持っているお金を全部手放してもいい。休日を一日諦めてもいいいし、将来に何の幸福も期待しないことを約束してもよかった。でも、時間のバーゲンセールなど、どこにも存在しない。その五分は、わたしの人生の中のほかの多くの大切な瞬間と同じように、失われてしまったのだ。そして今、わたしがこのフラットにいることを決して人に知られてはならないときに、ドアの外から足音が聞こえ、錠に鍵を差し込む音が響いた。

いろんな行動が取れたはずだと悟ったのは、あとになってからのことだ。ホールの戸棚に身を潜め、こっそりと抜け出す。侵入者を押し倒し、飛ぶように走り去る。避けられない事態を受け入れ、相手に声をかけることだってできた――「おはようございます。彼女、殺されているんです」。そうした行動を選択する代わりに、わたしは無意識に手を動かしていた。錠が回り始めた瞬間、ドアにチェーンをかけたのだ。

ドアは数インチあいたものの、チェーンのせいで、それ以上開かなかった。わたしは音を立てないように後ずさった。間に合ったかどうかはわからない。ドアの隙間から、わたしの顔や衣服の一部が見えた可能性もある。

チェーンがかかっていても、手を差し込むだけの隙間はあった。今や、人の手が入り込んでいる。茶色い布製の手袋をした手だった。空しくチェーンの端を手探りしている。何故なら、そのチェーンは、ドアが閉じているときに内側からのみ外せる仕組みになっているからだ。

「ランプソンさん？」訪問者が呼びかけてきた。「わたしです。デイルです。いらっしゃるんですか、ランプソンさん？」

自分のぜいぜいという息遣いを聞きながら、わたしは待った。その女性もいずれ、チェーンが内側からしか外せないことに気づくだろう。中に人がいることを彼女は理解する。あとで事情聴取されるはずだ。

抑えてはいるものの、呼びかけは次第に大きくなっていった。

「チェーンがかかっているんです、ランプソンさん。中に入れないんですよ」

ひとときの間。やがて、ぶつぶつと不平を漏らす声が聞こえてきた。鍵が錠から引き抜かれる。引きずるような足音。階段を下りていく靴音。彼女は行ってしまった。

問題は、どのくらい待てばいいのかということだった。フラットの内部で何が起こっていたのか、あの女性は知る由もない。疑いを抱くことさえなかっただろう。毎日の仕事のためにやってきて、中に入れなかった女性が、外で見張りながら待っているとは思えない。帰ってしまうはずだ。あるいは、自分のちょっとした買い物に出かけ、三十分後に戻ってくるとか。

「四分間だけ」わたしは自分に言い聞かせ、じっと待った。腕時計の赤い針が一秒進むごとに躊躇《ためら》い、やがてカチッとジャンプするのを見つめながら。

四分が過ぎると、ドアのチェーンを外し、階段を駆け下りた。靴の踵がハンマーのように床を打つ。

新鮮な空気の中に飛び出すと、世界が凄まじい勢いで回り始めた。わたしは、その真ん中で動けずにいた。木々や建物や乳母車を押した女性が、頭の周りでぐるぐると回る。その動きに引きずられそうになる。片手を壁につき、脚を踏ん張った。回転する世界を止めるのは難しい。それでも、最後には何とか押しとどめた。再び、歩けそうになる。通りの角の電話ボックスがわたしを待っていた。わたしがしなければならないのは、そこまでたどり着いて、ロンドン警視庁の電話番号を思い出すことだけ。確か、ホワイトホールの何番かだった。何番だってかまわない。とにかく、そこに立ったまま、ホワイトホールの番号なんかを考えていたかった。番号を思い出さない限り、立ち続けていられる。動く必要はない。

やがて、電話番号が浮かび上がってきた。少しも嬉しくなかった。動かなければならない。そのまま道に倒れ、めまいで世界中がぐるぐる回っていたほうが良かった。そう思えるものを目にしたのは、壁から手を放し、歩き出そうとしていたときだった。通りの数ヤード先を、ぶらぶらと歩いてくる人物がいる。ピーターだった。

わたしはまだ、サラのフラットが入った建物の入口にいた。どこかほかの場所にいたふりをするには遅過ぎた。わたしはピーターを見つめ、彼がどんな人間だったかを思い出そうとしながら、待っていた。

ピーターは、薄汚れたレインコートを羽織り、帽子を頭の後ろのほうに押しやってかぶっていた。いつものように、当惑が入り混じった偽りの快活さを装っている。小脇に新聞。もう遅いという意味だろうか？　第一レースの結果が、すでに最新ニュース欄に差し込まれているのか？　腕時計で時間を確かめる気力も残っていなかった。

彼もわたしに気がついた。お馴染みの、中途半端なにやにや笑いを浮かべている。ビール瓶で警官を殴るチャンスがあれば、満面の笑みに変わりそうな笑い方だ。そんなことを以前、サラに話したことがあった。

「ピーター」嬉しそうな顔を装って声をかけた。「何カ月かぶりじゃない?」

「やあ、ナンシー。そのあいだ、おれがどこにいたのかは訊かないでくれよ」

「どこに行くところなのか、訊くつもりだったのよ」

「どこに行こうとしていたか、だろう? サラに会いにきたんだ。それが行先だよ。彼女に二、三、言いたいことがあるんでね」

「留守なのよ」二人のうち、どちらがより優秀な嘘つきだろう?

「いないのかい?」

「ちょうど、彼女の部屋から下りてきたところなの。留守だったわ。ベルを鳴らしたんだけど、何の返事もなくて」

「おれがもっとうるさくベルを鳴らして、応えさせてやるさ」

わたしはピーターの前に立ちはだかった。彼を上階《うえ》に上がらせてはならない。かつて愛した女性が死体で横たわっているのだ。ベルを鳴らしてドアをノックさせるなんて、とんでもない。そんな思いが過《よぎ》った瞬間、別の考えが転がり込んできた。刑務所にいたことがある男だ。鍵のかかったドアをあける技術くらい持っているかもしれない。彼女を見つけるのは、彼であってはならない。何としてでも、この建物から遠ざけなければならなかった。

「彼女はいないのよ、ピーター」必死で言い募る。「代わりに、わたしと一杯飲みましょうよ」

「誰とも酒なんて飲む気はない」ピーターはむっつりと答えた。「彼女と飲みにきたわけでもないし。あんたとも飲まないよ」

「どんな用があって会いにきたの？」

中途半端な笑みがまた顔に浮かぶ。

「いつもいつも質問ばかりする人だな、あんたは」ピーターは答えた。「ひょっとしたら、彼女をぶちのめすつもりでいたのかもな」

全身に身震いが起こるほど嫌な感じがした。「お願い、一緒に飲みに行きましょう、ピーター」

「何かあったのか？」状況を理解しようとするかのように、彼はわたしを見つめた。「おれを遠ざけるために、サラがあんたを下に寄越したのか？　あんたたちは、いつだって手を組んでいたからな。彼女があんたを寄越した——そうなのか？」

「いいえ」言うべき言葉が見つからない。「あなたが来ることを彼女は知っていたの？」

彼は、小脇に抱えていた新聞を叩いた。「もしかしたらな。そんなこと知るかよ」腹立たし気に、そう答える。

「一杯飲まないと、どこかに座り込んでしまいそうなのよ」わたしは、さらに追いすがった。

「もう開いているかな？　時計は売っちまったんだ」

「十一時半よ」

「通りを渡って、あの角を曲がろう」彼は常に、一番近いパブの位置を知っていた。

通りを渡るのに十分な歩幅を保つのが難しかった。それでも、路上にチョークの線を思い浮かべ、悲鳴のような急ブレーキやクラクションの音をやり過ごしながら、その線をたどった。ほかのことで頭がいっぱいで、車の運転手たちのことまで思いやる余裕はなかった。

パブに落ち着くと、ピーターの分も自分が持つと申し出た。

「おれに酒をおごってくれた女なんかいないよ」彼は答えた。「あんたがその第一号になる必要もない。何を飲む？」

「ウオッカ」

それでやっと、ピーターの気持ちもほぐれたようだ。

「共産党員にでもなったのか？」彼は尋ねた。

わたしはちょっと微笑んだ。

「パワフルなことを考えようとしただけ」

「それで、酒も強いのが必要だっていうわけか？」妙な横目使いでわたしを見る。

「再会をお祝いしようと思ったのよ」わたしは、どぎまぎと答えた。「ビールにしましょう。そのほうが良かったら」

「ウオッカを二つ」彼はバーテンダーに声をかけた。

この店にウオッカはなく、代わりにウイスキーを頼んだ。

信頼は回復されつつあった。わたしのほうでは、ピーターにすっかり醜態を晒《さら》してしまっていた。でも、こうして酒を飲み始めれば、いつもそうだったように、彼もわたしに打ち解けてくれるだろう。

「サラとはよく会っていたの？」わたしは尋ねた。

「彼女のことなら、あんたのほうがずっとよく知っているよ」

「わたしは、あまり会っていなかったのよ、あれ以来……」

「そうだよな」とピーター。「あれ以来」

「でも、夕べ、ばったり会ったの。チャールズっていう男性《ひと》と一緒だったわ……。苗字のほうは忘れてしまったけど」

「チャールズ！」軽蔑し切ったような声でピーターは繰り返した。恐ろしく高いソプラノで「お休み、チャス」と声音を真似る。やがて、いつもの彼の声に戻った。

「そいつの名前なら知っているよ。ここに書いてあるから」

ピーターは掌を新聞に叩きつけた。まるで、二人して、年間うっかり大賞を競い合っているかのようだ。

「それが、彼女に会いたかった理由さ。写真が出ている。彼女の顔を見てみろよ！　この男の顔も！」

写真に目を落とす。実物以上の写真ではなかった。サラはいつも、カメラの前では緊張してしまうのだ。写真の下のキャプションは、『俳優マイケル・フェンビイの元配偶者、会社重役と結婚』

「そういうことなんだよ」ピーターは腹立たしそうに言った。「つまり、彼女がおれと別れてつき合い始めたマイクって野郎は、今じゃあ元配偶者の俳優ってわけさ。それだけの存在なんだ。こいつの身体の一部をもぎ取って、塩酸の風呂にでも突っ込んでやりたい気分さ。どの部分をもぎ取るかは百も承知だ。そんなことをしてやるのは、この男だけだがな！　そのあと、彼女がつき合ったのは誰だっけ？　確か、自殺した長髪の絵描きだったよな？」

「まさか。その人は自殺なんかしていないし、長髪でもないわ」

「嘘を言うなよ。画家だって、サラが言っていたんだ！」

「確かに画家よ」

「自殺してしまったほうが、こんなことから逃れられて良かっただろうに。もう一杯飲もう。そしたら、あんたの友だちのサラについて、おれがどう思っているか教えてやるよ。おれが信じる法についても教えてやる」

「あなたが法律を認めているなんて知らなかったわ」

「そんなことを言うのがあんたで良かったよ。あんた以外の人間なら、絶対に許さないからな、ナンシー。おれが信じる法はな、男が一人に女が一人っていう法だよ」

ピーターは待っていた。わたしは一言も返せなかった。わたしが言ったことは、すべて間違いだったのだ。まず第一に必要なのは、自分自身の行動と脳《ブレイン》の働きを調和させること。第二に、刑事《ブレイン》だ。

「大丈夫かい、ナンシー?」ピーターが問いかける。「あんたのへらず口はどうしちまったんだ? あんたのことは、よくわかっているよ、ナンシー。無駄な理想なんか並べ立てない。だから、もう一度言う、男が一人に女が一人だ。それが今日、サラに会いにきた理由さ。彼女には勉強が必要で、これこそ彼女が学ばなければならないことなんだ。おれは、ただ指をくわえて、彼女が結婚するのを見ていたりはしない……こんな野郎と。言ってやらなきゃならないことがあるんだ。彼女はまだ、完全におれとは切れていない。おれたちは、どろどろの腐れ縁で結ばれているんだ。それだけだよ」

信じていいように思えた。害のないように聞こえる。でも、どうしてそんなことがわたしにわかるだろう。危機感が彼に演技力を与えている可能性だって、あるではないか。

「ピーター、サラを一人にしておいて。あなたにできるのは、それだけだから」

彼は、わたしの言うことになど耳を貸さず、頑《かたく》なな態度を取り続けた。興奮状態で、ウイスキーの酔いも驚くほど速く回っている。もう、二杯目のダブルに手をつけていた。一杯目を飲み干すのに十五秒。そして、すぐさま二杯目を頼んでいたのだ。

「サラはまだ、おれのことをあれこれと考えているんだ」彼は話し始めた。「あんたは彼女の友だちだろう、ナンシー。本当のことを教えてくれよ。サラはこいつと金のために結婚するのかい、違うのかい？」最後のほうでは声を荒げていた。バーにいる誰の耳にも届いただろう。しかし、関心を持っていそうな人間は一人もいない。

「ピーター、サラの話はやめましょう」声を抑えて、わたしは言った。

それが彼を一気に怒らせたようだ。

「サラのことを話すんじゃなきゃ、何だって、おれたちはここにいるんだ？」ピーターは怒鳴った。

「教えてくれよ、ナンシー」

「ちょっと一杯飲むために来たんだと思うけど」弱々しく答える。「もう一杯、飲みたいんじゃない？」

彼は立ち上がった。

「あんたにも一杯もらってくるよ」

「シングルでお願い」

ピーターは頷き、バー・カウンターに向かった。わたしと出会う以前から、飲酒癖があったのかどうかは知らない。でも、間違いなく彼は、ダブルのウイスキーをもう一杯頼んだことだろう。根っからの酒飲みではないピーターのような人間にとって、ダブルの三杯はかなりの量になるはずだ。嘘のうまい人間だとも思わない。もし彼が、サラの身に起こったことに関係しているなら、二十分で暴き出してみせる。でも、二十分もここに留まっているつもりはなかった。探偵の真似事をしている場合ではない。ドナルドの元へ戻らなければならないのだ。ただ一つ、立ち去る前にピーターに納得させる必要があるのは、サラの身に起こったことに関して、わたしが完全に無実だということだけ。もし、あとで尋ねられることになれば、十一時半にわたしと会ったことを彼は思い出すだろう。何も知らないような顔で、サラについて話していたことも。それはつまり、彼の態度と同じことになるのだが。

ピーターが飲み物を手に、バー・カウンターから戻ってきた。テーブルにグラスを置く彼の手を見つめる。指の背に黒い毛が生えていた。とても頑丈そうな手だ。大抵の場合、彼のことは好きだったけれど、その手だけは好きになれなかった。これまで彼の身に起こってきたことはすべて、彼自身の過ちであり、自分の行ないの結果である。でも、ピーターはいつも、引くたびに要らぬカードを招き寄せてしまう男のような、困り果てた顔をしていたのだ。

不器用な座り方のせいでテーブルが揺れ、わたしの飲み物が少しこぼれた。

「ごめんよ、ナンシー」彼は言った。「今日は朝からろくなことがなくてね、そのせいなんだ。ガキが投げつけた鍵のせいで目が覚めたんだから」

「子どもって?」

「ああ、その話はやめておこう。あんたの健康のために」

わたしたちは酒を飲んだ。

「サラのことだけど、ピーター」そう話し始める。「二人で過ごしてきた長い時間の分だけ、彼女のことを知っているのよね」

「それが、いい結果になったのかな?」彼の声はもう、高くはない。「彼女はおれに会おうとしない」

「そうね、今は会おうとしない」どんなに努力しても、普通の声にはならなかった。顔を見ることさえできない。ピーターから目を逸《そ》らし、バーの中を見回した。隅のほうで、茶色い布製の手袋をはめた手が見えた。たぶんギネスだろう、手袋をはめた右手がグラスを包んでいる。その手が薄く疲れた唇までグラスを運び、またテーブルに戻した。

その女性は帽子をかぶり、茶色のツイードのコートを着ていた。青白くやつれてはいるが、しっかりとした表情をしている。自分のことに没頭し、ほかのものは何も見ていない目。こちらに気づいた様子はない。茶色の布製の手袋をした女性なら山ほどもいる。この辺りだけでも、三十人や四十人はいるだろう。

「ナンシー、おれはいつも、サラとのことは真剣に考えていたんだ」ピーターが言った。

茶色の手袋がグラスを上げた。ピーターが〝サラ〟という名前を口にしたとき、グラスが唇まで届かずに途中で止まり、そのままテーブルに戻ったのが見えた。

わたしは窓から離れた場所に座っていた。顔に十分な光は当たっていないはずだ。ピーターはその女性に背を向けている。でも、バーに酒を取りにいったときなら、顔が見えてしまったかもしれない。

「サラと片をつけに行くんだよ」ピーターは言った。

「でも、今日はよして。今日は、彼女を一人にしておいてあげなきゃならないのよ」わたしはパニックに陥っていた。あの女性はドアのそばに座っている。どうすればいいのか、わからなかった。

「おれが彼女から何を取り戻したいのかは、わかっているだろう?」

「ええ、そうね。すっかり忘れていたわ」

すでにしっかりと思い出していたが、そのことにかまっている時間はなかった。もっと早くに思い出すべきだったのだ。セックスと復讐だけが、殺人を犯す理由ではない。そんなものは、一般的な理由から最もかけ離れている。

「ピーター」声を和らげて話しかけた。「わかってちょうだい。友人として言っているのよ……」

「どっちの友人としてだい？　彼女の？　それとも、おれのかい？」

「どちらに対してもよ。でも、今はあなたの友人として。あなたに――忠告したいのよ。角を曲がった所に地下鉄の駅があるわ。バスを使うよりもいいと思う。券売機で切符を買って。この辺りから離れた所まで行って、一日中そこにいてちょうだい。できれば、友だちと一緒にいたほうがいいわ」

ピーターは顔つきを変えた。ならず者の巣窟で暮らしたことがある男だ。そうした人間たちから、後ろめたいことも学んできたはずだ。

「あなたの後ろに座っている女性だけど、顔を見られないほうがいいと思うの。ここから出るのに、あのドア以外の方法があるなら、それを使って」

「男用トイレを通って左に曲がれば、会員制バーのドアから外に出られる」ほとんど聞き取れないような声でピーターは囁いた。「女用トイレからも、同じように抜け出せるよ、ナンシー。二階だ。一階に下りたら左に曲がる。先に行くといい」

わたしは頷いた。立ち上がり、茶色い手袋の女を見ないようにして二階のトイレに上がる。すぐに一階に下りて、会員制バーのドアから外に出た。パブについて、ピーターはいろんなことを知っている。

彼に与えたアドバイスを、自分でもそのまま実行した。地下鉄の駅に行き、券売機で切符を買う。エスカレーターで地下に下り、電車に乗った。警察に電話をしなければならないのは、まだ覚えていた。でも、電車の座席に座っていると、その考えも煙突の奥底に落ちてしまったような気がした。座っている以外、何もできない。そんな状態が長く続いた。

終点近くで電車を降りる。反対方面行きのホームに移り、入ってきた電車に乗った。チャリングクロス駅に着く頃には、わたしの頭の中で膨張していた煤のボールも、普通の脳腫瘍くらいの大きさに縮んでいた。電車を降り、電話ボックスに向かう。わたしがしなければならないのは、声色を変えてロンドン警視庁に電話をすることだ。

警察に電話を入れる。話すだけで精一杯だった。声音を変える余計な努力など、試みることもできない。

「事件です」そう告げると、ほかの人に転送された。

「どんな事件ですか?」新たな相手は朗らかに問いかけてきた。

「犯罪的な事件」サラの住所を告げ、電話を切る。

警察が、チャリングクロスからの電話の発信源をたどれないことはわかっていた。再び、人間に戻れたように感じた。不道徳ではあるが、傲慢の罪からは少しだけ離れた人間に。

あとはもう、地下鉄に乗ろうが、バスに乗ろうが、問題はなかった。地下鉄駅の外にバスが停まっていた。わたしは街の外れに住んでいる。地下鉄に乗ることにした。

ドナルドが待っているだろう。死んでしまった人間よりも、生きている人間のほうが重要なことを、彼は理解しなければならない。理にかなった考えのように思える。誰もそれを否定できないはずだ。気分が上向き始めていた。ゼロに近いところまで上がってきている。

地下鉄の駅を出た所で、すぐ脇をかすめ通った男がいた。

「警察がきみを待っているよ、ナンシー」男は、わたしの耳元に囁きかけ、また、よろよろと歩き始めた。

ローレンスだった。

ローレンスと会ったあとには、いつでも精神安定剤が必要になる。わたしにとっての彼は、不安を引き起こす薬のような働きをするのだ。

「待ってよ、ローレンス」かっとなって、その後ろ姿に声をかける。でも、彼は、通行人の動きから身を守るかのように腕を前に突き出し、遠ざかっていった。もし、それが、ほかの誰かだったら、酔っているふりをしているだけだと思ったかもしれない。

引き留めなければならなかった。あとを追いかけ、近づいたところで、わたしはハンドバッグを落としてしまった。バッグは彼の足元に落ち、中身が路上に散らばった。

ローレンスの前に回り込み、地面に膝をついて散らばったものを集める。彼も手を貸すために、わたしの脇に屈み込まなければならなかった。

「わたしのフラットにいるの?」そう尋ねる。

「うん」

「どうして知っているの?」

「そこにいたからさ」

「わたしの部屋に? 今日?」

「果樹園のリンゴの花の下で、二人で寝そべっていたのは、ずいぶん前のことだったな、ナンシー。ずっとずっと、ずっと前のことだ」

彼と果樹園で寝そべっていたことなどない。サラのことを言っているのだろう。あるいは、本の中の登場人物か。そんなことは、どうでもいい。

「どうして今日、わたしの部屋を訪ねてきたの?」

「あの花は、今頃青い実になっているだろうな。石みたいに頭の上に落ちてくるんだ――ポトン、ポトン、ガツン、ベッシャッ、ガツン。ああ、この頭にリンゴが落ちてくるなんて! ニュートンの気持ちがわかるよ。そんなことを、ずっと考えていたんだ」

酔っ払いには、ポイントを外して、会話をとりとめのない方向に持っていく特技がある。

「どうして今日、わたしのフラットを訪ねてくることにしたの?」重ねて尋ねる。わたしたちはまだ、口紅やら鍵やらを拾い集めるふりをして、舗道に並んで屈み込んでいた。

「電話だよ。今朝、電話できみの声を聞いたから。ナンシーだね、とわたしは言った。きみと話がしたかったんだよ、ナンシー。でも、疲れていたんだ。寝起きだったら、それがどんな感じか、きみにもわかるだろう? でも、きみはわたしに会いたいと言った。だから、訪ねてきたのさ」

「いつ?」

「起き出してから」

「だから、それはいつだったの?」

「何だって、わたしが起き出さなきゃならなかったんだ? そんな理由はないはずだ、そうだろう?」

彼の顔はすぐそばにあった。怒りを含んだ充血した目を見つめる。ローレンスは目を閉じ、わたしのそばを離れた。

「フラットには、ほかに誰かいた?」ドナルドのことを考えながら尋ねた。

「さあな」

殴りつけてやりたい衝動に駆られた。警察のことを何とか訊き出したい。でも、口論を始める危険は冒せなかった。どんな人間であれ、彼はサラの人生の一部だったのだ。だから今日は、たとえ最後の日であったとしても、普通の仲間として扱われなければならない。

「ありがとう、ローレンス。わたしを待っていてくれて、ありがとう」わたしがそう言うと、彼は立ち上がった。

「ほら、残りの小銭だよ、お嬢さん」まともな声が返ってきた。

彼は、小銭をわたしに手渡すと立ち去った。今度は、通りを歩くのに、先ほどのような苦労はしていない。

ここで出くわしたのは、決して偶然ではないのだろう。警察のことをわたしに警告するために、ローレンスは街角で待っていてくれたのだ。友情からの行為だった。そんな親切なことを彼がしてくれるなんて、思ってもみないことだった。

彼の心遣いが、どれほど自分に役立ったかはわからない。髪を染め、サングラスをかけ、アンティーブやアテネやアリューシャン列島に逃げることもできるだろう。だが、あいにくながら、パスポートを携帯していなかった。コッツウォルドやコンウォールやカンバーランドに隠れることもできる。「この女性を知りませんか?」新聞各紙——あるいは、そのうちの一紙——が人々に呼びかけ、何十人もの記者たちが、何十カ所もの目撃現場に捜索のため送り出される。

逃走には向いていない。捕獲用の罠が待つ場所に、歩いて戻るのが一番だろうと決心した。

四

フラットの外では、警官たちがわたしを待っていた。聞き取り調査に協力する市民に対しては常にそうであるように、温厚で感じのいい警官たちだ。制服を着ていないので階級はわからない。嫌な質問を耳障りのいい声で投げかける上役と、感情を見せずに聞き役に徹する二人の部下。わたしも、その部下たちの仕事ぶりに倣うことにした。

世間でも知られているとおり、マイケル・フェンビイ氏の元配偶者であったサラ・ランプソンを、わたしが知っているはずだと彼らは言った。

「でも――」と、わたしは答えた。「あなたたちは、彼女について、わたしから聞きたいことがあるんですよね？　外で話すより、中にお入りになりませんか？」

彼らは中に入るという。そうなるだろうと思っていた。ドアをあけ、そろって室内に入る。警官が三人もいては決して同じようには見えないけれど、やっと我が家にたどり着いたのは確かだった。

感じのいい、もの問いたげな笑みを浮かべながらも、室内の様子を素早く確かめた。ドナルドがいた形跡はない。灰皿に煙草の吸殻が残っているだけだ。全部で六本。それでなくても、煙草の量が多過ぎると心配しているのに。六本なら、一時間か一時間半というところか。だいぶ前に立ち去っているはずだ。

「午前中はずっと外出していたものですから」申し訳なさそうに切り出す。首の後ろに警官の冷い視線を感じながら、灰皿を取り上げた。

たぶん警部なのだろう、上役の男がわたしの前に回り込み、意味ありげな目で灰皿を見つめた。何げないふうを装い、灰皿を元の場所に戻す。人の注意を引くような真似はしたくない。交通事故を起こした人間を見るような目で警部に見つめられても、わたしには隠れる場所もないのだ。

せいぜい、光を背にして座ることしかできなかった。

「ランプソンさんとは長いおつき合いなんですか？」

「六年かそのくらいです」

「親友といった存在なのでしょうか？」

「はい」

「同居していたこともあるんですよね？」

「ええ」

「彼女の友人とも、大方はお会いになっているんじゃないかと思うのですが」

「だいたいは」

質問する男は、表面的には友好的で信頼できそうだったが、人間的には見えなかった。医者の中でもましなタイプという感じ。今頃、どこかの医者がサラを調べ、銃弾を取り出そうとしているだろう。そんな想像は、急いで頭から締め出さなくてはならない。気持ちをほかの映像に切り替える。例えば、丸々として、こちらを安心させてくれそうな医者とか。心臓を見てみましょうね、ランプソンさん。二、三カ所、縫い目の合わないところがありますが、大したことはないでしょう。さあ、大きく息を吸って！　大変、結構！　あなたは、あまり心配のいらない患者のようですね。ほかの死人たちを見ればきっと、虐げられた全身麻痺状態に同情するはずですよ。

笑いが込み上げてきた。声になって漏れ出そうなくらい激しく。それでも、何とか抑え込む。わたしにはすてきなことに、自制心の秘密の蓄えがあるのだ。

不思議に思ったのか、上役の男がわずかに身を屈めた。

「ちょっと、おかしなことを考えていたものですから」

「どんなことをです？」

「お医者さんについてです」

警官は身を起こした。わたしの答えに満足していないらしい。こちらの態度がこれほど奇妙でなければ、彼の態度も、もっと予測しやすかっただろう。

「ご友人のフェンビイ夫人と最後に会われたのはいつですか？」

サラはフェンビイ夫人と呼ばれるのを嫌っていた。そう言おうとして、「彼女は……」と言い始めた途端、ひどく緊張していることに気がついた。かなり長い時間、躊躇《ためら》ってから、やっと答える。

「彼女が……あなたたちに、ここに来るよう頼んだんじゃないですか？」

「いいえ、彼女の依頼ではありませんよ」警官は答えた。「どうして、そんなことをする必要があるんです？」

「理由は特にありません」

「こちらはかなり忙しい身でしてね。理由もなしに、人を訪ねたりはしないんですよ」

「そんな理由なんか、何も説明されていませんけど」

「それは失礼。わたしは、あなたがいつ、最後にフェンビイ夫人と会ったのかが知りたいんです」

「彼女はフェンビイ夫人と呼ばれるのを嫌がっていました。離婚したんですから」わたしは、勝ち誇ったかのように、きっぱりと言い返した。

「では、ランプソンさんと最後にお会いになったのは、いつなんですか？」

「昨日の夜、レストランで会いました。サリヴァンホテルの」

「あなたは、お一人だったんですか？　それとも、ご友人と一緒に？」

「敵と一緒に食事をすることは、まずありませんね」

「つまり、親しいご友人と？」

「親しい友人がいるのかなんて、わかりませんけど」

「でも、ランプソンさんのことは親友だとおっしゃいましたよね？」

相手が、動詞の時制にひどく注意していることに気がついた。訓練の賜物《たまもの》で、わたしにもそれはできる。どんな言葉にも、彼女の生存に関して疑問を持たせないようにすることは。

「お話したはずですけど」慎重に答える。「ランプソンさんに初めて会ったのは六年も前のことですから」

「それで、昨夜以降、彼女には会っていないんですね？」

「つまらないことを伺って申し訳ないんですけど、どうしてそんなことをわたしにお訊きになるんです？」

「お答えをいただけるかと期待して」警官は、晴れやかな笑みを浮かべた。

「何をお知りになりたいのか、話していただけませんか？」

「わたしが知りたいことなら、お話しましたよ、グラハムさん。最後にランプソンさんとお会いになったのは、いつなんですか？」

「その質問になら、もうお答えしたと思います。彼女には昨日の夜、レストランで会いました」

「それ以降は会っていないんですね？」

決断のしどきだった。この数時間のあいだ、いくつもの決断を強いられてきた。今のところ、その決断に間違いはなかったはずだ。

「はい」きっぱりと言い切る。「それ以降は会っていません」

警部に動揺した様子は見られない。しかし、部下の一人が椅子の上でわずかに身じろぎ、もう一人の部下と視線を交わし合うのが見えた。職を解かれるか、バチでも当たればいいのに。わたしが事実と違うことを言っているのを、彼は決してわたしに気づかせてはならなかったのだ。

もし、事前に知っていれば、もし、準備するだけの時間があれば、もう少しましな対応ができただろう。心の中でそんなことを言ってみる。でも、それが嘘なのはわかっていた。警察が待っていると、ローレンスが警告してくれたではないか。前もって、ある程度の話を考えておくことはできたはずだ。そんなことは、わたしには簡単なはずだ。話を作り上げることで、生計を立てているのだから。

「最後に彼女のフラットにいたのはいつですか？」

「さあ、覚えていません」弱々しく答える。

「親友の部屋をよく訪ねたりはしないんですか？」

「最近は、あまり会っていませんでしたから」

「仲たがいでも？」

「個人的なことを話さなければならないんですか？」

「いいえ、そんなことはありませんよ」警部は、さらりと言い返した。「こちらのお宅を調べさせていただきたいのですが。もし、かまわなければ」

「異議は大いにありますけれど」

「捜査令状を持っているんですよ」警部はそう言って、書類を見せた。

わたしは彼らの動きを見つめていた。二人の部下たちが部屋の中を調べ始める。犯罪小説に登場する警官たちと違って、彼らは乱暴でも横暴でもなかった。

「タイプ打ちの紙がたくさんありますね、警部」部下の一人が言った。

「わたしの小説の冒頭部分です」

「あなたは小説家なんですか、グラハムさん？」警部は尋ねた。

「半人前ですけど」そう答えると、相手は訝しげな目を向けた。これまで他人から受けてきた視線と、あまり変わらない。

煙草に火をつける。

「アメリカ煙草をお吸いなんですか？」すぐに警部が尋ねてきた。

「こっちのほうが好きなんです」

警部は灰皿を見つめた。最初の直観に従って、中身を捨てておけば良かった。

「お友だちがいらしていたんですか？」

わたしも灰皿を見つめる。国産煙草の吸殻しか入っていない。ドナルドが今朝ここにいたことを認めなければならないようなものは、何もないはずだ。職務質問が開始されて初めて、筋の通った考えが閃《ひらめ》いた。わたしが毎晩必ず灰皿をきれいにすることを、彼らは知らない。これが今日の吸殻だと、彼らが知る由はないはずだ。

「昨日一緒だった友人が家まで送ってくれたんです」わたしは答えた。

「六本の煙草を吸うほども長く、その方はここにいらしたんですか?」

「ええ、たぶん」

「二時間はかかったはずですよ」

「そうでしょうね。話し込んでいましたから」

「でも、その間、あなたはまったくお吸いにならなかった?」

「アメリカ煙草を切らしたときには、国産煙草でも一、二本なら吸うでしょうね」

「つまり、昨夜、あなたはアメリカ煙草を切らしていて、今日、その箱を買われたということですか?」

これは昨夜、ドナルドがサリヴァンで買ってくれたものだ。どんなに気をつけて話しても、口から出た途端に嘘になってしまう。レストランの従業員も、煙草の一箱のことなど覚えていないだろう。でも、伝票に載っているのでは? レストラン側では、テーブル番号を入れた伝票を保管しておくのではないだろうか? わたしには、そこまではわからない。すぐに、そんな嘘をつくのはやめることにした。

「今朝は買っていませんから、昨夜だと思います」

「でも、ご友人が六本の煙草を吸うあいだ、あなたはまったくお吸いにならなかった?」

わたしは、ただ頷いておいた。言葉は安全ではない。

「指紋を取らせていただいてもよろしいですか、グラハムさん？」

「嫌だと言って、拒否できるんですか？」

「いいえ。でも、ただの参考のためだと思ってください。あとで処分しますから」

この時点までは彼らも友好的で、取るに足らないおしゃべりをしに立ち寄った、という感じだった。何も説明しようとしないのは、こちらを犯罪者か精神異常者とでも思っていたのだろう。指紋の採取となると、事は尋常ではない。そのまますんなり同意したり、彼の知りたがっていることを追及しなかったりすれば、何らかの疑いで逮捕されてしまうのかもしれない。わたしは、そんなふうに感じていた。断固抗議しようと口を開きかけたとき、もう一人の部下が紙切れを手に警部に近づいてきた。一目でわかった。あの手紙だ。サラが送って寄越した脅迫状。

警部は興味深そうに、その手紙に目を通した。

「あなたがこれを書いたのですか、グラハムさん？」彼は尋ねた。

本当のことを言う習慣に戻る努力をしようと決めた。

「今朝、郵便受けに入っていたんです。サラ――ランプソンさん――が、わたしに送ってきました」

「どういうわけで？」

「彼女は昨夜、誰かから脅されていると話していたんです。その手紙をわたしに送るからと言っていました」

「どうして彼女がそんなことを？」

「わたしたち、友だちでしたから。わたしに何か手助けができるかもしれないと思ったんでしょう」

「友だちだった？」

「かつては親しくつき合っていた、という意味です」時制を正しく使えないなら、動詞なしで話したほうがいいだろう。

「あなたにどんなふうに助けてもらえると、彼女は思ったんでしょう?」

「たぶん、脅迫者が誰なのか、わたしなら見つけ出せる――かもしれない――と、彼女は思った――んだと思います」動詞抜きの文章なんて、こんな程度のごまかしが限界だ。

「それが誰なのか、あなたにはわかっていた――わかっている――」自分の言葉でも時制が乱れ始めたので、警部は途中で質問を切り替えた。「彼女はこの紙と一緒に手紙を送ってきたんですか?」

「『これよ』っていう一言だけでしたけれど」

「その手紙はどこにあるんです?」

思い出せなかった。警官たちにも見つけることはできなかった。

「あなたの未完成の小説の原稿を一枚、持ち帰ってもかまいませんか?」

「あとで返していただけるんでしたら」

「ええ、もちろんですとも」

警部は原稿の一枚を取り出し、手紙の横に置いた。

「同じような種類の紙ですね」

「それは自分でも気づきました。でも、安いタイプ用紙を使う人間なら、この手の紙を買いますから」

「このタイプライターで、ご自身で小説を打つんですか?」

「ええ」わたしは小説なんて一冊も仕上げていない。最初の作品の半分まで進んだだけだ。でも、重箱の隅をつつくような気分は過ぎ去っていた。

「タイプライターも回収しろ」警部は部下の一人に声をかけた。そして、わたしには、「預かり証をお渡ししますから」

「もう、これで終わりですか?」わたしは尋ねた。

「あと、もう一つだけ」そう言って、わたしのノートの束を指さす。わたしは、彼らが持ち込んだ予想もしていなかった災難に、すっかり心を奪われていた。ノートの束を、物憂い満足感とともに見つめる。そこには、サラが過去に関わった男たちの情報が山ほど詰め込まれている。この警部なら、何としても読みたがるだろう。彼が必要とするのは、速記符合で記された、わたしのプライベートについての情報だ。彼がそこから何も得られないことを、わたしは内心密かに楽しんでいた。

「これはいったい何なんですか、グラハムさん?」読みにくい手書き文字が散らばり、ラインが飛んだり跳ねたりする文面に眉をしかめながら、警部は尋ねた。

「次の小説もどきのためのノートです」わたしは答えた。

彼は不満げにノートの束を置いた。

このときには、本当にこれで終了かと思った。突然始まった長い夜通しのパーティに疲れ切った女主人には、やっと一人になれるという思いほどありがたいものはない。しかし、パーティはまだ終わりではなかった。そのあとも、ずっと長引くことになる。

「一緒に署までお越しいただきたいのですが、グラハムさん。我々の調査に大いに協力していただけると思いますから」

「何の調査なんですか?」ぐったりとした気分で尋ねる。

していた。

「サラ・ランプソンの殺人事件に関する調査です」そう答えながら、警部はわたしの顔をじっと観察していた。

驚きを装うには間違いなく遅過ぎたはずだ。それでもわたしは、そうすることを試みた。少なくとも、一番安全な方法を選んだと思う——驚愕による沈黙。フラットを出るときにも、その態度を保ち続けた。車の中でも、口を開かなかった。

警察署では、ある部屋に一人で待たされた。喉が渇いたと訴えると、何の趣もないカップで紅茶が出された。誰にも、急いでわたしを尋問する気はなさそうだ。ひょっとしたら、こちらの士気を弱めようという狡賢い魂胆で、わたしを一人、放置しているのかもしれない。彼らには、非協力的な客にウイスキーやジンをふるまうことは許されていないのだろか。アルコールは、真実を引き出すための最強の薬なのに。お茶なんかでは、いくらでも嘘をつける自信がある。

紅茶を飲み終えたあとは、自分に山ほどの真実が語れるだろうかと考えていた。自分の中に、それほどの真実があるとは思えない。わたしにとっての真実は一つだけだ。ドナルドを愛している。それこそが、今、こうして、警察署の部屋で座っている理由だ。

愛のためなら何でもできるというのは、真実ではないのかもしれない。でも、時にはそれが真実であるふりをしなければならないこともある。そうでなければわたしたちは、外洋から外れ、狭い溝に永遠に閉じ込められた自分たちの姿を見出すことになってしまうかもしれないのだから。

ドナルドを守るために、警察署の一室に座っているのが間違っていることはわかっていた。難しい立場ではあるが、深刻な意味で自分には何のリスクもない。見方を変えれば、危ういところはあっても、核心部分ではこの身の潔白に揺るぎのないことを信じていた。

でも、ドナルドは違う。もし、殺人罪に問われれば、文字通りそれは、彼の身の破滅につながってしまう。

幸運に恵まれた男性《ひと》ではなかった。せいぜい、命を二つ持っていたのがよかったくらいで、そのうちの一つはすでに使い果たしてしまっている。

初めて彼に会ったのは四年くらい前で、わたしが二十二歳のときだった。パーティ会場——きちんとした人たちには説明できないような類《たぐい》の集まりだった。なぜなら、そうした人たちなら眉を顰めるようなパーティだったから。そのときは、参加者全員が楽器を持ち寄り、一斉に演奏をするという趣旨の音楽パーティだった。ギターやフルートを持ってきた人が数人いたが、大抵はハーモニカやごみ箱のフタだった。間違いなく、全員が二十五歳以下だったと思う。自分の外に吐き出してしまいたい雑音でいっぱいになった若者たち。

サラとわたしはよく、そうした騒がしくて無秩序なパーティに出かけていった。そして、二人のうちの一人、もしくは両方が、家主を宥めるために階下に送り出されたものだ。頭のおかしな男で、大抵は下の部屋に滞在し、自分の家にかけた資金のことを悔やんでいた。

そのパーティで、ちょうど家主を懐柔するという使命を果たして戻ってきたときのことだった。ドナルドが部屋の隅で座り込んでいたのだ。彼を見たのは、そのときが初めてだった。色黒で、繊細そうで、その場の雰囲気に戸惑っている様子。一瞬の驚きとともに、わたしは悟った。この人こそ、わたしが探し求めていた人だと。彼の顔のどこに、懐かしさを感じたのかは説明できない。たぶん、夢の中の記憶か、子ども時代の記憶と合致したのだろう。でも、彼のことが好きになるのはわかっていた。彼の声を聞く前から、わかっていた。湖に浮かぶ新たな小島を発見したような興奮だった。

ドナルドは誰にも話しかけず、何をするでもなく、パーティの様子を眺めていた。彼について、突然、ある考えが閃《ひらめ》いた。

「あなたって、古代人に戻りつつあるみたい」わたしは声をかけた。

ドナルドは弱々しく微笑んだ。あとになって、彼の一番すてきなところは、人の言葉を理解する能力に欠けている点だとわかった。互いの言葉尻をつかみ合うことに躍起になっている人たちの相手をしていたあとでは、ほっとする瞬間だった。

「古代人って、どういう意味？」彼は尋ね返した。

「全身からダンスや歌を引き出しているような感じの人。純粋に思考する人生を、甘んじて受け入れようとしているみたいな」

「まだ、ほかの人のために踊ったり歌ったりできると思うけどね」ドナルドは、また違った感じの笑みを浮かべた。幸福なときの彼には、はっと目を引くようなオーラがある。でもそれは、自分が好きなタイプの人間に出会ったときに発するもので、よくある〝女の目を引きつける〟ための魅力ではなかった。

わたしたちはそのあと、少しだけ話をした。彼がそのパーティにやってきたのは、大学対抗のボートレースに関する誤った噂のせいだとわかった。

「これっていったい、どういうパーティなんだい？」不安そうに彼は尋ねた。

「入会パーティよ」わたしは答えた。「弱虫は担架で運び出される。残りの強い者だけが、朝の六時まで床に座って、イギリス文学の退廃について議論するの」

「本当かい？」ドナルドは純真そのもので、戸惑っているように見えた。そのときで二十三か二十四だったはずだが、そんな齢には見えなかった。真面目な少年のような雰囲気。古代人のようだと感じたのは、そのせいだと思う。わたしは、彼を好きにならずにいられなかった。だから、笑い声を上げた。彼は説明を求めて、不安そうな目をこちらに向けた。

「あなたのポケットを探ったら、クリケットのボールやラテン語のカンニングペーパーなんかが出てくるんでしょうね」第六学年（英国の中等学校の最上学年）の男の子たちのことなど何も知らなかったが、そんなことを言ってみた。彼らについては、本で読んだことがあるだけだ。

「クリケットに夢中なのかい？」彼は尋ねた。冗談を言っているのかと思った。そんな質問をする人になんか、会ったことがなかったから。本気で言っているのだとわかったとき、この人はおとぎの国から逃げてきたのだと思った。

溢れんばかりの魅力に満ちた男性《ひと》だった。たぶんそれは、あり余るほどのエネルギーから生じているのだと思う。常に、何か――クリケットのボール、自動車、雉《きじ》――を求めて、走り回っているようなタイプの英国人。普通の生活については何も知らなかった。陶芸とか馬具造りとか、そんな田舎風の手工芸を自営する家の出身。子ども時代には乗馬クラブに所属し、そこの校長の娘たちとテニスを楽しんできた。そういう娘たちが羨ましかった。どんなに、どこかの校長先生の娘になりたかったことだろう。わたしはずっと、父が与えてくれなかった、しっかりとした社会的地位に憧れ続けてきた。数週間のうちに、ドナルドがその代わりの存在になってくれた。

　わたしたちは頻繁に会うようになった。彼は吸収の速い人間だった――実際のところ、速過ぎるくらい。そのうち、フロイトという人間の存在について、わたしに説明し始めた。聞いたことがあるかい？　こういう抽象画みたいな考え方の中に、何かがあると思わないかい？

数週間後、ドナルドはフロイト派的な夢を胸に、スタジオを探し始めた。馬具造りも田舎暮らしも捨ててしまった。また違う意味で、野暮ったく退屈なアーティストになっただけなのかもしれないが、彼がその天真爛漫さを失うことはなかった。それは、メキシコ湾流の流れのように、彼の中を流れていたのだ。

ドナルドがサラと出会い、メキシコ湾流がその速度を緩めても、わたしはドナルドが好きだった。わたしたちは二人とも、ずっとドナルドが好きだった。サラがマイクとつき合い始め、わたしが、独学でバグパイプの練習をしている新聞記者とほのかな恋愛を始めたときでも。その新聞記者は、世の中の人間がみな文盲になり、新聞さえもが廃止されたときには、それが次の仕事になるかもしれないと言っていたのだ。家具つきの部屋に住んでいる男で、バグパイプを練習するには不都合だった。意地の悪いほかの部屋の住人たちから、しょっちゅう警察に通報されていた。空気袋を外したパイプだけで、すかすかと気の抜けた音を立てて練習しなければならなかった。一時的には彼も、偏執的な愛好家たちと同じように、そんな状況を楽しんでいたものだ。でも、ドナルドの魅力は、一時的なものではなかった。マイクとの結婚が破綻した九カ月後、サラは、ドナルドこそが自分の愛すべき男であることに気がついた。

そのときサラは二十六歳、わたしは二十四歳だった。もう、突飛なパーティに出かけるのはやめていた。二人とも、古代人に戻りつつあったのだと思う。その過程は、あの日まで続いた。自分の心臓に銃口を向けるドナルドを一人残し、サラが部屋を出たあの日。立ち去る直前、彼女は銃声を聞いた。でも、サラは戻らなかった。

記憶がその点に達したとき、思考はするりと方向を変えた。まるで、コウモリが危険な物体との衝突を避けて身をかわすかのように。何かほかのことを考えようとして、そのまま寝入ってしまったのだと思う。

もちろん、うとうとしていただけで、ほんの一、二分のことだったはずだ。でも、ふと目が覚めたときには、机の向かい側に男が一人、座っていた。

「ドナルド！」朦朧とした頭で呟く。しかしそれは、例の上役の男が、また現れただけのことだった。

「わたしのことを何とお呼びですか、グラハムさん？」警官は尋ねた。

「あなたに声をかけたわけではありません。お名前さえ知りませんから」

「わたしは警部のクルーです。前にお伝えしたはずですが」

「聞いていません」

「何かほかのことを考えておられたんでしょう」

「わたしなら、いつも何かほかのことを考えていますけど」

「でも今は、特別な一点について考えていただきたいんですよ。どうして今朝、サラ・ランプソンの部屋を訪ねたんですか？」

「どうして、わたしがそこにいたとお考えになるのかしら？」

「質問をしているのは、わたしです」

「それでしたら、わたしはそんな質問には答えません」

警部はそこで考え込んだ。

「我々は、ある事実をつかんでいます」警部は慎重に切り出した。「ある女性——ランプソンさんの所で週に二度仕事をしている女性が、今朝、十一時半頃、彼女のフラットを訪ねています。鍵をあけようとしたところ、ドアにチェーンがかかっていたそうです。ご存知かと思いますが、そういうチェーンは室内からしかかけられません。ということは、今日の十一時半、フラットには誰か人がいたということになります」

「ランプソンさんが自分でチェーンをかけたんじゃありませんか?」

「十一時半には彼女はすでに死んでいました」

「その前に、という意味です」

「もし、十一時半前に、彼女が自分でチェーンをかけたのだとしても、そのあとで外すことはできないはずです。ところが、デイルさん――その通いのお手伝いさんです――が、十二時頃にフラットに戻ってきたときには、チェーンは外れていました」

わたしは内心喜んでいた。この警部も、サラが自分でドアにチェーンをかけたと思っているようだ。ということは、あの茶色い手袋の女も、自分が鍵を差し込んだときにチェーンがかけられたことに気づいていない。つまり、わたしのことも、わたしの身体の一部も見ていないというわけだ。〈マーキーズ・オブ・ランチェスター〉のバーで、わたしたちの会話、もしくはその一部を耳にした。ただ、それだけのこと。サラの名前が出てきたから、ちょっと気になっただけのことだ。ここで、自分が彼女のフラットにいたことを白状しては、ばかを見るだけだろう。

「午前中の行動について、あらましをご説明いただけませんか?」警部は求めてきた。

「土曜日でしたから、ゆっくり寝ていて、遅い朝食を取りました。友人と会う予定があったんです」わたしはいったんそこで言葉を止めた。ピーターについてどう説明するか、考えなければならない。

「友人と会う予定があったんです」そう言って、「彼が電話を寄越してきたんです!」と、勝ち誇ったようにつけ加えた。いくら警察でも、電話については何も証明できないだろう。「ランチを一緒に取るつもりだったんですが、できなくなって、一杯飲みながら話をすることに切り替えたんです」

「それで？」

「そのあと、書店を何店か回りました。今、書いている、フランスの劇作家についての参考書を探していたんです。最終的にはハチャーズ書店で、『ジュネとイヨネスコ』という本を見つけました」

「どんな内容の本なのか教えていただけますか？」

「本当にお知りになりたいなら、詳しく説明しますよ。どこから始めます？　不条理演劇について、からでも？」

警部は室内に視線を彷徨《さまよ》わせた。不条理演劇から自分の頭を守ってくれるライフジャケットでも探すかのように。この男もまた、ただの人間なのだ。氷河のように、まったく非人間的な存在などではない。

「一緒に飲むことになったご友人とは、どうして昼食を取れなかったのですか？」

「ランチはほかの人と約束してしまっていたものですから」

「その方との昼食は取れたのですか？」

「いいえ。例の本にすっかり夢中になってしまって。経験の本質と隠れた本質についての部分なんですが」自分にはわかっている内容が、相手には理解できていないと思うのは楽しかった。その本のことは、週の初めに実際にハチャーズで目にしていた。実際に買ったのは、もっと簡単な内容のものだったけれど。

「ハチャーズにはどのくらいの時間いましたか？」

「たぶん、二時過ぎくらいまで。友人とランチを取るには遅くなり過ぎていました。それで、おとなしく公園を散歩して——グリーン・パークですけど——地下鉄で戻ってきたんです」

「わかりました。これまでのお話を復習してみましょう。あなたは遅く起き出して、遅めの朝食を取った。朝食には何を食べましたか？」

「コーヒーです」

「それだけなんて、よほど遅かったんでしょうね。ポットには四分の三ほどのコーヒーが残っていました。一杯分だけをカップに移し、少なくとも七、八割は残したままだ。遅い朝食どころではありませんね。まったく何も食べていないのと同じです。次に、あなたは友人とお酒を飲みに行った。どこで飲んでいたんでしょう？」

ここで嘘をついても、茶色い手袋の女が否定するだろう。

「〈マーキーズ・オブ・ランチェスター〉というパブです」真実をはっきりと答えた。

「サラ・ランプソンのフラットが近いから、そこにしたんですか？」

「人はどこでだって会うものでしょう？」

「お友だちというのは、どなたですか？」

それには答えられない。

「ピーターという人物だというのは、わかっています。あなたとランプソンさん、両方の知り合いであるピーターという人物を探し出すのに、そんなに時間がかかるとお思いですか？」

「ピーターという人です」その答えに返ってきた目つきは気に入らなかった。

「それから、あなたはハチャーズに行き、『ジュネとイヨネスコ』という本を手に取った。作者は

「……？」

「アプフェルシュタイン」

警部は紙切れに何やら書きつけた。たぶん本のタイトルだろう。ベルを鳴らし、部下にその紙を手渡す。

「二時までハチャーズにいらしたんですね？」

「はい」

「土曜日は一時で閉まるはずなんですが」

「二時までいられたら良かったのに」心からそう言ったわたしに、警部は微笑みかけた。校長先生と悪戯常習犯の生徒のように、わたしたちは互いのことを理解し始めていた。

「犯罪者が週休二日制だったら、わたしにとっても好都合なんですがね」とクルー警部。

「わたしのことを犯罪者だとは思っていらっしゃらないでしょう？」そう尋ねてみる。

「あなたは口が達者な方ですね、グラハムさん。次から次へと嘘をつくが、上手な嘘つきとは言えない。どうして、そんなことはやめにして、本当のことを話してくれないんです？ 最後には真実にたどり着くんですよ。どれだけ面倒が省けることか」

警部は少しのあいだ待っていた。もちろん、真実を言うことなんてできない。でも、そうできたらいいのにとは思っていた。

「お昼は食べたんですか？」彼は尋ねた。

「いいえ。こちらの方がお茶を持ってきてくれましたけれど」

「朝も食べていないし、昼も食べていない。今、何か食べる気はありますか？」

「気分が悪くなるかもしれませんけど」

警部は電話の受話器を取り上げ、お茶とサンドイッチを頼んでくれた。

ハンドバッグをあけ、コンパクトを取り出して自分の顔を覗き込む。

「この数時間で、髪が真っ白になってしまったんじゃないかと思って」震えながら、そう訴える。

「お顔を洗いたければ、ご案内しますよ」

警部は廊下の奥にあるドアにわたしを導き、立ち去った。中は洗面所で、洗面台と鏡があった。

冷たい水が顔に触れたとき、昨日までの生活がどんなふうだったか、ちらりと心を過《よぎ》った。

衝撃が加えられたからといって、形を変えるような愛は、愛ではない。

髪をとかす。

警察署に連行されたからといって、形を変えるような愛は、愛ではない。

しっかりとした手で口紅を塗ろうとする。

殺人罪で逮捕されたからといって、形を変えるような愛は、愛ではない。いや、それも愛だろうか？　でも、わたしには殺人の罪で捕らえられた経験はない。そんなことになる理由がなかった。

戻ってみると、空っぽの部屋で、サンドイッチとお茶が待っていた。サンドイッチを食べる。おいしいとは思えなかったが、力を蓄えておいたほうがいいだろう。次に何が起こるのかは、わからないのだから。サラのことを、あれこれ訊かれたとは思えない。もちろん、ピーターのこともある。あの警部は、嬉々として彼についての情報を集めているだろう。

ピーターに対して、自分にはどれだけの義理があるだろうか？　そんなものはまったくない。それでも、彼に害を及ぼすようなことはしたくなかった。

ローレンス。彼がサラと関わりがあったことを、警察は嗅ぎつけるだろうか？　ダイアゴナル・プレスの古い従業員たちから、いとも簡単に探り当てるだろう。渋々、ローレンスに対する自分の感情を分析しようとする。彼に対して、いつも腹を立てていたことに気づいて愕然とした。彼は、あまりにも速く転落してしまった。そのスピードは、サラに対する、そして、幾分はわたしに対する非難の現れだった。そのために、自分自身がアルコール中毒に陥らなければならなかったのだとしても。

それにマイク。彼については警察も、サラの元配偶者として、すべて把握しているはずだ。もっとも、その結婚がいかにして破綻したのかまでは知り得ないとしても。彼なら、自分のことは自分で守れる。わたしが彼を守る必要はない。

そして、最後にドナルドだ。警察も最後には彼に行きつくだろう。わたしの役目は、彼らの目が、最初からドナルドに向かないようにすることだ。

警部はずいぶん長いあいだ戻らなかった。自分の時計では、ほんの十五分くらいだったのだとしても。やっと警部が部屋に戻ってくる。以前ほどこちらに同情的でないことは、すぐにわかった。

「食事は足りましたか？」

「ええ。ありがとうございます」

「何を考えていたんです？」

「過去のことについて」

「ごく最近のことに関心を戻していただきたいんですよ。今日、ハチャーズ書店を訪ねたというお話ですが、まだ、そのように主張されますか？」

「はい。時間についてはちょっと間違っていたようですけど。時間を正確に把握するのは苦手なんです」

「そして、ハチャーズにいたあいだ、『ジュネとイヨネスコ』という本を見ていた」

「はい」

「ハチャーズには一冊しか置いていなくて、それも昨日売れてしまったようなんですが」

その書店に対して、一瞬、不道徳な思いが沸き起こった。

「あんな本を買う人がいるなんて思わなかったわ」さらりと、そう答える。

「ハチャーズにいたというあいだ、そこで何をしていたんです？」

「そんなことが重要なんですか？　十一時半前にはサラは死んでいたと、あなたがおっしゃったんですよ」

「あなたの行動をはっきりさせたいんです。十一時四十五分、あなたは確かに〈マーキーズ・オブ・ランチェスター〉のバーにいて、十二時までにはそこを出ている。それ以前にあなたを見た者はいない。そのあと、三時頃にフラットに戻ってくるまでのあいだも」

「でも、わたしは存在していました」

「そうなんですか？　では、それを証明してください」

ドナルドのことは頭から締め出さなくてはならない。事態を進展させることができるのは彼だけだ。十一時前にわたしがサラの姿を見ていたと証言することができるのも。彼がわたしの姿を見たのは何時だっただろう？　十時頃うちにやってきたはずだ。

「わたしは存在していました」そう繰り返す。「電話をしましたもの。ローレンスに電話したんです――ローレンス・ホプキンス――古い友人です」

「あなたのご友人ですか？　それとも、サラ・ランプソンの？」

「両方の」

「ランプソンさんを脅していた人間と連絡を取ってみると約束したから、電話したのですか？」

「そうです」

「では、ローレンス・ホプキンスがその脅迫者だと思ったんでしょうか？」

「いいえ。単に、最初に連絡を取ったのが彼だったというだけのことです」

「彼は何と言っていましたか？」

「電話には出ましたけど、何も話しませんでした」

「どうして、そんなことに？」

「二日酔いだったのかもしれませんね」

「ほかにも電話をかけた人はいますか？」

「ええ」マイクの事務所と彼のことを話した。

「やっとお話しいただけましたね、グラハムさん」警部は言った。「マイケル・フェンビイに電話したというのは事実です。本人が証言していますから。そこで、我々は、互いの考えを再度組み立ててみなくてはなりません」

「わたし以外には誰にも会っていないんじゃないですか？」

「すでに結構な人数と会っていますよ」

「そんな時間はなかったはずだわ」

「署内のほかの部屋に、何人かを呼びつけているかもしれないじゃないですか」

「マイク――マイケル・フェンビイがここにいるの？」

「彼のことは好きですか？」

「ええ。彼のことはいつも好きでした」

「彼と、あなたのお友だちのサラ・ランプソンが離婚したときでも？」

「ええ」

「彼とランプソンさんが婚約をしたときもですか？」

そう問いかけたとき、警部がわたしの顔を注意深く窺っているのがわかった。気持ちが数インチ沈む。わたしにサラを殺す動機があるなんて、誰にも思えないはずだ。でも、この場所、正常な世界から離れたこの場所では、どんな考えも可能だ。

「ええ！」強すぎるほどの熱意を込めて、そう答える。

「彼らはどうして離婚したんでしょう？」

「ピーターのせいでしょうね」不注意にも、そんな言葉がこぼれてしまった。

「ピーター・アボットですか？」

「彼のことなら話していませんでしたか？」

「我々のほうでも見つけ出したんですよ。彼の犯罪歴についても把握しています」

「何もかもわかっているなら、どうしてわたしをこんなところに閉じ込めて、あれこれ質問するんです？」

「あなた自身の利益のためにも、ピーター・アボットについて知っていることをお話しいただいたほうがいいですよ」

「わたしの利益のため？」

「誰かが殺人罪に問われることになるんです。あなたが犯人ということには、なりそうもないですけどね」

窓の外を見やる。煉瓦塀の眺めがとても面白かった。ブロックを二十五まで数えて、警部のほうに顔を戻した。

「ランプソンさんの寝室のドアノブに、あなたの指紋が残っていました。かなり鮮明に。ドアノブからそんなふうに指紋が取れるのは、めったにないことなんですよ。たくさんの人間が出入りしては、ドアノブに触れますから。今回のドアノブに関して奇妙なのは、あなたの指紋以外、誰の指紋も残っていないことなんです。加えて、ほかのドアノブには一つの指紋も残っていない。チャールズ・レスターという婚約者が言うには、昨夜一時頃ランプソンさんを家まで送ったそうなんです。一杯飲むために居間に上がり、そのとき彼女のためにドアをあけてやった。それなのに、今日の十二時には、居間のドアノブには誰の指紋も残っていない。どうして、ドアノブをみんな拭いて回ったりしたんです、グラハムさん？」

もっともらしい理由が見つからなかった。警部にはわかっているようだ。すぐにでも、殺人罪で逮捕されてしまいそう。そうなれば、ドナルドがわたしを守るために名乗り出てくるだろう。でも、今は一人だ。恐ろしさで、抜け道を考えることもできない。

「あなたの指紋は、戸棚の中の二つのグラスからも検出されました」警部は考え込むように続けた。「デイル夫人が鍵を差し込んだ十一時半、ドアにチェーンをかけた人間がいる。その五分後、フラットのある区画から立ち去るあなたの姿が目撃されています。デイル夫人が見ていたんです。彼女は、バーでもあなたを目撃しています。こうした事実をどう説明しますか、グラハムさん？」

十分とは言えないが、少しだけ頭がはっきりしてきた。

「物事をちゃんと考えているとは言えませんね。あなたは、十一時半にわたしがサラのフラットにいたと信じ込んでいる。だから、わたしの存在に合わせて殺人の時刻を変えることにしたんだわ」

「殺人の時刻を変えようとしているなんて、どうして思うんです？」

「彼女は十一時半前には死んでいたって、あなたが言ったんですよ」

「そんなことを言いましたか？」

「でも――彼女がいつ撃たれたのか、お医者さんが説明できないんですか？」

警部の口からため息が漏れた。わたしの言葉は、神経麻痺剤のガスのように二人のあいだを漂っていた。

「わたしは、そんなことを言った覚えはありませんよ。彼女が撃たれたなんて、どうして知っているんです、グラハムさん？」

狩りは終わりだ。キツネとか、カワウソとか、野外で狩られる生き物のような気分ではなかった。自分で掘った地下のトンネルの中にいる小動物のような気分――真っ暗なトンネルの中を、野蛮なイタチに追いかけられて、あたふたしている動物のような気分だ。

「わたしの質問に答えてください、グラハムさん」イタチ警部が言っている。地下では、彼の声もよく通らない。

「すみません」わたしは答えた。「トンネルのことを考えていたものですから」

「彼女が撃たれたことを、どうして知っているんです？」

「トンネルです。以前、みんなで田舎に行ったことがあるんです。そこに、鉄道のトンネルがありました……」話し続けることができなかった。荷が重過ぎる。わたしはまた、トンネルの中に入っていった。雑草がはびこる、廃線になった線路の一つだ。でも、かつては、数日おきに貨物列車が通っていた。わたしたちはみな、トンネルを歩いて通り抜けてみたら面白いだろうと思ったのだ。サラとマイクとドナルドとわたし。四人でトンネルに入っていった。最初は薄暗いだけだった。それでもみな、背後の明るい入口を何度も振り返っていた。薄闇が濃くなり、アーチ状の天井が押し寄せる闇の中に消えている。サラは怖がって先に進めない。マイクは必死に残りの三人を怖がらせようとしていた——腕を振り回したり、奇声を上げたり、コウモリの真似をしたり。トンネルの奥に進まなくてもいい言い訳を作っては喜んでいたのだ。それは、ドナルドも同じだった。三人は、先に進もうと言うわたしといつまでも言い争っていることはなかった。トンネルの外に出たくて仕方なかったのだ。つまずきながら遠ざかっていく三人の足音が聞こえた。後ろを振り返ると、トンネルが曲がり始めたのがわかった。入口の明かりは割れたボタンのようになり、それもやがて欠け落ちた。

闇の重さに押し潰されそうだった。心臓がかろうじて、その圧力に抗《あらが》っている。歩調を早めようとしたが、枕木のあいだに大きな石がいくつも転がっていた。騒音の立て過ぎだ。心の中の暗い部分がわき上がり、周りの闇と溶け合う。トンネルの中に住む生き物の邪魔をしているような気がしてきた。最初は、息をするたびに口笛のような音を立てる老人。そして、唸り声を上げる獣。わたしは走り出した。枕木につまずいて転ぶ。そのとき、列車が近づいてくる音が聞こえた。数日おきにしか通過しない貨物列車。それが今、よりによってこの瞬間に近づいてくるなんて。立ち上がって、走り出した。何とか自分を押し止め、トンネルの壁に背中を貼りつけて立つ。機関士の真っ赤に火照って煤けた顔が見えるほどの近さだった。長い列車が、砂利を蹴散らしながら、ゆっくりと通り過ぎていく。それが行ってしまったとき、わたしは気を失っていることも、倒れていることもなかった。列車のあとを追って、トンネルの外へと走り出た。

「トンネルの外へ」声に出して言っていた。少なくとも、自分のものと思える声が、そう言っているのが聞こえた。

警部がこちらに身を屈めた。片腕に手を添えて、椅子に座るわたしの身体を支えてくれる。

「水でもいかがですか、グラハムさん?」

「トンネルの外に出たいの」

わたしがまた失神しそうになるのを危ぶみながら、警部はゆっくりと手を離した。

「一時的な意識喪失に陥っていたみたいです」ぶつぶつと言い訳する。「外の空気が吸いたいんですが」

「残念ですが、それはできません」

「わかりました。トンネルのことを話していたんですよね」

「何の話をするつもりなんですか?」

「そういうトンネルに迷い込んでしまったら、脱出するには助けがいるということです」

警部はコップに入った水を渡してくれた。ゆっくりとその水を飲む。何はともあれ時間稼ぎだ。

「煙草を吸ってもいいですか?」

「かまいませんよ」

煙草に火をつける。

「こんなことから抜け出すための手助けをしたいんですよ。今日の十二時から三時までのあいだ、どこにいらしたんです？」

「電車に乗っていました。地下鉄です。トンネルがもっといっぱい。いつもの駅で降り損ねました。きっと、居眠りでもしていたんでしょう。ずっと先まで行って、戻ってきて、いつもの線に乗り換えました」

「チャリングクロス駅で？」

答えが出てくるまで、ずいぶん長くかかった。でも、「覚えていません」という言葉以上に、ましな答えは思いつかなかった。

「あのですね、あなたは北ラインに乗っていたんじゃないですか！　チャリングクロス駅以外のどこで乗り換えるんです？」

電車を乗り換える駅など、どこも思い出せなかった。地下鉄の路線図を思い描くことはできる。でも、どの線も果てしなく続くばかりだ。

「そうですか。それならチャリングクロスだったんでしょう」仕方なく、そう答える。

「そして、そこからロンドン警視庁に電話を入れた？」

答えることができない。

「そこが、あなたの有利な点なんですよ。警察に電話を入れたことが」警部は励ますように声をかけてくる。

「そうです、電話をしました」

「我々は、ずっとあなたを探していたんです。デイル夫人がナンシーという名前を聞いていました。

どのナンシーがサラ・ランプソンと繋がりがあるのか、尋ねた人たちはすぐに思い出してくれましたよ。彼女のフラットにいたことを、まだ否定し続けるつもりですか？」

「サラのフラットに行きました。でも、彼女はすでに死んでいたんです」

「まさしく、そのとおりです」そう言って、警部はため息をついた。

「どうやって中に入ったんです？」

「鍵を持っていましたから。いつも持っていました。友だち同士だったんです。彼女も、わたしのフラットの鍵を持っていました」

「本当に？」警部は驚いているようだ。「何時頃彼女の部屋に行ったんです？」

「はっきりとは覚えていません。十時半から十一時のあいだくらい」

「三十分も中にいて、いったい何をしていたんです？」

「部屋をちょっと片づけていました」力なくそう答える。「空き瓶を片づけたり、グラスを洗ったり」

「そして、ドアノブをきれいに拭った？」

「はい」不意に、トンネルの中に光のかけらが見えたような気がした。

「何を拭わなかったかお話しします。電話です」

「何ですって？」

「今朝九時半頃、フェンビイさんと彼の事務所に電話をしました。でも、自分の部屋からかけた電話で、サラの部屋からではありません。サラのところの電話は拭いていないんです。そこから指紋が取れるかもしれませんよ。わたしの指紋ではないものが」

「ご自分のために思い出してくれて嬉しいですよ」警部は満足げに答えた。「それは、我々も気づいた矛盾点です。彼女の電話にも指紋は残っていました。ほんのわずかでしたけどね。ずっと使われてきた電話にしては、非常にきれいな状態でした。指紋自体は不鮮明ですが、たぶん彼女のもので、間違いなくあなたのものではないでしょう。ということは、九時半には、あなたはその場にいなかったのですね」

「その前に、彼女は死んでいたんです」

「我々もそう思っているとは言いませんよ。わかっているのは、彼女がベッドの上で撃たれたということだけです。あとは、彼女が早起きだという点では意見が一致するかもしれませんが」

「いつも、八時には起きていました」

「たぶん。あなたは彼女のフラットに二度行くことができたかもしれませんね」

「なぜです?」

「ええ、なぜなんでしょう?」警部は苛立たしげに繰り返した。しかし、すぐに気を取り直したようだ。「十時半に行っただけなら、どうしてドアノブを拭いたり、グラスを洗ったりしたんでしょう?」

何とか、その点から警部の気を逸らさなければならなかった。

「誰でも狼狽するんじゃないでしょうか。わたしは、親友が殺されているのを発見したんですよ。だから、とんでもなく見当違いなことをしてしまったんです」

警部は椅子の位置を少しずらした。自分が机のそばではなく、少なくとも二フィートは離れた所にいるのに気づいて、驚く。少しずつ後ろににじり下がっていたのに違いない。

「我々が見つけた手紙ですが――彼女宛の。あれは、あなたのタイプライターで打たれていましたね」警部は、突然そんなことを言い出した。

「まさか」

「間違いありません」

「信じられないわ」

「あなたのタイプライターを使うことができた人はいますか？　あなたのフラットに一人でいたことがある人物は？」

「いいえ」

「我々は、あなたに不利な証拠をいくつかつかんでいるんですよ、グラハムさん。拳銃を発見できなかったのは残念でした。あなたは、凶器からも指紋を拭き取るつもりでいらしたんでしょうか？」

「まさか」

「考えられる仮定は二つだけです、グラハムさん。一つめは、あなたが殺人犯だということ。その場合、我々が心配しなければならない点は、さほどありません」

「そうなんですか？」

「ええ。もし、それが事実なら、二時間もかけずにその仮定を組み立ててみせます。その点はお約束できますよ」

「それは、どうも」

「しかし、もう一つ可能性がある」

「どんな可能性なんですか？」

「それはまた後ほど説明しましょう」

それからわたしたちは、あらゆる点について検証していった。四時間もサラの習慣について話し合い、過去と現在を行ったり来たりし、そして、いつも突然、わたしの疑わしい行動について話が舞い戻った。ピーターやローレンスやマイクについて、参考的な質問が不意に差し込まれる。彼らについては最小限の情報しか与えないつもりでいたが、最後には、自分が何を話したのかもわからなくなっていた――ただ一つのことを除いては。わたしはまだ、ドナルドについては一言も話していなかった。

いつまで持ちこたえられるか、わからなかった。もし、本当に殺人罪で告発されたら、気が違ってしまうだろう。ホロウェー刑務所にいる自分の姿を想像してみる。思い浮かんだのは、無数の鍵の束を手にした看守の姿だった。黒い毛の靴下と、青筋を立てた顔。自分はと言えば真っ黒な服を着て、裸足に毛織のスリッパを履いている。

そんな場所からは遠ざかっていなければならない。わたしは、電話機のことにこだわり続けた。九時半には、自分がサラのフラットにはいなかった事実に。わたしを解放してくれるよう、目の前の警部を納得させることができるのはそれだけだ。わたしに罪を着せるのが危険だと思わせるには、あまりにも心許ない事実だったけれど。

警部は断固として、わたしを解放しようとしなかった。でも、十一時には、どんな質問にもまったく答えられなくなるほど疲れ果て、頭がぼうっとしてきた。それでも、殺人に関することは避け、わけのわからないおしゃべりに徹するよう注意していた。それでやっと警部も、次回の事情聴取についてて心構えをしておくよう言い渡し、部下にわたしを家まで送らせた。

五

自分のフラットにたどり着き鍵をかけると、眠る手段について考えようとした。もう四十時間近くも起きている。眠る習慣を失ってしまったのではないかと思うと怖かった。よろめくように浴室に向かい、バスタブの蛇口をあける。シチュー鍋にミルクを注ぎ、ベッドの脇に睡眠薬を用意した。

バスタブに水が溜まると蛇口を閉め、何を見るというのでもなしに居間の中を歩き回った。無は結局、本物の無に行き当たる。タイプライターがあった机の上を見つめる。サラへの脅迫状をタイプするために、それを使った人間がいる。でも、ドナルドでないのは確かだ。

タイプライターを使った男は、わたしの部屋の鍵を持っていたことになる。サラを殺したあとに、彼女の所から持ち出したのに違いない。誰かがわたしを殺そうとする理由などない。頭では、そう理解できる。しかし、頭以外の部分がわたしをドアへと走らせ、鍵がかかっているのを確かめさせた。

電話が鳴った。ドナルドだといいのにと思いながら、受話器を取る。

「ナンシー？　マイクだけど」

「こんばんは」

「芝居を見てくれたかい？」

「どの芝居？」

「テリヴィジョンのためにやっている芝居さ。見なかったのかい？」

「ごめんなさい。出かけていたものだから」

「きみなら、新しいメディアに登場したぼくを、喜んで見てくれると思っていたのにな」

「もう、そんなに新しいメディアでもないいんじゃない？」

「でも、ナンシー、こいつはすばらしい芝居なんだぜ。ぼくは脳外科医の役なんだ。酒飲みで、禁断症状の発作が出始めたちょうどそのとき、以前の恋人が脳みそを破裂させて運び込まれてくるんだ。手術台に近づくときにはがたがた震えていて、スティールバンド（銅製のドラム缶を様々な高さに切断して楽器として使用する楽団）みたいに鉗子をガチャガチャ鳴らしている。問題は、ぼく自身もひどく震えていて、彼女の顔に器具を落としてしまったことなんだけどね。相手はシルヴィアでさ、前歯の義歯が一本、折れてしまったものだから、すさまじい勢いで怒り出したんだ。ぼくを訴えるつもりでいるよ。もし、ぼくが、彼女とカメラのあいだに立ってアドリブでごまかさなければ、彼女の言葉はみんな視聴者に伝わっちゃったんじゃないかな。きみは、ものすごいショーを見逃したっていうわけさ。明日には新聞各紙に載るだろうな」

「何が？」

「〝ショーは続く。著名な俳優、犯罪捜査課に尋問される〟ってさ。〝しかし……誰が彼の妻を撃ったのか？〟」

「マイク、あなたのところにも警察が訪ねていったの？」

「脳外科医のゴム手袋をはめる直前には、手錠を外してくれたけどね。ナンシー、どうしてランチの約束をすっぽかしたんだ？」

「ごめんなさい。忘れていたの」

「一日中、何も食べられなかったんだぜ。約束の時間が過ぎたちょうどそのとき、それはそれはお行儀のいい警官が大勢やってきて、六時間の楽しいおしゃべりのために、ぼくを連れ去ったんだ」

「まだ真夜中でもないわね。これからこっちに来て、ランチにしない？」

「いいね」

受話器を置く。冷蔵庫に厚切り肉が二、三枚あるのを確かめた。料理のためにオーブンに入れる。風呂に入っている時間はなかった。それでも手早く顔を洗い、もう少しまともに見えるようにする。マイクは常に、女性たちが美しく見えるのを期待する男だった。へとへとになった美容師軍団やブドワール（上流婦人の私室）のメイドたちの手を離れたばかりの状態のように。誇大表現癖のある人物でもある。

かつて、二階桟敷席の最前列で、彼に夢中になっていた時期があった。五週連続で金曜日に打たれる芝居で、マイクは誤解された潜水艦の艦長の役を演じていたのだ。過去にとても卑劣な真似をしたことのある人物で、船員たちは、水深三六〇フィートの深みでエンジンが故障した直後にその事実を知る。誰よりも先に艦長が逃げ出すだろうと、みなが思っていた。艦長自身も、そう思われていることに気づいていた。呪われた潜水艦に最後まで取り残されたのは、艦長と、ほとんど無意識状態に陥った反目分子のリーダーだけ。その部下には、脱出ハッチを抜けるだけの体力は残っていなかった。マイク演じる艦長は、その部下を一人死なせるのではなく、彼とともに艦内に留まった。幕。

現実生活において、マイクがこの艦長とは似ても似つかない人物であることを知ったのは、もう何年も前のことだ。確かに彼は、その役をすばらしく魅力的に演じていた。でも、脱出ハッチから一番先に逃げ出すのは、常に彼だと思う。実際の生活の中で、わたしは何度も、そんな場面を目にしてきた。

その芝居を見たとき、わたしはまだ二十歳だった。一年ほど経った頃、彼にインタヴューをする仕事を与えられて、わたしは自分の幸運に舞い上がったものだ。インタヴューでの彼はとても親切で、わたしたちは時々会うようになった。彼はわたしを、カプセル錠か何かのように見なしていたのだと思う。二週間に一度呑むにはちょうどいい、人々の称賛がぎゅっと詰まった錠剤か何かのように。彼と一緒にいるときには、ヴェネチアの街を初めて見たかのような、うきうきとした幸福感に包まれていた。でも、彼に恋をしていたわけではない。肉体的な情熱とはどこか違う、ロマンチックな気持ちがあっただけだ。

マイクについては、何冊ものノートに、かなり多くのことを書いてきた。その一冊を手に取り読み返してみても、まったく必要のないことがわかる。彼について思い出せないことなど、ほとんどないからだ。お世辞を並べ立てたページに眉をひそめながら目を通していたが、すぐに片づけてしまった。そして、彼との遅い昼食用に、肉の料理に取りかかった。

公演のあと、マイクがわたしを楽屋に呼んで、台本を差し出した夜のことを思い出した。それは通常、彼がわたしから、薬効のある称賛の一服を必要としていることを意味していた。わたしは逆らわなかった。彼がドーランを拭き取るあいだ、楽屋にいるのが好きだったのだ。そんなときのマイクはいつも、わたしの心の中で、直前まで演じていた劇中人物と混ざり合ってしまう。マイクが本来の姿に戻る過程を見つめることで、何か重要なことを学んでいるような気がしていた。ドーランと一緒にヒロイズムも拭き取られてしまうことを、わたしはすでに気づいていたのだ。

彼には、知り合いのことを勝手気ままに悪く言う癖があった。そして、わたしがその話に興味を持ち始めた途端、こう叫ぶのだ。

「でも、人と夜食《サパー》の約束があるんだ。帰る前にナンシー、そのネクタイを取ってくれないかな」

もう少し機嫌のいいときには、わたしを夜食に連れ出すこともあったが、もっと軽く済むランチや、日曜の午後の奇妙な食事のほうが多かった。大抵の場合、わたしはそれで満足していたし、マイクがお情けで向けてくれる関心に喜んでさえいた。それでも、彼のそんな意地悪がまったくの偶然なのだろうかと思ってしまうこともあった。公演のあとでわたしを呼びつけておいて、エレガントで洗練された女性たちとの夜食会に急いで駆けつけなければならないことがたびたびあったのが、単なる偶然だったのだろうかと。

代わりに、わたしがほかの男性との夜食に駆けつけるため、彼を途中で放り出せれば楽しいだろうと思った。でも、マイク以外に、わたしを夜食に誘ってくれるような男性はいない。いろいろなパーティに出かけ、夕食《ディナー》に連れていってもらうことはあったが、わたしの友人たちは夜食《サパー》というレベルではなかった。それで、ある夜、退屈なサラリーマンと劇場に行くことになっていたサラに、楽屋口の外でわたしと待ち合わせてくれるよう頼んだのだ。マイクに、〝友だちが待っているの。急いで行かなければならないのよ〟と言ってやるつもりで。

楽屋ではいつもの光景が展開していた。

「そのタオルを放ってくれよ、ナンシー。それじゃなくて、あっちのを。きみは恐ろしい看護婦になるだろうな。きみが壁にかかった写真に夢中になって、ほっつき歩いているあいだに、患者たちが毛布の海に溺れてしまう光景が目に浮かぶようだ」

タオルを放ってやった。

「この人、誰なの?」すばらしくきれいな女性の写真を見つめながら、わたしは尋ねた。

「ベラ。ベラドンナ（ナス科の有毒植物）の略さ。業界では、最も毒のある気質の持ち主だな」

「新人なの?」

「瞳孔がまだ広がったままだ。煙草をくれないかな、ナンシー?」

「あなたが吸うような煙草は持っていないわ」

「ぼくのコートのポケットの中だよ」

コートのある場所まで行き、煙草ケースを見つける。ケースに刻まれたイニシャルに気づいた。

Ｂ・ＣからＭ・Ｆへ。

マイクのために煙草に火をつけてあげる。

「ベラって、ゴールドの煙草ケースをプレゼントするほどはお金持ちじゃないのね?」

「それはベラからのものじゃないよ。彼女は餞別のプレゼントなんてくれないから。そんなことをしていたら、いくら稼いでも出費ばかりだ」

「台本はどこなの、マイク?」

「一番上の引き出しの中」

「本当?　イニシャル入りの靴下を掻き回したりなんかしたくないわよ」

台本を見つける。

「もう行かなきゃ」わたしは、そう言ってやった。

「ええっ、だめだよ。第二幕を見てもらいたいんだ。訳が正しいかどうか」

「原作なんか持っていないもの」

「いかにも翻訳調なんだよ。きみにも、わかってもらえると思うけど」

「家に持って帰って、見てみるわ」

「いいや、今ここで見てもらいたいんだ」

「マイク、わたしはもう行かなきゃならないのよ。友だちと会う約束があるの」

「どんな友だち?」

「女の子。外で待っているのよ」

「中に連れてこいよ」マイクは、さして気にも留めずに言った。

わたしは外に出て、サラを招き入れた。彼女は、髪の色に合う黄色っぽいコートを着ていた。まるで、ウサギに優しくした三番目の息子が獲得したご褒美のようだった。

ドーランを塗った顔で座ったままわたしに指示をしていたマイク、その外見をわたしがどう思おうが、まったく気にしていなかったマイクが立ち上がり、申し訳なさそうに魅力的な笑みを浮かべた。彼の瞳孔は、いたって普通の状態に見えた。

「油紙の手袋をしなきゃ、彼と握手なんかできないわよ、サラ」わたしは言った。

「すぐに落としますから。ぼくがきれいな笑顔を準備できるまで、ナンシーはあなたを招き入れるべきじゃなかったんですよ。煙草を吸いますか? それとも、飲み物でも? ナンシー、洋服ブラシがどこにあるか、わかるかい?」

「あなたのことは、いろいろと伺っていますわ、フェンビイさん」サラが言った。彼女は、とても恥ずかしがりやだった。

「ぼくも、あなたのことを聞いておきたかったですね」マイクの声は、とても柔らかだった。

サラとわたしは、顔を見合わせたりはしなかった。マイクについてわたしが知っていることは、彼女もみんな知っていた。わたしが彼をフラットに連れてこない理由も、彼女にはわかっていた。この数カ月というもの、ピーターがわたしたちのフラットに出入りしていたのだ。マイクがピーターのことを我慢できるはずがなかった。でも、そのピーターも今は刑務所の中だ。二人が顔を突き合わせる可能性はない。ピーターという男の存在自体、マイクの耳に入る可能性もなかった。わたしはそんなふうに踏んでいたのだが、もちろん、それは間違っていた。

その後、わたしたちは四人で、よく一緒に出歩くようになった。四人というのは、マイク、サラ、わたし、そして、もう一人、ほかの誰か。ドナルドだったこともあるし、役者仲間の一人だったこともある。一度、知り合いのブルガリア人の詩人を仲間に入れようとしたが、マイクにはお気に召さなかったようだ。

知っている男が、サラとの恋に落ちるのを見ているのは面白かった。マイクは、サラのことを恥ずかしげもなくわたしに話したものだ。彼女が忙しいときには、わたしをランチに連れ出そうとした。彼にとっては、サラについての質問に何でも答えてくれる人間と一緒にいるのが楽しかったのだ。サラの仕事のこと、どのくらいの頻度で髪を染めるのか、このブローチやら何やらを彼女が気に入るかどうか。

サラのほうは当初、幾分心配していたようだ。

「ナンシー、あなたはかまわないの？」

「ちっとも」

「お互いに同じ人を知っているのって、何だか気づまりだわ」

「ローレンスのときは、少しも気づまりなんかじゃなかったわ。ピーターも、わたしのブルガリア人の脅迫者も」

「でも、マイクはわけが違う」

「マイクのことは好きだけど、恋しているわけじゃないから。彼はわたしを相手に、芝居上のキャラクターを試しているだけなのよ。役者には、そういうキャラクターを投影する相手が必要なの。わたしには、それがわかっただけ。本当に恋しているわけじゃないことを証明しろなんて、言わないでよね。彼については、受け入れられない部分が多少あるのは確かなんだから。でも、あなたには、そんな部分は見せないはずよ。あの人、あなたに首ったけなんだから」

「その受け入れられない部分っていうのを教えてくれない？」

「マイクと結婚するの？」

「ええ」

「それなら、長く一緒にいることになるじゃない。わたしは部外者。何も言えないわ」

「ちょっとだけでいいから」

サラに、マイクの意地悪さや、感情的な悶着からいち早く逃げ出そうとする性向については話したくなかった。代わりに、用心深く、こんなことを言ってみた。

「ガラハッド（アーサー王伝説に登場する円卓の騎士の一人。最も気高く、純潔であるとされる）・コンプレックスなんて持っていない人ね。もし、あなたが彼を傷つけたりしたら、傷つけ返そうとするはずだわ」

それは、大した警告にはならなかった。マイクとサラが結婚したとき、二人は決して傷つけ合ったりしないと決めたからだ。二人は互いに愛し合い、結婚したがっていた。当初、わたしが見たところでは、二人はこの上なく幸せそうだった。結婚生活は短期間で終わってしまった。忘れたくない個人的な事情から、その間の出来事については、わたしは何も知らない。

結果として起こったのは、英国のかなり不便な所にある病院まで、行かなければならなくなったということだ。

いつも、自分の車が欲しいと思っていた。スピードが出る車。でも、スクーターですら、買えるお金を持っていた試しはなかった。やがて、ジャガーを持っている、ひどく無口な男と出会った。その石《ストーン》のような寡黙さから、わたしは彼をストーニーと呼んだ。彼が、わたしに運転の仕方を教えてくれた。わたしたちはしばしば夜のドライブに出かけ、速度制限なしの道路を見つけては走り続けた。地図のことなど考えなかった。だから、どんな場所までも行くことができた。二人でレーシングチームを立ち上げようなどという話までしたものだ。でも、熱心にその計画を練ったとは、とても言えない。

目にも留まらぬスピードで走り抜けるとき、世界がより鮮やかに見えるとは知らなかった。村が森に変わり、森が野原へ。その野原が家々へと姿を変え、わたしたちに向かって飛んできたかと思うと、瞬く間に見えなくなった。

最終的に海辺にたどり着けば、わたしたちはそこで車を停めて泳いだ。そして、小さな町々を抜けて家路につく。走り抜ける町々では、郵便局に明かりが灯り始め、早朝から出勤する勤め人たちが自転車で駅へと向かっていた。

わたしたちは、ほとんどしゃべらなかった。車のこと以外に話すことはない。運転をしているあいだはずっと、神の恩寵に包まれているような気分だった。二人で幻を見ているような感じ。わたししたちがレーシングチームを作ることはなかった。喜びは、一人でいることの中に存在する。ストーニーには、一般的な意味での想像力というものがほとんどなかった。車を走らせることに使い果たしてしまったのだ。車内でのわたしたちは、時々、理由《わけ》もなく同時に笑い出したり、歌を歌うことばかりを考えていた。

そんな夜間ドライブの次の日に起こる出来事は、陽炎《かげろう》を通して見ているような気分だった。サラとマイクの関係がどうなっているかは、まったくわからなかった。

二人からカクテル・パーティに誘われたことがあった。わたしはストーニーを連れていった。彼は、自分が陣取った部屋の片隅で、道路標識のように動かず、しゃべりもせずに立っていた。きらびやかな女優たちが彼越しに言葉を交わす。そして、三十分もすると、彼は突然、人をかき分けて近づいてきた。

「帰ろうぜ、ナンシー」わたしが話をしていた人たちのことなど完全に無視して、ストーニーは言う。

「ナンシー、まだ残っていてちょうだい。一緒にディナーに行きましょう。日曜日だから、マイクの身体が空くのは今晩だけなのよ」そう異議を唱えるサラの言葉を、ストーニーはまったくの無表情で聞いていた。

「悪いけど、サラ、今夜は運転のレッスンがあるのよ」

そう言って、ストーニーとわたしはパーティ会場をあとにした。

わたしたちが事故に遭ったのは、そうしたパーティのあとだった。ストーニーが運転をしていた。遅い時間で路上に物影はなく、わたしたちの独占状態だった。一台の車が脇道からこちらに曲がってきた。ストーニーはその車をかわそうとして、バスが向かってくる反対車線に入ってしまった。正面衝突になるかと思いきや、彼は見事にそのバスもかわした。素晴らしい運転技術だった。車が横滑りを始める。彼は必死に持ちこたえようとした。「もうだめだ」とタイヤが悲鳴を上げる。限界に達し、わたしたちの車はひっくり返った。

どこかに寝かされ、注射針を打たれると、わたしは目を閉じた。目をあけたとき、吊り包帯を下げ、ギプスに包まれたストーニーがそばに立っていた。

「大丈夫かい、ナンシー?」彼は尋ねた。

わたしは再び眠り込んだ。目覚めたときには、少し気分が良くなっていた。ストーニーがまだ、そばに立っていた。

「大丈夫かい、ナンシー?」

「カクテル・パーティよりはましね」

「うん」

「でも、二日酔いがひどくなってきたみたい」

「ジャガーがその罰を食らったよ」

「まあ、ストーニー。代わりの車を買うの?」

「いいや。父親が電話を寄越してきた。ぼくをカナダにやるつもりらしい。そこで、一人でやっていかせるために」

「あなたがあのバスをかわせるとは思わなかったわ。あっと言う間の出来事だったけど、それが最後になってしまったのね」

「うん」

「また別の車を買わなきゃね、ストーニー」

「うん。カナダで。ぼくと結婚しないかい、ナンシー?」

「悪いけど、ストーニー、そんなことにはならないと思う」

「そうだね。ジャガーのことがなくても」

彼は、わたしを見つめて立っていた。その顔には何の感情も窺えない。でも、わたしには、彼が何とか別れにふさわしい言葉を探そうとしていることがわかった。

「じゃあ、ぼくはもう行ったほうがいいね」ストーニーは言った。「何かできることはあるかい?」

「会社の人たちに知らせなきゃ。それに、着替えも必要だわ。サラに知らせてもらえる? 彼女が全部やってくれるから」

「わかった。それじゃあね、ナンシー」

感動的な別れではなかった。最後の言葉を告げるために、彼がドア口で振り返るときでさえも。サラが来てくれた。片田舎では一際目立つ彼女に会えるのは嬉しかった。わたしが知っている人間の中でも、一番目立つ存在だ。

手術の手も止めてしまいそうなほど、サラは美しかった。もしかしたら、死さえ遠ざけてしまうかもしれない。病院には似つかわしくない服を、彼女は持ってきてくれた。香水のような贅沢品や、山ほどの煙草も。彼女には、病院の仕掛ける罠がよくわかっていたのだ。

サラは、マイクとその気分のことをとても面白がっていた。自分がいつも一歩ずれていて、ジュリエットを演じなければならないときに洗濯をしていること。ジュリエットになろうとしたときには、当のマイクが、大勢の中にいても一人で生きている潜水艦の艦長になってしまっていること。

「彼がオセロモードに入ったときには気をつけてね」わたしは言った。

「気をつける必要なんてないわ。マイクとの結婚を真剣に考えているんだもの。新聞であなたのことを読んだときには、びっくりしたのよ。ぺしゃんこになった車の写真が出ていたんだから。もの凄い事故のようだったし、あなたの意識もまだ戻っていないって書いてあったし。胸を蹴られたみたいに、一瞬、心臓が凍りついてしまったんだから。わたしは泣き出すし、マイクは怒り出すし」

「怒り出すって、いったい、何に？」

「辺りかまわず怒鳴り散らして、女たちのことを非難するのよ。もう耐えられなくなって、バスルームに鍵をかけて閉じこもったわ」

「でも、また外に出てきたわけね？」

「そんなに長い時間じゃなかったから。マイクが怒り出すと我慢できなくなるの」

「それも彼の演技の一つなのよ」

「でも、マイクったら、それを楽しんでいるのよ。わたしは、あなたが死んでしまうんじゃないかと思っていた。彼にかまっているような気分じゃなかったわ。あの人、あなたのことで怒っていたのよ」

「その理由については説明してもらっていないわね」

「話したら、今度はあなたのほうが怒り狂うでしょうね」

「そんなことはないわ。怒りなら、もう出し尽くしてしまったもの」

「あの人は、こんなことになるだろうと思っていたと言ったのよ。あなたは刺激に貪欲だから、こんな目にあっても当然だって。あなたと、あのマニアックなストーニーは、密かに際《きわ》どい自殺ごっこをしていいるんだって言うの。パーティのあとディナーに誘ったのに、あなたの態度は無礼だったって」

「そうだったのかしら?」

「そんなことはないわ。あなたが帰っても昨日の夜は何も言わなかったのに、騒ぎが起こった今日になって、そんなことを言い出すんだから。それに、あの人ったら、あなたがこの事故を面白がっているかもしれないなんて言うのよ。そうなの?」

「半分は、そのとおりね」

「ナンシー!　あなた、ストーニーから、あれっぽっちの言葉しかかけてもらえなかったのよ」

「追い払うべき余計な情熱を押しつけられたようなものね」

その答えにサラは、わたしがストーニーを愛していたのかと訊いた。わたしは、彼のプロポーズのことを話してやった。サラの顔が輝く。

「『そうだね。ジャガーのことがなくても』って、彼はそれだけ言って、ギプスだらけのあなたを残して立ち去ったっていうわけ?」

「別れの言葉を残していったわ」

「愛の言葉?」

「彼、ドア口で振り向いて、こう言ったの。『横滑りは一〇五ヤードも続いたんだよ』って。そして、出ていったわ」

わたしたちは同時に笑い出した。肋骨が痛かったけれど、止めることができなかった。サラがマイクへの誠実さを失わないまま彼の元を離れたときも、すべては以前と変わらず、おかしかった。

わたしは笑うのをやめた。主な理由としては、あまりにも苦しかったからだ。そして、マイクの話を続けてくれるよう、サラに頼んだ。

「ストーニーが電話してきたとき――あの人、たったの十語しか使わなかったわ――あなたの所に駆けつけるとマイクに言ったの。何でもわたしの好きなようにすればいいって、彼は言った。もちろん、いつものように、それは逆の意味なんだけどね。そして、もう二度と、あなたとは口をきかないと言ったのよ」

「ストーニーやわたしが酔っ払っていたと思っているのかしら？」

「あの人、そんなことは端《はな》から考えていないわ」

「そこが、彼の心配している点なのよ。もし、わたしが死んだら、審問が開かれるでしょう？　あなたたちのパーティで、わたしがお酒を飲んでいたことが明らかになる。陪審たちは、酔っぱらった役者たちや、その荒《すさ》んだ生活について、あれこれと不愉快なことを言い出す。その点はちょっと不公平なんだけどね。わたしはトマトジュースしか飲んでいないし、ストーニーもビールを一杯飲んだだけだったんだから。でも、マイクはスキャンダルを恐れているのよ。わたしが生き延びれば審問もなくて、万事オーケー。彼が話しかけてくれなくなるのは、わたしが死んだときだけよ」

わたしたちは、また一緒に笑った。でも、わたしにはそれが真実だとわかっていた。スキャンダルに巻き込まれそうになれば、マイクはわたしでも、ほかの友人でも、いとも簡単に切り捨てるだろう。彼が、自分の評判に妙なこだわりを持っているのかどうかは知らない。汚点のない評判が、役者としての花道に二十年も貢献することを期待しているのかどうかも。

わたしは数週間入院していたが、やがてハイヤーで、そろそろとロンドンに送り返された。ダイアゴナル・プレスは非常に寛大なことに、薬物及び暴力に関する社会的問題を取材するために、わたしをイタリアに派遣してくれた。わたしはと言えば、歩くミイラのような状態だったが、イタリアの人々は、わたしもまた暴力事件の被害者だと思ってくれて、すべては順調に進んだ。ロンドンにいるあいだ、サラには会ったが、マイクのことは慎重に避けていた。イタリアにいるときは、二人から何の連絡もなかった。英国に戻ってきてからも、マイクを避ける方針で突き進むつもりでいたが、サラがあるニュースを伝えてきた。わたしは、自分が悶着を丸く収めなければならないことを悟った。

サラが伝えてきたニュースとは、マイクがオセロモードにいるときに、ピーターについて話さなければならなくなった、ということだった。

「サラ」と、わたしは尋ねた。「ピーターが刑務所にいることは、マイクには話していないんでしょう?」

「夫婦間では何事もオープンにすべきだとレクチャーしてくれたのは、あなただったはずだわ」

「それは単なる一般論じゃない。マイクの場合は特別に考えるべきだったのよ」

「彼も、そう思っているわ」

「それは良かった。ピーターのことはすでに話してしまった。それなら、その問題の重要性を小さくしていけばいいのよ」

「まだ無理だわ」

「今でも愛しているの?」

「ええ。まだ愛しているわ」

「わたしが訊いているのはマイクのことよ。彼をまだ愛しているの?」

「答えるまでもないわね。もちろん、今でもマイクを愛しているわ」

「ピーターのことはどの程度話しているの？」

「真実をすべて」

「それは厄介だわね」

「どうしたらいいと思う？」

「うまい嘘をでっち上げる」

「本気？」

「ピーターのことは切り捨てる」

「無理よ。刑務所から出てくるのよ」

「間違いなく、彼と会うつもりはないのよね？」

「あの人がわたしのために刑務所に入ったっていうことを、忘れてしまったの？　彼の将来を心配する人間は、この世に一人もいないのよ。出迎える人間が誰もいない状態で、どうして彼を刑務所から出せるの？」

「あなたの心配がその点だけなら、わたしが彼を迎えにいくわ」

「いいえ。それでは同じことにはならないわ」

「誰もいないよりはましでしょう？」

それが、彼女にとってもマイクにとってもより良い方法なのはサラにもわかっていた。でも、彼女は、そういう方向からこの問題を捉えようとはしなかった。

「本当に、あなたが迎えにいってくれるの？」

「ええ、喜んで」心からの答えだった。刑務所から出てきたばかりの人には、まだ一度も会ったことはない。

「でも、マイクには、わたしがピーターを迎えにいくって言ってしまったのよ」

「それなら、行かないことにしたと言えばいいじゃない」

彼はわたしに話しかけない。顔色を失い、立ちすくんだ振りをしている。わたしがピーターに会いにいったところで、事態はそれ以上悪くなりはしないだろう。

「もっと悪くなるわ。リュートのひび割れどころじゃない。オーケストラに爆弾を投げ込むようなものよ」

翌日、マイクは電話をしてきて、わたしを飲みに誘った。変に気取った、意地の悪い態度を装っていたが、最後にはピーターのことを持ち出してきた。

「評判というものがあるんだよ、ナンシー」

「何に対する評判？」

「離婚の一度や二度、ひょっとしたら三度でも、評判を傷つけたりはしない。でも、当然のことながら、そこにはまともな理由がいる。もし、奥方がキューガーデンズ公爵と駆け落ちしたっていうなら、足元をちゃんと見ている限り、世の中の進歩とも言えるだろう。でも、その奥方が、横領犯よりもずっと低俗な罪で逮捕されて、ワームウッドスクラッブス刑務所から出てきたばかりの男と密通をしていたとなると、評判は泥だらけの地の底まで落ちてしまうんだ」

「偉大な俳優の評判なら、そんなことはないんじゃない？」

「それはどうも、ナンシー。でも、まだ、偉大な俳優の一歩手前でね。偉大な俳優の周りには、それはそれは高い塀が張り巡らされているんだよ」マイクはぬけぬけと言った。「で、その塀の周りには、それを飛び越えられなかった名優一歩手前の俳優たちの転落死体がごろごろと転がっているんだ」

「マイク、あなた、セント・マーティンズ通りの哲学者にでもなったの？」

「ロンドンで一番の笑い者になってしまうさ。もし、今回の件がゴシップ記事にでも取り上げられたら。やつに会いにいったサラを撮るために、カメラが刑務所の前で待ち構えていたらどうするんだよ？」

「わたしが代わりに会いにいくことになったって、彼女、言ってなかった？」

「本当？」

「ええ。心配しないで、マイク。サラがあの人に会うことは二度とないわ」

「そんなことになったら、もう終わりだと彼女には警告してあるんだ」

サラを脅すのは得策ではないと言いたかった。でも、二人の友人としての役割を必要以上に演じるつもりもなかった。

翌朝、わたしは刑務所の外で待っていた。かなり早い時間に着いてしまった。囚人たちを取り囲む壁を見つめる以外することもない。こんな所に入ろうとする囚人予備軍などいるのだろうか。そんなことをずっと考えていた。

ピーターは、ほかの男二人と一緒に出てきた。陽の光の眩しさに、目をしばたたかせるのだろうと思っていたが、そんなことはなかった。今では、十分な陽光を取れるほど、刑務所も近代化されているのかもしれない。

わたしの姿に気づくまでは機嫌よさそうに見えた。でも、すぐに、ピーターの顔から笑みが消えた。

「やあ、ナンシー。おれについての話を書くために来たのかい？」

「いいえ。挨拶をしにきたのよ」

「サラは？」

「彼女は来られなかったの、ピーター。わたしと一緒に朝ご飯を食べましょう」

「どうして来られなくなったんだ？　来ると言っていたのに」

「そう言っていたの？」

「手紙でね」

煙草を差し出す。ピーターはそれを受け取り、不機嫌そうに長々と吸い込んだ。火のついた赤い先が一インチにもなった。

「彼女があんたを寄越したのか？」

「わたしは喜んで迎えにきたのよ。うちに寄って、ゆっくり寛いで朝ご飯を食べたらいいんじゃないかと思って」

「サラもそこにいるのか？」

「いいえ」そのとき初めて、サラが結婚したことを彼は知らないのではないかという考えが心を過《よぎ》った。

「手紙の中で、サラはいろんなニュースを伝えていたのかしら？」

「いろんなニュースって？」

ピーターは両手をポケットに突っ込み、踵を軸にして身体を前後に揺らし始めた。軽い調子で朝食に誘い、おしゃべりをしようと思っていたが、無為に終わった。彼はあの、競馬馬を測るような目でわたしを見た。どうやら、わたしには金を賭けるだけの価値もないようだ。

「中では毎日、煙草をもらえたの？」

「ああ。朝食にはブランデーも」

「ご希望なら、イタリアから持ち帰ったワインを朝食に出せるわよ。行きましょう、ピーター。新聞をたくさん買い込んで、目玉焼き六つにベーコンを添えてもいいわ」

ピーターは、好奇心旺盛なネズミがチーズに惹かれて罠に近づく前に辺りを調べるように、ぐるりと首を巡らせた。その顔が変わる。もう、ネズミのようには見えなかった。谷底に落ちた男が、やっと救助隊の到着を知ったときのような顔をしている。

振り向かなくても、サラがやってきたのだとわかった。

彼女は前に進み出て、ピーターの手を取った。

「戻ってきてくれて嬉しいわ」とサラは言った。

キスを交わす二人。火花が飛んだ。爆発はすぐにでも起こるだろう。

口を挟もうとしたが、サラは聞く耳を持たなかった。刑務所から出てきたピーターは、そこに入る前の彼よりも、さらに厄介な存在になっている。それを彼女に理解させるのに三十分はかかるだろう。でも、三十分などかけていられない。一分でさえ。わたしはそれを一言で表現しようとした。

「あなたがここにいることをマイクは知っているの？」

「マイクのことなら、一日考えなくていいのよ」サラは答えた。

「一日？」

「ええ、ナンシー、一日だけなら」彼女はいつものの、後ろめたそうな笑みで訴えかけてきた。

「マイク？」ピーターが不機嫌そうに尋ねる。

「わたしの上司よ。ナンシーったら、いつも仕事のことばかり心配しているんだから」

わたしは、石が降ってきそうな嵐からは避難することにした。二人にさよならを言い、その場を離れた。

その夜、劇場から戻ってきたマイクが電話を寄越した。ピーターには会ったが、サラには今日一日会っていないと話した。

翌朝にもマイクは電話をしてきた。わからない、サラには会っていない、としか言えなかった。

二日後、サラから電話があった。ずっと家にいると言う。それなら、マイクはどこに行ったのだろう？

「きっと、脱出ハッチから逃げ出したんでしょうね」わたしは答えた。「あなたはまだ、潜水艦の中にいるの？」

「ナンシー、つらいのよ。つらくて仕方がないの。これ以上一人にされたら、どうしていいかわからないわ」

わたしは仕事を放り出して、サラに会いにいった。

ピーターとは金輪際手を切った。残りの人生をずっと、マイクと落ち着いて暮らしたいのだと彼女は言った。

「こういうことをする女の人たちは確かにいるわ。でも、決しておおっぴらにはしないものなの」わたしは怒りながら言ったものだ。「こんなに考え方が違うなら、マイクには一生、受け入れられないでしょうね」

「彼のことならよくわかっているでしょう、ナンシー。どう説明すればいいのか教えて」

「無理ね、サラ。あなたは、一生マイクと暮らすことより、ほかの誰かとの四十八時間を選んだんだもの」

「わたしはピーターを望んだりはしなかったわ。でも、あの四十八時間は、マイクよりもピーターのほうがずっとわたしを必要としていたんだもの」

互いによく知っている者同士でも、こんな嘘をつかなければならないときがある。だからと言って、一つや二つの嘘で友情が壊れてしまうことはない。日曜の夜だったから、劇場に電話をすることもできなかった。最後にはタクシーを捕まえ、パブ巡りをするはめになった。マイクを見つけると、サラのために彼を落ち着かせようと必死になった。エンバークメント沿いを歩きながら、彼は女性の貞節について訴えた。来た道を戻るときには、自分の評判について。もう一度、同じ道を歩くときには、二流の俳優であることの悔しさについても。そして、その道を再度引き返す頃には、彼の精神状態も元に戻っていた。ある役割においては、自分が同世代の俳優たちの中でも突出した存在であるとこれまで証明してきたこと、自分を支持し支えてくれる妻の存在がどれだけ必要であるかを、しっかりと認識して。わたしはそこで彼を立ち止まらせ、サラの美しさや知性のことを滾々《こんこん》と話して聞かせた。称賛できる才能を持つ夫を、彼女がどれだけ必要としているかについても。マイクは家に帰ると言った。二人のフラットのドアの前に彼を残し、わたしは立ち去った。

しかし、それは無駄な努力に終わった。彼らがどんな口論をしたのかは知らないが、仲違いは永遠のものになってしまった。マイクは家を出て、わたしが知る限り、二度とサラに会うことはなかった。

サラはダイアゴナルに戻った。会社は彼女に、小規模な雑誌の編集長という職を与えた。

わたしは徐々に、非政治的立場の外国人記者として海外に派遣されるようになった。ダイアゴナルは二人にとても良い待遇を与えてくれた。わたしは最終的に会社を辞め、フリーランスの仕事を始めた。彼らの仲が破局してからの数カ月間は、マイクに会うことはまったくなかった。でも、徐々に彼は、わたしが英国にいると聞いたときには電話を寄越し、食事に誘ってくれるようになった。彼はいつも楽しそうだったが、サラについて口にすることは決してなかった。

はっきりとわかっていることが一つだけある。かつてはそうだったとしても、今のマイクにはサラを殺す理由などまったくないということだ。サラの元を去ってから三年、ついに離婚が成立した今となっては。

六

この数カ月間、ほかの誰よりも、ドナルドに会うことに夢中になっていた。それは、マイクのように長く友情を育んできた友人でさえ、例外ではなかった。最後にマイクに会ってから、八、九週間は経っていただろうか。ドア口に現れた彼を見て最初に思ったのは、かつてあれほど崇めていた男が、どれだけ老けて見えるか、ということだった。

コートを脱ぐのに手を貸す。マイクは腰を下ろすと、手の甲で額をさすった。彼の仕草はすべて、悲壮感たっぷりで憐れっぽい、陳腐な芝居のように見える。でも、それは、この状況下で彼が、傍《はた》からそう見えるように望んでいる姿だった。

「警察はぼくをあのフラットに連れていったんだよ」と彼は言った。「ぼくをあそこに連れていって、彼女を見せたんだ。ただの形式だと連中は言った。嫌と言うくらい、ベッドに横たわる彼女を見せられた。どうして、あんな状態の彼女を見せる必要があったんだ？　ベッドの中にいる彼女を？」

絶望的な眼差しをわたしに向ける。でも、彼は答えなど待っていなかった。マイクの独り舞台だ。

「警察は、ぼくが彼女を撃ったと思っているんだ。だから、彼女の姿を見せたんだよ。元夫でなければ、いったい誰が女を殺すのか、ってね。警視、巡査部長、医者、連中には何の疑いもない。〝犯人はこいつだ〟。そう、自分たちの手帳に書き込むのさ。まったく、何ていうやつらだ！　『ある人妻の死』でぼくがレイモンド役を演じたのを覚えているかい？　明日にはロンドン中の新聞が、奇妙な偶然について書き立てるさ」

「『タイムズ』には載らないわよ」そう励ます。

「もう二度と、殺人劇なんかには手を出さないよ。それだけは確かだ」

「ランチを作ったのよ、マイク。もう真夜中過ぎだけど。少し食べなきゃ」

「ワインを一本、持ってきたんだ。きみの気持ちを和らげるために」

わたしは彼に食事をさせた。ひどく落ち込んでいるのが、はっきりとわかる。酒のボトルは実は二本で、一本はブランデーだった。

「どうして、わたしの気持ちを和らげる必要があるの？」

「きみに真相を知ってもらいたいからさ」マイクは答えた。

おかしな言い方だと思ったが、十分に考える間も与えず、彼は先を続けた。

「ナンシー、ぼくにサラが撃てたなんて思うかい？　証言や抗弁なんかはともかく」

もちろん密かにではあるが、ずっとマイクの顔を窺っていた（彼が、わたしの顔を窺っているのと同じように）。増水した川に呑まれて渦巻く難破船の残骸のように、ある推測が心の中で浮き沈みしている。彼がそう訊いてくれて嬉しかった。マイクのこと、彼について知っていることに思いを巡らせる。残骸は、水面から姿を消し、沈んでいった。

「いいえ、マイク。あなたにサラを殺せるはずはないわ」

「ありがとう。さあ、飲もうじゃないか」

「マイク、わたし、今朝、彼女のフラットにいたの。警察が来る前に。疑惑なら、わたしのほうにこそ山ほどあるわ」殺人罪で捕まるのかもしれないと伝えたかった。でも、彼はわたしの言葉を遮った。

「警察は、きみを疑ってなんかいないよ」マイクは無頓着に答えた。彼は、わたしの立場になど関心はない。心配なのは、自分の立場だけだ。「連中はぼくを逮捕しようとしていたんだ、ナンシー。でも、都合のいいことに、父親が偶然、仕事でロンドンに出てきていてね。一晩泊まっていったんだ。父は、北部に帰るのに八時十五分の汽車に乗らなければならなかった。家を出る前、お茶を入れてぼくを起こしてくれたんだよ。まったくもってひどいお茶でさ、ぼくはそれを、ただただ子どもの義務として飲んだものさ。朝早くに起こされるのは嫌いなんだ。それでも、そのおかげで、父親に証言してもらえるけどね。昨夜一時にはぼくがベッドの中にいるのを見たし、今朝七時四十五分まではそこにいたって。まあ、アリバイっていうやつかな」

「別の都合のいい偶然で、そのアリバイとやらが有効になるといいわね。サラはいつ撃たれたのかしら？」

「ああ、それは専門家たちにもわからないんだ。警察は、一晩中誰かがサラと一緒にいて、今朝早くに彼女を撃ったと思っている」

「わたしには、そんなこと言わなかったわ」

「時間がポイントだな。きみの友だちのピーターが、昨夜何をしていたのかが問題だ」

「彼は別に、わたしの友だちっていうわけじゃないわ。それに、わたしには――マイク、ピーターのことを何か警察に話したの？」

「もちろんさ」

「でも、ローレンスかもしれないじゃない」

「ドナルドかもしれないしね」彼はさらりと言ってのけた。わたしが嫌いな横目使いでこちらを見ている。もし、彼が、ドナルドのことを何か警察に話していたらと考えると、不安になってきた。でも、訊くことはできない。勘だけは鋭い男だ。ドナルドの名前を出してはならない。

「ピーターのことは黙っていてくれれば良かったのに」

「ぼくに何を期待していたんだい？　ウルワース（米国、英国などで展開している雑貨店チェーン）に押し込み強盗を働いたようなやつのために、サラがぼくを捨てた事実を隠しておくとか？　連中は本気で、ぼくを殺人犯にしようとしていたんだぜ。ぼくは、親父が帰ったあとで外に出て、新聞を買ったんだ。もし、ぼくがスーパーマン並みの殺人犯なら、サラの目覚まし時計が鳴り出す直前に彼女を殺すこともできたかもしれないけどさ」

「できたの？」わたしは尋ねた。マイクのことではなく、ドナルドのことを考えていた。

「そんなことができたかだって、ナンシー？　どうしてぼくが、サラを殺さなきゃならないんだ？　ぼくは彼女の夢だって見たことはないんだぜ。夢は見ない質《たち》なんだ。でも、夜はずっと、彼女のことを考えていた。ピーターを追い払うことができたはずだって、考え続けてきたんだ。もし、ぼくがひとかどの男だったら、あんな男は追い払えたはずだ。今日、横たわっている彼女を見たとき、思ったんだよ。ぼくがピーターを追い払っていれば、彼女はまだ生きていたかもしれないのにって。警察が彼女の死体を見せた時刻には、ぼくたちは一緒にランチを取っているはずだった。ぼくたち夫婦は、家にいるときは大抵、遅い時間に昼食を取っていたんだ。朝食も遅い時間だった。少なくとも、ぼくのほうは。サラは、ぼくからすれば、いつだってもの凄く早い時間から起き出していたけどね。『その忌々しい目覚まし時計を止めてくれ』よく彼女にそう言って、二度寝したものさ。あの男が刑務所から出てきた朝も、ぼくは二度寝をしていた。十時に目が覚めたとき、朝食だけ用意してあって、サラの姿はなかった。三時、一緒にランチを取ろうにも彼女はいなかった。劇場から戻ってきたときも、一緒に寝るべき彼女の姿はなかった。どこかの裏道のホテルで、まだ刑務所の臭いをぷんぷんさせている男と寝ているサラを想像して、それはすてきな夜を過ごさせてもらったさ。彼女を引き止めることはできたはずなんだ。でも、サラはいつも八時には起き出して、ぼくは十時まで寝ている。二人はまだ夫婦でいられたかもしれないのにね。いったい、どうすればいいんだ？　きみはまた、ぼくをエンバンクメントの散歩に連れ出さなきゃならなくなるよ、ナンシー」

「お望みなら、つき合うわよ」

「いいや。もう少し、ここにいさせてもらえるかな？」

マイクは一人になりたくないのだ。それは、わたしも同じだった。

「きみは、ぼくがサラと結婚することを望んでいたのかい？」彼は尋ねた。

「あなたたち、愛し合っていたもの」

「うん。でも、ぼくとサラの結婚を望んでいた？」

思い返しているうちに、悔しさの塊に突き当たった。

「いいえ」

「どうして、きみと結婚しなかったんだろう？」

「二人とも、そんなことは考えていなかったじゃない。わたしたちのあいだには恋愛感情なんてなかったわ。わたしのほうがただ、あなたはわたしのものだっていう根拠のない考えを持っていただけ。でも、実際にはそうじゃなかった。だから、その感情を克服したのよ」

マイクは身を乗り出して、わたしの手を握った。

「ぼくたちはいずれ、みんな死んでしまう。その事実を痛感したよ。ナンシー、きみの手が好きだな。正直な親指の爪から、狡賢い小指の爪まで。温かい手だね。勝利はいつも中途半端なんだ。それが闘いというものさ。一緒に暮らしていた人間が死んでしまった。今度はこの身に何が起こるんだろう？」

「あなたは疲れているのよ。家に帰って眠ったほうがいいわ」

「警察が眠りを殺してしまった。今日が世界の終わりさ。いいや。今朝だな。ぼくがまだ目も覚ましていないときに。ナンシー、きみの腕に恋しているんだ。丸くて、日焼けしていて、柔らかい腕に」

マイクは、わたしの傍らに膝をつき、腕に顔を押しつけてきた。

彼のことなど愛していない。でも、マイクはすぐ横に跪《ひざまず》き、わたしを必要としている。愛よりも純粋な、強い憐みの情に突き動かされた。

「その腕でぼくを抱いてくれよ、ナンシー」

指先で相手の額を撫でる。

「必要なのは、わたしの腕ではないわ、マイク」

手首をつかまれる。

「きみの肘の窪みが好きだよ。短くて、つんとした鼻も。靴を脱いでくれたら、左から二番目の指先も、きっと気に入ると思う」

手を引き抜こうとする。つかまれているのは好きではない。

「やめて」

「今夜は、きみと一緒にいたいんだ」

「世界の半分が終わっただけに過ぎないわ。あなたには誰かが必要。でも、それは、わたしではない」

「朝までに殺されるとわかっていたら、サラのように死んでしまうとわかっていたら、最後の夜は愛されて過ごしたいだろう？」囁き声でマイクは尋ねた。

必死にその手から逃れようとする。でも、マイクはわたしの手首をしっかりとつかんでいた。

「何を望むかなんて、わからないわ」

「人は夜、死ぬものなんだよ。それは、誰の身にも起こり得るんだ。もし、お日様に最後のさよならを言ってしまったとわかっているなら、そのあとは何を望む？　可能な限りの愛を与えたり、得ようとしたりするんじゃないかな？　たとえ、恐れていたとしても」マイクは、わたしのもう一方の手首もつかんだ。逃れる術《すべ》はない。「恐れているなら、なおさらのことだ」あまりにも強くつかんでいるせいで、マイクの爪の先は白くなっていた。顔も真っ白で、瞼が半分、目を覆っている。「それが、きみの望むことだよ」

「思い出の小道を彷徨《さまよ》いたいとは思うかもしれないわね」わたしは答えた。「最後の夜には、そうするのが普通よ。〝今宵、中庭は死んだような静けさだ。必要なのは十人、最後の男が現れる〟」

「おしゃべりな小娘だな」マイクはそう言って、わたしの手首を放した。立ち上がり、テーブルに近づくと、自分用の酒をグラスに注ぐ。わたしは、その後ろ姿を見つめていた。彼の後頭部から、真実がいくらかでも読み取れないだろうかと思って。マイクが振り向いたときにはもう、あらぬ方向を見ていた。

「きみも飲むかい？」マイクは尋ねた。

「ええ、お願い」

「ブランデー？」

「まさか」ブランデーが必要だと思われたのがショックだったかのような声を上げる。

マイクはワインを注いでくれた。「きみはいつも、パラシュートなしで人を地上に突き落とすようなことをするね」

「あなたの演技が過剰になり過ぎたときだけよ」

「ぼくが出演するっていうのが、そもそもの間違いなんだ。三週間のうちには開幕するんだぜ。まったく、連中が用意したセリフときたら、スウィーニー・トッド（十九世紀中頃の英国の怪奇小説に登場する連続殺人犯。理髪師）でも顔を赤らめるさ。初日の夜に来てくれるんだろう？」

「それまで生きていたらね」

「ぼくはきみを怖がらせてしまったのかな、ナンシー？」

「そうね。あなたはクローズアップで見るには偉大過ぎる俳優だもの」

「悪かったよ。ぼくのほうも少しばかり怯えていたんだ。そのグラスを空けて、もう少し飲もう」

ワインを飲もうとして、グラスを持ち上げる。手がひどく震えていた。グラスを置き、煙草を取り出す。マイクが火をつけてくれて、やっとグラスが持てるようになった。

「ひどい一日だったのよ」申し訳なさそうに言う。でも、どれだけ怖い思いをしたか、彼に説明する気はなかった。

マイクは、もう一杯ワインを注いでくれた。グラスをわたしに渡し、かなり離れたテーブルまで移動して腰を下ろす。椅子に背を預け、こちらの様子を窺っている。その目つきも、感じのいいものではなかった。

「泊めてくれるかい、ナンシー？」

「だめよ」

「ぼくがきみに迫り始めれば、そうしてくれるさ。いつも台無しにしてしまうのは、ぼくのほうなんだ、違うかい？」

「そういう意味じゃないわ。あなたは、わたしを愛していないもの」

「そうなのかな？」

「そうよ」

「ぼくは何年も、きみの周りをうろついてきたじゃないか。ぼくのほうで距離を置いていたっていうことも、わかっている。時々、ひどく腹が立って、顔を見るのも嫌になることがあったからね。きみは冷血なんじゃない。きみの血は凍りついているのさ。どうしてぼくが、疲れ切った猟犬みたいに、しょぼくれた顔できみのあとを追いかけなければならないんだ？　きみなんかよりずっときれいで、魅力的な性格の女を五十人も知っているのに」

「それなら、その五十人の所に行きなさいよ。朝までに一人六分ずつはかけられるわよ」

疲れ果てて、半ば叫んでいるような状態だった。それでも、マイクは解放してくれない。

「きみのそういう発言には慣れているよ。いつものことだからね。きみがジョークを言い、二人でぼくのことを笑う。でも、ぼくがきみを必要としているとき、きみから何らかの反応を期待しているときには、そっぽを向いて、またぼくのことを嘲笑《あざわら》うんだ。ぼくがきみを愛していないというのは正解だよ。だけど、きみのほうはどうなんだ？　ドナルドとの愛に、のたうち回っているんじゃないのか？」

「どこにいるのかもわからないのよ」わたしは答えた。ドナルドのことで、マイクと言い争いたくはなかった。

「愛し合っているなら、どうしてドナルドは消えてしまったんだ？」

頭の中でライトが点滅し始めた。いい状況ではない。

「動機のある男がいるはずなんだよ。やつはサラを憎んでいたはずだ。ピーターのことは放っておいて、警察の関心をドナルドに向けることに集中しようかな。サラはやつを殺すところだったんだろう？」

濡れ雑巾が、きりきりと搾り上げられているような気分だ。

「マイク、もう帰ってちょうだい」

「サラはドナルドと九カ月間、一緒に暮らしていた。サラは、やつを捨てて出ていったんだろう？　やつに何が欠けているのかは知らないが、きっと大きな欠陥があったんだろう。池に浮いている空のボトルのようなやつさ。誰かに石を投げつけられるために、そこにいるようなやつ。それが、ドナルドという人間だよ。サラはその空虚さに気がついた。だから、別れようとしたんだ。やつは銃を手に、彼女が出ていくなら自殺すると言った」

「そんなこと、あなたにはわからないでしょう？」

床の一点を見つめる。マッチ箱と椅子の脚が反時計回りにぐるぐると回っていた。意志の力でそれを捉え、押さえつけようとする。でも、マイクの声と同じように制御不能だった。

「みんな知っているさ。サラはあいつに、そうしたいなら自殺すればと言ったんだ。部屋を出ようとするとき、サラは銃声を聞いた。でも、彼女はそのまま歩み去った。やつは自分を撃ったけれど、心臓を狙い損ねた」

「誰も知らないわ」

「ぼくは知っている。動機としては上等じゃないか」

言い返そうとしたが、声が出なかった。

「ひょっとしたらやつは、彼女の心臓を狙ったんじゃないかな。自分の心臓は撃ち損ねてしまったけどね。昨日の夜、サラのフラットにいたのは、やつなんだろう？ そうなんだろう、ナンシー？」

色とりどりの光が、マッチ箱よりも速く、頭の周囲を回り始めた。マイクの声が、それに合わせてわんわんと鳴っている。彼の顔が近づいてきたような気がして、逃げようとした。その瞬間、光が消え、わたしは甘美なまでの完璧な闇へと転がり落ちた。

気を失ったのだ。〝ここはどこ？〟状態まで回復したとき、わたしは長椅子に横たわっていた。自分がいる場所は認識できる。マイクもまだ、テーブル近くの椅子に腰かけていた。まるでそれが、自分の頭を支えておく唯一の方法とでも言わんばかりに、片手に頭を預けて。椅子の奥深くに沈み込み、そこから抜け出すためのエネルギーも残っていないようだ。ぼんやりとした好奇心からマイクを見つめる。ハンサムな男だった。実際、ハンサム過ぎるくらい。舞台の上では、それでもいい。しかし、私生活では、いとも簡単に自惚《うぬぼ》れていると見なされた。職業上の魅力を自分の我を通すために使っている、称賛を自分の権利のように受け止めていると。女たちはしばしば、美くし過ぎる男を避けるものだ。自分が捧げる愛を、当然の貢ぎ物としてではなく、思いがけない贈り物として受け止めてもらいたいから。

顔をこちらに向けたマイクは、わたしが意識を取り戻したことに気がついた。

「良かった、気がついたんだね」彼は言った。「夜中の二時に医者を呼ぶことになったら、とんでもない金がかかるところだった」

「心配させて、ごめんなさい」そう答えたものの、わたしは目を閉じ、どうしたらマイクを傷つけてやれるだろうかと考えていた。胸にナイフでも突き立ててやりたい気分だ。彼の弱点は何だろう？そう考えて、マイクが一度も映画では成功していないことを思い出した。

「わたしも、どうしようかと思ったのよ。このまま気を失ったりしたら、あなたがB級映画に出演するチャンスを逃しちゃうんじゃないかと思って。あなたなら、わたしの額に水をかけて、見ないようにしながら服を脱がせて、おろおろしながらベッドの脇に立っていてくれたでしょう？でも、そんなことにはならずに済んだ。心臓が凍る思いだったわよね。医者を呼ぶことにでもなったら、悪い噂が立つかもしれないもの」

マイクは、よく理解できていないような苦い表情を浮かべた。

「ドナルドなら、きみのためにもっといろいろやってくれるだろうね」

「ええ、そうね。愛し合っていれば、お互いに助け合おうとするものね、心から愛し合っていれば。座ったままで、自分の立場のことを心配したりなんかしないもの」

「ドナルドは、大いにきみを助けてくれたのかい？」

「もちろん」

「あいつが大した助けになるとは思えないんだけどな。それに、自分がいくら苦しい立場にいたとしても、きみの手を借りたいとは思わないね」

「あなたを助ける話をしているんじゃないわ。ドナルドのことを話しているのよ」

「たとえぼくがドナルドだったとしても、きみに頼りたいとは思わない」

「わたしは、あなたの想像以上に彼を助けてきたわ」

「ぼくは何も想像したりしない。想像力なんて持ち合わせていないからね。でも、きみは違う。きみには想像力が有り余っていて、自分とドナルドを、互いに自己犠牲し合うカップルに祭り上げているんだ。ドナルドは、何かを注ぎ込もうにも空っぽだ。きみはきみで冷た過ぎて、身体が不自由な人が帽子を取るのにも手を貸そうとしない」

　わたしは、自己憐憫となけなしの怒りがごちゃ混ぜになった気分で、叫び始めていた。

「愛のことなんか何もわからないくせに。わたしがどうして今日一日、警察にいたと思うの？　ドナルドを助けようとしているんじゃなければ、どうして、こんなことに巻き込まれていると思うわけ？　明日、わたしが殺人罪で逮捕されたら、あなたはきっと、わたしがやったと思うんだわ」

「でも、きみは、ぼくがどう思うかなんて気にしないだろう？」

「ええ、そうね。わたしは今朝、彼女のフラットにいたのよ。わたしが自分の都合でそこにいたと思うなら、そう思っていればいいわ」

「ドナルドが帰ったあとに行ったのかい？」

「ええ。彼は、〝サラは死んでいた〟と言ったのよ」暗い口調で答える。ヒステリーの小爆発は収まっていた。マイクの顔を見て初めて、それがどれだけまずいことだったのかに気がついた。彼は、シャイロック（シェイクスピア『ヴェニスの商人』に登場するユダヤ人高利貸し）のように狡賢く、マルクス・アントニウス（共和制ローマの政治家・軍人）のように勝ち誇った顔をしていた。

「訊き出せると思っていたよ」マイクは満足げに言った。「きみがあのフラットにいたことは、警察から聞いていたんだ。その点について、連中はしごくご満悦でね。きみがサラを殺さなきゃならない理由を、ぼくから聞きたがっていた。きみのことを何時間も話していたよ。まだまだずっと執着するんじゃないかな。でも、連中は真実にたどり着けなかった。ぼくは、訊き出したけどね」

「警察はまだ確信を持てずにいるのよ。あの人たちは、わたしをそそのかそうとなんてしなかったわ」

「ところが、ぼくのほうは疑念のかけらも持っていない。そのとおりじゃないのかい？　帰るつもりなんてないよ。きみに口論を仕掛け、怖がらせ、ヒステリー性の気絶を引き起こさせる。必要があるなら、酔わせることもしただろう。もし、知りたいなら、ぼくもきみをそそのかしたんだよ」

「大したはったりだこと」さも軽蔑したふうを装いたかったが、わたしは女優ではない。すっかり怯えているのを隠せなかった。「でも、まったくの無意味だわ。わたしがあのフラットにいたことなら、警察も知っているもの。そのことを、あの人たちは一日中話していたのよ」

「でも、きみがそこにいた理由までは知らない。わかっていると思っている点が問題なんだよな。きみがサラを殺したから、そこにいたんだと思っているんだ。それで、このぼくが、謎を解き明かさなければならないというわけさ」

「今日、ここに来たのは、そのためなの？　警察に協力するため？」

「謎を解き明かしに来たんだよ」

「警察の推理が正しいと思ったから？」

「きみがあのフラットにいた理由を訊き出しに来たんだ。もし、きみが、恋愛ごっこの泥沼に首を突っ込むためにわざわざ近づいていったんなら、そこから抜け出そうとしないのはわかっている。でも、あんな弱虫野郎のドナルドを守るために、殺人の罪を被るとまでは思わなかったよ」

「それで、今度はどうするつもりなの？」

「それについてはまだ、結論を出してない」

「わたしのほうの結論は出ているわよ。今夜のあなたの態度ときたら、最低だわ。もう二度と、あなたの顔なんて見たくない」

「最低だって！」マイクは驚いたように繰り返した。「でも、ぼくとしては、解き明かさなくてはならなかったんだ。計画を練った上で訪ねてきたわけじゃない。自分の気持ちを固めなければならなかったんだ。あそこにいた理由を訊くことくらい、大したことじゃないだろう？」

「解き明かす必要があったですって！　きっと、わたしがサラを殺したっていう線で落ち着いたんでしょうね。警察に、そう話すつもりなんでしょう？　結局、あなたは、わたしたちの最後の友情を、警察のスパイを演じるために使い果たしにきたんだわ」

「きみを助けにきたんだよ。きみときたら、別の女の所で一晩を過ごした男のために、自分を物笑いの種にしようとしているんだから。やつは、サラの所に一晩中いたんだろう？　違うのかい？」

「近寄らないで。帰ってよ」

「ドナルドは、サラのフラットで一晩を過ごした。疑いのかけらもない。やつは、そうしたんだ」

「それが警察に話そうとしていることなの？」

「きみが警察に話すことだよ」

「わたしが？」

「そう。ぼくが電話をしてあげるよ。きみが警察に協力をしたがっていると言ってみよう。話すのはきみだ。ぼくじゃない。ぼくはもう、こんな騒ぎには飽き飽きしているからね。これ以上、巻き込まれたくないんだ」嫌悪感も露わにマイクは言った。

「また、脱出ハッチから逃げ出すのね」悪意を込めて、そう言い返す。

「どういう意味？」

「あなたはいつだって、一番先に面倒事から逃げ出すのよね。それって、異常なまでの弱さの顕《あらわ》れなんじゃない」

「疲れているんだね、ナンシー」保護者ぶった口調でマイクは答えた。「寝たほうがいい。ぼくのコートはどこだろう？」

「あそこよ。わたしは、警察には何も話さない。情報提供者はあなたよ。あなたが自分でそうすべきだわ」

無関心そのものの顔が、情報提供者という言葉に少しだけ反応した。マイクはコートを取り上げた。

「おやすみ、ナンシー」

「ドナルドが、やってもいない殺人の罪で告発されることになったら、どんなにすばらしいことでしょうね。わたしが送られることになる世にも恐ろしい女性刑務所から、いつもあなたのことを思うことにするわ」

マイクはドアに手をかけていた。その手を滑り落とし、しばし、こちらに背を向けて立っている。常に、芝居じみたことをしなければ気の済まない男だ。

「女性刑務所って、どういう意味？」振り向いて、そう尋ねる。

「ドナルドが捕まれば、わたしも捕まるのよ。あなたが解き明かした事実って、そういうことなの。でも、あなたは、そんな面倒からは離れていたいから、わたしが巻き込まれたって気にしない。わたしは従犯者なのよ。わかっているんでしょう？」

「きみが何をしたって言うんだ？」

「わたしはサラのフラットに行った。鍵を持っていたのよ。ドナルドが使った毛布を片づけ、二人がお酒を飲んでいたグラスを洗った。ドアノブから彼の指紋も拭き取った。そうしなければならなかったのよ。彼はあのフラットにいて、朝、目が覚めたら、サラが死んでいたんだから」

「ベッドの中で。やつと一緒に？」

「いいえ。彼は居間で寝ていたのよ。朝の四時頃、サラは彼に睡眠薬を渡した。それで、目が覚めなかったのよ。あんなことが――起こったときに。目を覚ましてみると、サラが死んでいた。それで、彼は逃げ出したの。あの人ったら、何もかも置いてきてしまって。ポケットからこぼれ落ちた紙屑まで、そのままにしてきたのよ。つき合いのあるアートギャラリーの電話番号を書き留めた紙まで。わたしがあの場所をきちんと片づけなければ、彼に逃げ道はなかった。でも、そのせいで、わたしは従犯者になってしまった――あなたが彼を逮捕させるようなことをすれば、わたしまで捕まってしまうのよ」

「何てばかなことをしたんだ」ドア口に立ったまま、マイクは言った。彼がどうやってこの窮地を優雅に逃れるだろうかと思いながら、彼の顔を見つめていた。マイクはコートを椅子の背にかけ、部屋の中に戻ってくると、テーブルの脇に腰を下ろした。わたしに近づこうとはしない。

「どうして、殺人者を助けようとなんてしたんだ？」そう、尋ねてくる。

「彼は、殺してなんかいないわ。でも、彼がそこにいたことを知ったら、警察はそんな話、信じてくれないでしょう？　さあ、警察に行きなさいよ」

「芝居じみた真似はやめろよ」

「わたしは脚色の専門家ではないわ」

「ぼくだって殺人の専門家ではないだろう？」

わたしは、めそめそと泣き出した。そんなに激しくではなかったけれども。

「今度は何なんだ？」

「サラよ。彼女、今回の件から完全に締め出されてしまっているわ」

「彼女は関係ない。問題は、ぼくたちのことだ。かつて妻だった女の死を喜んだりはしないさ。でも、知りたいなら教えてやるけど、彼女のことは、もう乗り越えたんだ。三年も前のことだからね」

「そんなの、嘘だわ。一晩中、嘘ばかりついていたじゃない。あなたの言うことなんか、もう何も信じない」

「それで、自分はどうだったんだ？　ぼくはきみを騙して、起こったことを白状させた。でも、騙されたがっていたのは、きみのほうじゃないか。きみは一日中、警察相手に黙り通した。外に吐き出してしまいたかったはずだよ」

そのとおりだった。すべてを隠し続けなければならないことに、ずっと苦しんでいたのだ。自分を守ることさえせずに、絶え間ない攻撃に耐えるのは苦痛だった。「ねえ、わたしってすごいでしょう！」そう言いたいときに、黙り続けていることは。

「今日は日曜日だよな」マイクが言い出した。「日曜の午前二時半。月曜の朝にはリハーサルがあるんだ。それまでには、すべて片づけてしまわないと」

「警察に行くつもり？」

「今日はもう遅過ぎるよ」

「どうするつもりなの？」

「ここに泊まる」

「それは、だめよ」

「必要があるなら、月曜の朝までここにいる。きみのドナルドも、そのうち姿を現すだろうし。きみよりも前に、やつと話がしたいんだ。きみがやつと話を合わせるチャンスを与えるつもりはない。帳尻合わせは、ぼくがする」

「ここに泊めたりはできないわ」

「ドナルドみたいに居間で寝るよ。さあ、きみはベッドに行くんだ」

「わかったわよ。ベッドに行くから」

わたしは目を閉じて座っていた。どうやって動けばいいのかわからない。マイクが立ったまま、こちらを見ているのがわかった。

「ベッドに行くんだよ、ナンシー」

「ええ」

目をあけ、立ち上がろうとする。でも、どうしても動けない。

「B級映画のような真似はしたくないんだ」マイクは冷たく言い放った。「自分でベッドに行けないんなら、一晩中、そこに座っていればいいさ」

マイクはわたしをおいて、バスルームに入っていった。遠くから、水の流れる音が聞こえる。戻ってきた彼は、シーツと毛布を抱えていた。長椅子を慎重にアレンジしていく。

「こいつを見つけるのに一苦労したんだからな」マイクは不機嫌そうに言った。「きみの寝室から運び出さなきゃならなかったんだから。朝はどうしたらいいかな。男の客用にカミソリなんて置いてあるかい?」

「いいえ」

「それに、同じシャツを着なきゃならない。きみが洗ってくれたら、朝までには乾くと思うんだけどな」

そんな言葉には答える気もなかった。それでも、目をあけ、マイクのほうを見た。コートを手に、ネクタイを外している。カフスボタンを外し、シャツを脱ぐ。

「ナンシー、ずいぶんお行儀が悪いな」と彼は言った。「ベッドに行けよ」

「ここはわたしのフラットよ。自分の好きな所にいるわ」

「まったく、もう!」

マイクは、わたしの肩をつかんで立ち上がらせた。寝室へとわたしを押しやり、ベッドに座らせる。そして、ドアを閉めて、出ていった。

何とか服を脱いでベッドに潜り込むまで、十分は座ったまま、マイクのことを心の中で罵っていた。結局、睡眠薬を呑む必要はなかった。

七

目覚まし時計は八時に鳴った。サラとわたしは、いつもアラームを八時にセットしていた。長年の習慣だった。心の中で、サラと一緒に目を覚ます——昨日、目にしたままのサラと。一日の始まりとしては、幸先の良いスタートではない。

すぐに起き出し、バスタブに湯を入れる。今回ばかりは、今日着るものの準備をしていなかった。洋服ダンスの中を掻き回し、あれこれと着るものを探す。昨日、自分の持ち物を警察に徹底的に調べられたことを思い出した。

真ん中の引き出しの底、様々な下着類の下に、拳銃があった。

決してあるはずはないのに、それはそこに存在した。

ずっしりとした重量感のある銃だった。リボルバーのようだ。でも、わたしには拳銃についての知識などない。触りたくなかった。引き出しを閉め、バスルームに戻る。あんな銃など、昨日まではなかったはずだ。警察が隅々まで調べ回っているのだ。その後、わたしはフラットに鍵をかけ、彼らと一緒に家を離れた。昨夜、マイクがやってくるまでのことを思い出そうとする。このフラットの鍵を持っている人間について心配していたのだ。サラ以外に鍵を渡した人間などいない。互いの部屋の鍵を持ち合うという取り決めは、サラがマイクと別れてからのことだ。二人でまた同じ部屋に住むことはなかった。でも、二人とも、何か緊急事態が発生したときに、避難場所があるのは便利だろうと考えていた。

手早く風呂に入る。どんなことが起きていたのか、だいたいの想像はついた。殺人者は、サラのフラットからわたしの家の鍵を持ち出した。その後、この家にやってきてドアをあけ、わたしのタイプライターで脅迫文を打ち直し、原本を破棄した。そのときには、銃は持ってきていなかった。なぜなのかはわからない。ひょっとしたら、わたしのフラットに出入りする姿を目撃されたときのことを考えて、用心をしたのかもしれない。でも、わたしが警察と一緒に部屋を出たあとなら安全だ。その男は再び戻ってきて、銃を隠した。

身体を拭いて、服を着る。わたしが殺人罪で逮捕されることを目論んだ人間がいる。死刑になることはないだろう。でも、終身刑にはなるかもしれない。そんなことを考えると、恐ろしさで気分が悪くなった。それほど自分を憎んでいる人間など、見当もつかない。人は普通、そんなふうに他人を憎んだりはしないものだ。

サラを殺した男。怒っていたのか、復讐心に燃えていたのか。嫉妬に狂っていたのか、酔っぱらっていたのか、気が違っていたのか。犯行自体は恐ろしいものだが、そういう理由なら理解できる。でも、わたしの破滅を目論む、このこそこそとした行ないは、まったくもって理解できない。

知っている人たちをみな、順番に思い浮かべていった。ぐるりと一巡りし、もう一度、最初から検討してみる。わたしのことを嫌いな人たちはたくさんいるだろう。でも、わたしを一生、牢獄に閉じ込めたいと望むような人は、一人もいないと思う。

わたしの部屋に銃を置いていった男は、サラを殺した男であるはずだ。その殺人者が本当に、サラの過去に存在する男であるなら、考えられるのは四人だけ。ドナルドではない。マイクでもない。残るは、ピーターとローレンス。どちらも、わたしにこんなことをするとは思えない。

これほどの悪意に満ちた、残忍な敵の思惑が成功するとは、とても考えられなかった。警察は慎重だもの。パニックに陥りながらも自分に言い聞かせる。警察が真犯人を捕まえてくれる。昨夜だって、彼らはわたしを解放したではないか。警察が、不器用に用意された証拠に騙されるはずがないのだ。でも、やがて、偽造脅迫文を用意して銃を隠した敵は、わたしがすでに自分に不利になるように作り上げてしまった事実を、単に補強しただけではないかと気がついた。無謀にもサラのフラットを訪ねたことが、真犯人にとっては好都合になってしまった。ドナルドの指紋と一緒に、その男の指紋も拭き取ってしまったかもしれないのだから。ドナルドを守ろうとして、真犯人を庇うようなことをしてしまった。そして、辺り一面に、自分が存在した証拠だけを残してきた。

今となっては、いつ何時にも、忌まわしい声の持ち主が、わたしのフラットをもう一度捜査したほうがいいと、警察に電話を入れるかもしれない。銃を外に持ち出し、どこかに捨ててこなければ。

服を着終わり、髪を乾かす。この付近で放射能を含んだ雲が雷鳴を轟かせていたとしても、これほど急ぐことはなかっただろう。銃を取り出し、茶色い紙で包む。それがすっぽりと収まる大きさのハンドバッグを持っていた。そのバッグに鍵と財布を移し、最後に、大きくて扱いにくい銃をしまい込んだ。

外に出るには居間を通り抜けなければならない。ドアをあける。ドアの前に押しつけられていた椅子が、床に擦れて大きな音を立てた。

マイクは、腕を顔に載せて寝ていた。椅子が音を立てたとき、彼は腕を下ろし、目をあけた。でも、本当に目を覚ましたわけではない。目覚めというのは、ほとんど習慣の範疇に入るものだ。

「寝るんだよ、ナンシー」マイクはそう呟くと、目を閉じて壁のほうに寝返りを打った。本当に優秀な見張り番だ。

素早く、灰色の湿った戸外へと抜け出す。コートを着るのを忘れていた。でも、取りに戻る危険は冒せない。

走り去る車が上げた茶色い水が、波になって押し寄せてきた。水は、舗道の上で飛沫《しぶき》を上げて跳ね上がり、黒い渦になって排水溝へと流れ込んでいく。路上にいるのは、ほかに二人だけだ。彼らは傘を手に、あいにくの天気に向かって悪態をついていた。傘を持った探偵なんて想像できない。わたしを目撃した人間はいないようだ。停留所でバスを待つ人影もない。今日は日曜日。銃を捨てるには安全な日だ。

地下鉄駅の公衆電話ボックスへと向かい、ドナルドの部屋に電話をかけた。かなり長く待ったが、返事はなかった。

電話ボックスから出ると、駅の入口に立って雨を見ていた。警察に銃を持ち込む自分の姿を想像してみる。『今朝、偶然これを見つけたんです。誰かが、置いていったのに違いありません』。『本当ですか、グラハムさん？　下着類の中に銃を見つけることが、よくあるんですか？』。『まさか、警部さん。これはかなりぶしつけな代物《しろもの》ですよ。撃つこともできるし。靴下のあいだに、毒を塗った吹き矢ならたくさん隠してありますけど。それに、時々は、弓とか矢も。でも、銃なんて、本当にびっくりだわ』。『ブロードムア（ロンドン西方の、精神に問題のある犯罪者を収容し治療を行う施設）に電話をつないでくれ！』

わたしは吹き出した。レインコートを着た男がさっと振り向く。わたしと同じように駅の入口に立って雨を見ながら、天気がどうにかならないかと待っていた男だ。

とっさに私服警官だと思った。結局、見張られていたのだ。ハンドバッグの中には銃が入っている。急いで駅の中に入り、切符を買った。ホームへと下りる。地下鉄が待っていた。ドアが閉まる直前に、電車の中へと駆け込んだ。

行先は決まっていなかったし、銃をどうすればいいのかもわからなかった。一番簡単なのは、銃を車内に置いたまま降りてしまうことだろう。

シートの向かい側には、男が二人座っていた。一人は若過ぎたし、もう一人は、警察に雇われるには品が悪過ぎた。

ハンドバッグの口をあけ、自分のすぐ脇に置く。

どちらの男も、わたしのことなど見ていなかった。ハンドバッグを素早く取り上げ、銃をつかみ出す。座席の上に置くつもりだったのに、銃は床へと滑り落ちてしまった。二人の男が通路越しにわたしを見やり、視線を床に落とした。わたしの足元にあるものは、どう見ても、ある一つのものにしか見えない。そして、それは、茶色い紙で包んだ銃なのだ。わたしは即座に拾い上げようと、身を屈めた。品の良くない男も同じ行動に出た。

包みに手を伸ばそうとして、わたしたちは頭をぶつけそうになった。顔に残るニキビの跡さえ数えられるほど、男の顔が近くにあった。男が、こちらの指先から包みをかすめ取る。好色な好奇心があからさまに伝わってくるほどの距離だった。包みの中の物の形を感じ取ったのか、男の顔つきが変わる。疑いの余地はない。中身が拳銃であることに、男は気がついたはずだ。

包みは今、相手の手の中にある。男はそれを持ったまま身を起こし、わたしをまじまじと見つめた。

そして、わたしの隣に席を移ってきた。

「遠くまで行かれるんですか、お嬢さん？」

「次の駅で降りるんです」

手を差し出す。男は、頷きながら包みをわたしの手に戻してくれた。

「すてきな荷物ですね」

「ありがとうございます」ハロッズ（ロンドンにある老舗の百貨店）の店員のような口調で答えた。

地下鉄が停まる。わたしは相手に——狩猟が行われる州で、土地管理者のささやかな親切に気づいた人のように——驚きが混じった感謝の眼差しを向けて、電車から飛び降りた。

男があとについてきた。

わたしは地上に出るまでに横柄な態度を取り戻し、振り向きざまに怒鳴りつけた。「消え失せてよ！」

男が一歩後退る。

チャリングクロス駅だった。行先は、まったく考えていない。でも、すばらしい考えを思いついた。銃なんか、川に投げ捨ててしまえばいいのだ。

足早に歩き始める。地下鉄の男は消えていなかった。今度は後ろに貼りつき、耳元でひそひそと囁き始めた。

「一緒に来なよ、お嬢さん」

きっぱりと首を振り、いやらしい輩《やから》には返事もしなかった。

「それは残念だな」

足を早める。それでも男はついてきて、わたしの耳元で囁ける距離を保ち続けた。

「それを使って、どうするつもりなんだい？」

「消え失せないなら、怪我をするわよ」お上品な態度などかなぐり捨てて、そう吐き捨てた。

「おやおや！　その手に持っているものでかい！」男は、にたにたと笑った。

わたしたちは歩き続けた。その間、男はずっと、わたしの耳元で囁き続けていた。〝ちょっとした小さな家を持っているんだが、寂しくてね〟とか、〝絶対に満足させてやるよ〟とか。

「すてきなジョーおじさん。女たちはいつでもそう呼ぶんだ、すてきなジョーおじさん、ってね。彼女たちは、おれの得意技を知っているのさ。わかるかい？」

土砂降りの中、わたしたちは橋へと向かっていた。銃を川に投げ捨てることなどできそうもない。それが現実だった。すてきなジョーおじさんは悪夢の一部に過ぎない。警官の前を通り過ぎるとき、男は気分が悪くなるような冗談を言った。わたしが人目を引きたくないことを、この男は十分承知しているのだ。

橋の上に差しかかっても、悪夢は続いていた。男はまだ、わたしの耳元で囁き続けていた。〝特別に、おれが全部片をつけてやるよ。ああ、もちろん、何も要求したりはしないさ。あんたでは荷が重過ぎるからな。大丈夫、黙っててやるよ。一緒に暮らした女で、おれの言いなりにならなかった女はいないし、夜が終わる前に自分が生まれたことを神に感謝しなかった女もいないんだ〟などなど。

「タクシー！」そう声を上げると、車が止まった。料金メーター制のタクシーの発明と、その運転手の誕生を神様に感謝した。

「あんたなんて、ひどい病気で苦しんで死んでしまえばいいのよ」すてきなジョーおじさんにそう言って、ドアを閉めた。

「とにかく出して！」運転手に叫ぶ。

振り向いた運転手は、わたしの姿に息を呑んだ。ジョーが車の取っ手にしがみついてくる。人目に立たないようにしようなんて、とても無理な話だった。

「サウスエンドへ」その言葉に車は走り出した。三十マイルはあるだろう。これからのことを考えるための時間稼ぎにはなる。

すてきなジョーおじさんの衝撃から立ち直ると、銃をどうしたらいいのかについて再び考え始めた。一番いいのは、それを持っていることではなく――それは、あまりにも危険過ぎた――、その在処《ありか》を常に把握しておくことだ。駅の手荷物預所に置いておけばいい。

ハンドバッグから包みを取り出して、再び眺めてみる。銃だとすぐにわかるような今の包み方では、どこにも預けられない。箱かスーツケースに入れる必要がある。でも、そんなものを、日曜の朝にどこで手に入れればいいのか？　川の南側に住んでいる知人がいるはずだ。三人いる。ローレンスのことを思い出した。

運転手に、電話ボックスの近くで停めてくれるよう頼んだ。車を降り、ローレンスの住所を調べる。彼はバタシーに住んでいた。ウッドマンズ・レーンの十七番地。その住所を告げると、運転主は何も言わずに振り向いた。こちらに、この雨の中をサウスエンドまでドライブするつもりなどないことは、彼も気づいていたのだろう。

ローレンスに会いに行く以外、いい考えは思いつかなかった。彼から、箱かスーツケースを借りられるだろう。昨日、混乱した様子の彼が何を考えていたのか、わかるかもしれない。警察が、彼の所にも何か訊きに行ったのかどうかについても。

ローレンスが住む通りに着くと、料金を払い、雨の中に降り立った。

彼は、ヴィクトリア朝時代の大工でさえうんざりするような、長い通りの真ん中辺りに住んでいた。

「これまででも最悪の仕事だな」通りの半ば途中で、大工たちは根を上げる。「とても無理だ。黄色い煉瓦とステンドグラスを使い尽くすまで、続けなきゃならない」

石階段を上がっていく。わたしの分析では、漂ってくる臭いの二十パーセントがオス猫の臭い、三十パーセントが赤ん坊の洗濯物、五十パーセントが、ひどく年老いた人たちがフライパンで炒める玉ねぎの臭いだった。

ドアをあけたのは、ヘアネットでくすんだ金髪を包み、化粧も昨日のままのような顔をした女だった。ローレンスはいるかと尋ねる。

「まだ休んでいますけど」女はそっけなく答えた。

「そうですか。わたしが訪ねてきたと伝えてもらえませんか？　わたしはグラハムです。ナンシー・グラハム」

「中へどうぞ、グラハムさん。ローレンスの友だちなら、いつでも歓迎よ」

彼女はわたしを招き入れた。部屋の中には、早朝の酒飲みを歓迎するかのように、昨夜の夕食の皿と酒のボトルが残っていた。

「彼に声をかけてみるわね。寛いでいてちょうだい」

腰を下ろす。少しも寛げるような気分ではなかった。

壁紙が剝がれ、絵も希望もないような部屋の中を見回す。突然、ローレンスに対する否定的な感情が、また込み上げてきた。

初めて会った頃から不幸せな人だった。でも、彼にとっては太陽のような存在のサラと出会ったときには、花が咲いたような雰囲気を振り撒いていた。密やかな楽しみをいっぱいに詰めた宝箱を持っているような人。本や音楽や絵画から吸収した様々なヒントやヴィジョンを持っていた人だ。サラへの永遠の崇拝から、彼はそうした知識を次々と彼女に分け与えていった。その当時は、さほど有り難いとも思わなかったが、わたし自身もローレンスからは多くのことを学んでいた。執筆と釣りのために、彼がサラをアイルランドに連れていきたがっているという話を聞いたときには、サラと意地悪く面白がったことを覚えている。

「あなたは、小説を書いたり釣りをしたりするような人じゃないじゃない」わたしはサラに言ったものだ。「あなたは、恋をしたり、誰かといちゃついているほうが幸せな人よ。ローレンスは奨励金も詩心もないワーズワース（湖水地方に住み自然を歌った英国の詩人）だわ」とか、「ローレンスと一緒にアイルランドなんかに行ったら、あなた、薄汚い安酒場に居座るおばさんになっちゃうわよ。ローレンスは、目を潤ませながら朗々と『ユリシーズ』（J・ジョイスの小説）をあなたに読み聞かせる。その一方であなたは、床に座り込んで密造ウイスキーをがぶ飲みしているんだわ」

ローレンスが失うものについては、そんなに心配することはなかった。彼は、わたしにとってはどうでもいい人。世界中、いたるところに難民キャンプで暮らす人々がいる。そういう人たちのことを心配したほうがいいだろう。それが、ローレンスに対する正直な定義だった。自分の居場所を失った人。自分が耕すべき畑を失った人。

金髪の女が戻ってきた。曖昧な笑みを浮かべているが、汚れたままの食器に向けた目は不安げだ。

「あなたに会いたいと言っているわ。今、起きたばかりなの。とても疲れていて」

「お邪魔をしてすみません」

「午前中から起き出すことはないのよ。頭を使って仕事をしている人だから」

「そうなんですか？」

「早くから寝てしまうことも、まずないわね。毎晩、遅くまで、頭を使って仕事をしているから」

「きっと、くたくたに疲れるんでしょうね」

「まあ、ほかの人たちなら、そんなことはないでしょうね。毎日、毎日、いろんな人に会うけど、誰一人として、彼のような人はいないわ。あの人は、自分の頭を使って仕事をしているのよ」

「実際、自分の頭で、どんな仕事をしているんですか？」

「本を書いているの」

「どんな本を？」

「伝記作家の歴史を」生気のない、哀れっぽい声で女は答えた。

「何ですって？」

「伝記作家の歴史よ。自分ではない、ほかの誰かのことについて書いてきた人たちの歴史。そうした人々のことを、あの人は書いているの」

わたしは、尊敬の念をもってそのアイディアについて考えた。気が遠くなるような作業だが、そこにはちゃんとそれなりの意味があるのだろう。ローレンスの仕事を真似る人間が出てくるはずだ。そして、伝記作家たちの歴史を書いた人間の数がそれなりに増えれば、伝記作家の歴史研究家たちについての本を書く人間が現れる。文学は、そんなふうにして発展していくのだ。

「お茶でもいかが？」汚れた皿を片づけながら、女は尋ねた。「あの人なら、もうすぐ起きてくるから」

「もし、そうしていただけるなら」

「ケトルを火にかけてくるわね」

彼女が出ていくと、改めて注意深く部屋の中を見回した。本が何冊かある。ほとんどが詩集だ。まるで、打ち砕かれた部屋の残骸に必死にしがみついているカサ貝のようだ。オーデン（一九〇七―七三、英国生まれの米国の詩人）、バーカー（一九一三―九一、英国の詩人）、エンプソン（一九〇六―八四、英国の批評家、詩人）、デイ・ルイス（一九〇四―七二、英国の詩人、推理小説家）とともに、ばらばらになりそうなミルトン（一六〇八―七四、英国の詩人）や形の崩れたブレイク（一七五七―一八二七、英国の詩人、版画家、画家）の本もあった。ローレンスと自分のあいだに共通するものが何も残っていないのだとしても、まだ同じ本を買うんだと思いながら、デイ・ルイスの詩集を手に取った。でも、表紙を開いてみると、半分消えかかったバタシー公共図書館のゴム印が押してあった。〝今や、夢ではなく、悪夢の中を歩いているのだとしても〟（『The Wrong Road』の一節）。巻末の見返しを見てみる。借りた日付は一年も前だった。ぼうっとしていると、自分の詩も酒瓶の中に入れてしまうような人だものね。その詩集を本棚に戻し、借り物の伝記がないかを探す。一冊も見当たらなかった。ひょっとしたら彼は、自分の記憶だけで本を書いているのかもしれない。

女が戻ってきて、椅子からブラジャーとズボンを取り上げた。

「日曜日の朝だから」彼女は曖昧な口調で言った。「日曜は休みなのよ。レストランで働いているの」

「きついお仕事なんですか？」

「長時間の仕事よ。うちの店は朝食も出すから」

「日曜の朝に早起きさせてしまって、すみません」

「殺人事件のことで来たんじゃない?」

「い、いいえ、違います。ローレンスにもう一度会いたいと思って」

「今日? 殺人事件のことが夕刊紙に載った次の日に? 殺人のことで来たんじゃなければ、何の用でいらしたのかしら?」

「ローレンスに会いにきたんです。殺人事件がきっかけで、ローレンスのことを思い出したのかもしれません。つまり、過去のことをあれこれ、という意味ですけれど。ご存知のように、サラとわたしはダイアゴナル・プレスで一緒に仕事を始めたんです。当時、ローレンスも同じ職場にいましたから」

「ナンシーね。あなたのことは、よく聞いているわ。殺されたサラという人との恋愛を、ぶち壊した人だわ」

「いいえ、そんな。ローレンスと――サラは、普通に別れただけです」

「わたしに文句を言う理由はないわ」女は陰鬱な声で答えた。「ローレンスがそのサラという人と別れなければ、わたしの所になんて来てくれなかったもの。わたしは彼の面倒を見ているの。それだけよ」女は声を落とした。

「この家には寝室が二つあるのよ。その点は誤解しないでね。わたしはここで、彼のために食事を作って掃除をする。確かに一緒に暮らしてはいるわよ」女の囁き声には怒気が感じられた。「でも、精神的な意味でだけ」

「そんなふうで良かったわ」わたしは曖昧な言葉を返した。

「起きたかどうか見てくるわね」

女は再び部屋を出ていった。わたしも外に出たかった。それでも、サラの死にローレンスがどう反応するかが知りたかった。

女が戻ってくる。ヘアネットはもう外していた。彼女の巻き毛は、潮が引いたあとの濡れた砂浜に残った畝のように見えた。

「髭を剃っているところ。あなたのためにおしゃれをしているのよ、グラハムさん」

「いずれにしろ、髭は剃らなくてはなりませんものね」かなり不機嫌な口調だったと思う。自分がいかに彼らの習慣を乱しているか、嫌と言うほど痛感させられる。ひどく居心地が悪かった。

「いいえ。あの人は、日曜日には髭を剃らないのよ」

「じゃあ、月曜日のふりをしましょうよ」

「あなたって、あの人の言うとおりの人ね。彼の人を見る目ときたら、大したものだわ」

「わたしのことを、どんなふうに言っていたんです?」

「シャープ」女は満足そうに答えた。「お茶を持ってきましょうね」

ローレンスがよろめきながら入ってきた。まるで、初めてカミソリを使おうとしたけれど、そんな普通の才能さえ持ち合わせていない人のようだった。顎のあちらこちらに絆創膏が貼られ、処置がされていない部分からは血が出ていた。

「おはよう、ローレンス。会えて本当に良かったわ」

「もし、殺人に関する話の総仕上げにきたなら帰ってくれ」彼は口を開いた。「まあ、お茶でも飲むといい。ダルシーが入れてくれている。彼女に会ったことは?」

「いいえ」

「彼女は女だ」ローレンスは陰鬱な声で言った。「きみのろくでもない知識人仲間に属するような女ではない。ヒンドゥ音楽のメリットについて議論したがるようなね。ダルシーは現実的なんだ。家の仕事を黙々とやってくれる」

わたしは、クッションの下から垂れ下がっている靴下を見つめた。ダルシーのことを批判する気はない。彼女は生活のために働いているのだ。でも、彼女から学ぶべきだとそれとなく諭されるのは気分が悪かった。

「サラのことを尋ねにきたのかい？」ローレンスが訊いた。

「ほかに訊くことはないわ」

「わたしが悪かったんだ。サラには多くを教え過ぎた。初めて会ったとき、彼女はほとんど何も知らなかったからな。無知そのものだった。わたしはいつも彼女に、詩と演劇について話して聞かせた。教育しようとしたが、彼女の心はその重荷に耐えられなかった。サラは、独自の考え方を持っていた。それが、最後には彼女を浮ついた女にしてしまったんだ」

「そんな言い方はないと思うわ」

「浮ついた女だよ。だから、あんな殺され方をしたのさ。殺される原因でもあった。ああいう連中はみんな、最後にはあんなふうに殺されるんだ」

「ローレンス、サラは死んでしまったのよ。悲しくはないの？」

「空から光が落ちてくる。女王たちは、若くして清らかに死んだ」ローレンスはそう言って目を閉じた。瞼が震えている。ひどい二日酔いに苦しんでいるようだ。

「わたしたちによく『失楽園』を読んでくれたのを覚えている、ローレンス?」

「何が言いたいんだ?」

「昔のことを話しているだけよ。キアンティやフランスパンが並んだ夜食、あなたがよく作ってくれたサラダ……あなた、一度はサラの人生の一部だったのよ、ローレンス」

「警告しておくぞ、ナンシー。わたしに過去を投げつけるんじゃない。過去なんぞ叩き出したんだ。もう、わたしを悩ませたりはしない。今は、この生き方で生きているんだ。それに、サラは昨日死んだわけじゃないぞ。この家、この部屋では、もう何年も前に死んでいるんだ」

ダルシーがお茶を手に入ってきた。

「死者は忘れ去られる存在。それがきみの考え方だろう、ダルシー?」ローレンスは女に尋ねた。

「そうよ。わたしはそう考えているわ」ダルシーは、自分の確固とした考えの陰に身を隠しているようだ。

「それが彼女の考えだ」今度は、わたしに向かってローレンスは言った。「ダルシーは考えた。従って、彼女は思考する人間である。そうだろう、ダルシー?」

「お茶を飲んで、お黙りなさい」虚ろな声で彼女は答えた。部屋の中を見回す。「少しばかり散らかっているわね。今日は日曜日だから」

わたしたちはお茶を飲んだ。

「警察に何か訊かれていたのか?」不意にローレンスは尋ねた。

「ずっとね」

「うちにも来た。もし、ダルシーが連中を納得させてくれなければ、まだここにいただろう。この上なく慎み深く、用心深い言葉で、彼女は証言してくれたんだよ。一晩中、わたしのベッドの中で一緒にいたとね」

「そんなことまで言う必要はないわ、ローレンス」ダルシーは腹立たしげに言った。こちらに顔を向ける。「わたしは七時に起きるの。もちろん、自分のベッドから。でも、出かけるまでに三十分あるのよ。そのあいだに、この人の朝ご飯を用意する。もちろん、お茶とゆで卵だけとか、ときにはキッパー（塩をした燻製ニシンやサケ）のこともあるけど。だから、七時過ぎには、この人はまだベッドの中なの。警察によると、そういうことになるのよ。彼には、問題の時間までにその人の所に行くことはできなかった。タクシーでも使わなければね」

「わたしはタクシーなど使わん」ローレンスが口を挟む。「まして、死人が横たわるベッドになんかは」

「でも、実際のところ、わたしが出かける時間になっても、この人はまだ寝ていたのよ」ダルシーがつけ加える。

「ローレンス、わたしはなぜあなたが、うちのフラットに警察が来ていることを知っていたのかを訊きたいのよ」

「きみは電話をしてきた。わたしはベッドの中にいた。今もそうだが、頭の片側がひどく痛くてね。応えることができなかった。でも、少し経って、着替えだの何だのを済ませて、仕事中のダルシーとも連絡が取れなくなった頃、ちょっと出かけていって、きみとおしゃべりでもしてみようかと思ったんだ。ところが、パトカーが停まっているのが見えた。それで、引き返してきたところで、きみとぶつかったんだ」

「あなたが教えてくれなかったら、警察なんて、ものすごいショックだったと思うわ」礼儀からそう答える。それから、いつもの恐ろしいほどの軽率さで、決して口にしてはならない質問をしてしまった。

「ところで、ローレンス、わたしに警告してくれるなんて、いったいどういうつもりだったの？」

その問いは、部屋の空気に比べると、あまりにも重たかったようだ。ローレンスとわたしのあいだに、どっしりと気まずく居座ってしまった。今となっては、二人のあいだにいかなる共感を築き上げることも不可能だ。情報を引き出すことも、助けを求めることも、できない。

わたしたちは、互いに見つめ合っていた。ローレンスは、充血した不機嫌そうな目に疑惑の色を浮かべて。わたしのほうは、どぎまぎとした怯えた目に、同じように疑いの色を浮かべて。

「きみの部屋の前に警察がいるのを見たとき、わたしはごく自然に、きみが犯罪者の友だちのピーターが起こした胡散臭い事件に巻き込まれたんだと思ったんだよ」襟元に指を滑らせながら、ローレンスは言った。「きみは、憐み深い笑みを取り繕って逃げ出すには、やつと関わり過ぎているからね、ナンシー。今回の殺人事件に関して、警察がきみに何を訊く必要がある？」

「お決まりの事情聴取よ。あなたはいつ、殺人のことを聞いたの、ローレンス？」

「夕刊で読んだ」

「どの版を？」

「わたしは二版とも買うんだよ。最終版にその記事を差し込むために、第一面が組み変えられていた」

「いつも同じ新聞を二版とも買うの？」

「きみはいつも、そんなばかげた質問をするのかい？」

「悪かったわ、ローレンス。警察はいつ頃あなたの所にやってきたのかしら？」

「昨日の夕方、六時頃だな。最終版の新聞を買いに行ったときに」

「警察との話はどんな感じだった？」

「ほとんど連中の役には立たなかっただろうな。サラと――ピーターについて、二、三、話してやったくらいで……それに、きみとサラが送っていた生活についても――パーティとか……男たちとか」

「そういうことには気をつけてもらわなきゃ」わたしは答えた。「サラとわたしがどんなふうに暮らしていたのか――どんなふうに働いていたのかを話してくれたほうが良かったのに……詩の朗読とか……アイルランド行きについての議論とか」ローレンスは、まんまとわたしを怒らせることに成功した。

「かわいそうなサラ」ローレンスはそう呟いた。ティーカップに手を伸ばしてお茶を飲もうとするが、ウイスキーのようには簡単に喉を通らないようだ。彼はカップを押しのけた。迎え酒の代わりにはならないらしい。

「殺《や》ったのはピーターだよ」ローレンスが言う。

「そうかしら」

「そうでなければドナルドだ。あの、自殺しようとした」

「それも信じ難いわね」

「どちらでも好きなほうを信じればいいさ」ローレンスはわたしに向かって声を荒げた。「サラには山ほどの愛人がいた。それが問題なんだ」

「千の蠟燭の揺らめきよりも、一カ所の明るい火元からの明かりのほうがいいわね」ダルシーが口を挟む。何かからの引用なのだろう。

「黙れ」ローレンスが言い返した。「おまえのために、安全なマッチさえ擦ってくれるやつもいなかっただろうが」吐き捨ててしまった言葉を後悔するかのように、彼は頭を振った。「すまない。朝は調子が悪いんだ」

ローレンスはダルシーを抱き寄せ、頰にキスをした。彼女のほうは、特に気にもしていないようだ。情に流されるタイプではないのかもしれない。

「やめてよ、ラリー。人前で」彼女は、ティーカップをトレイに戻し始めた。視線を自分の足元に向ける。

「カーペットをどうにかしなきゃ」そんなことを言って、トレイを手に、部屋から出ていった。

「彼女がいなければ、わたしはだめになっていただろうな」ローレンスが言う。「わたしのために、ずいぶん良くしてくれたんだ。誠実な女だよ。彼女のためでなければ、伝記作家に関する仕事も、どう手をつければいいのかわからなかっただろう。わたしはいつも、大きな仕事をしたいと思ってきたんだ。大きな仕事を成し遂げられない人生なんて、まったくの無駄なんだよ。ダイアゴナル・プレスで働き続けていたら、きっと気が違ってしまっていただろう。今は何をしているんだ、ナンシー?」

「わたしもダイアゴナルを辞めたの。彼らのために、少しばかりフリーランスの仕事をしているわ。時々、日曜日にイタリアやスペインまで出かけるんだけど、あそこの支払いはちっとも良くなくて。小説を書こうとしているのよ。毎晩三ページ書いては、次の日の朝に二ページを破り捨てているわ。午後まで家にいることがあれば、三ページ目もきっと破り捨ててしまうでしょうね」

「どれほどの数の伝記作家がいるか、きみには信じられないだろうな」と、ローレンス。「ガートルード・スタイン（米国の作家、詩人、美術収集家。一八七四―一九四六）も伝記作家の中に入れていいと思うかい、ナンシー？」

「しっかりと生き抜いた人だもの。もちろん、入れていいと思うわ」

束の間だけ、人間らしい会話をしているように思えた。先祖返りが始まる前に、退散したほうがいいだろう。

「もう行かなきゃ。小型のスーツケースを貸してくれない？」

「スーツケースは持っていないな。遠出なんぞしないから」ローレンスは立ち上がり、わたしもよく覚えている仕草で額にかかる髪を払った。「アイルランドのような遠い場所に行くことはない。どうして、スーツケースなど持つ必要がある？」

「箱でもいいわ。ダンボール箱。コーンウォールにいる叔母にプレゼントを送りたいの」

ダルシーが箒を手に戻ってきた。「靴箱ではどうかしら？」そう尋ねる。

「完璧だわ」

「靴を買ったものだから、箱があるのよ」

「きみがつっかけている、そのぼろきれのようなものを靴とは呼べないな」ダルシーが履いているよれよれの室内履きを見て、ローレンスは言った。

その言葉に、彼女は何の嫌味も感じなかったようだ。そのまま部屋を出ていった。

「スーツケースが必要になるな」ローレンスがぼそぼそと呟く。「もうすぐイタリアに行くんだ。南の暖かい気候を求めて。いつか、イタリアで会おう、ナンシー。我々三人で」

「楽しみにしているわ、ローレンス。頻繁に会えなくなるのは残念だけど。警察のことを教えてくれて、ありがとう」

ローレンスはゆらゆらと立ち上がった。充血した目が潤み始めている。

「感傷的な気分にさせてくれるな」そう言って、ドアへと向かっていった。

ダルシーが靴箱を手に戻ってきた。

立ち去ろうとするわたしに、彼女は相変わらずの暗く沈んだ声で囁いた。

「お会いできて良かったわ、グラハムさん」

「わたしこそ」

彼女はこちらに身を屈めた。「でも、もう来ないでくれるかしら」震える声で、口早に言う。「あの人には、しなければならない仕事があるの。こんなふうに動揺してしまったら、仕事に手がつかなくなってしまうのよ」

「すみません」

「本当にそう思っている？　あなたがここに何を持ち込んだか、わたしにはわかっているのよ、ナンシー・グラハムさん。あなたはね、トラブルを持ち込んできたの」

「わたしがそんなことをする必要はないわ。トラブルなら、もう、ここにあるもの。お茶をありがとう」

ローレンスのフラットを無事に脱出すると、コーヒーショップを探して歩き回った。コーヒーを待つあいだに、拳銃から包み紙と紐を外し、銃を靴箱の中に収めて、剝がした紙で包み直す。それから、雨の中をチャリングクロスまで歩き、その箱を手荷物預所に持ち込んだ。引換券をバッグにしまい、家へと向かう。

八

部屋に着いてみると、マイクが椅子に座って、日曜版の一紙を読んでいた。

「ナンシー、もう十一時過ぎだよ」彼は言った。「朝食のおあずけを食らっているんだけどね」

「あなたを朝食に招待した覚えはないわ」

マイクは新聞に顔を戻した。わたしなんかより、新聞のほうにずっと興味があるらしい。でも、彼にとっては、普通の人のような読み方では足りないようだ。信じられないほど念入りに集中力を注ぎ込んでいる。

「髭を剃ったのね」苛々しながら、わたしは言った。

「新聞を買ったときに、カミソリも一緒に買ったんだ」

「まったく目立たないのね。どうやってまた中に入ったの?」

「ドアをあけたままにしておいたんだよ」邪魔をするなと言わんばかりに、彼は眉をひそめた。

「ドアをあけたままにしておくなんて、やめてよね」

「泥棒が怖いから?」

「あるいは、その反対の立場の人たちとか」

マイクは顔を上げた。「ナンシー、雨の中を出かけていたのかい!」

「ロンドンでは、それも気晴らしになるのよ」

「ずぶ濡れじゃないか」嫌悪感も露わに、彼はわたしの様子をじろじろと見た。「髪から水が滴っている。化粧をしていたとしても、全部落ちちゃったんだろうな」

「泥だらけの道で牛を追う、すっぴんの田舎娘とでも思ってよ」

「田舎娘なら、そんなにやつれて見えることはないさ」

「サイロであんなに楽しく踊ったことを忘れちゃったのね」

「その髪を何とかしろよ、ナンシー」

マイクは新聞に目を戻した。「こんな記事が出ているぜ。『またしてもテレビドラマで大失態。〈追い詰められた外科医〉に出演中のマイケル・フェンビイは昨夜、幸運なことにマスクも含め、手術着にすっぽりと身を包んだまま、よろよろと画面を横切った。世間一般に愛される月並みな描写をうんざりするような楽しいひと時に変えようとする一連の試みのために、外科医の衣装を身にまとったフェンビイ氏は、このドラマがアメリカ最南部を描いた作品の二番煎じでもあるような錯覚を視聴者に与えた。氏自身がクークラックスクラン（第一次大戦後、米国で結成された白人秘密テロ結社）の一員であるかのような錯覚を。そうでないことに我々が気づいたのは、彼が、『看護婦、ランセット（先のとがった両刃の外科用器具）を、早く！』と叫んだときだけだった』云々。

ずいぶん博識ぶった評論だよな、ナンシー。でも、こっちのはどうだ。『テレビドラマに出演中のマイケル・フェンビイ。最高。舞台及びスクリーンのスター、眠たげな当てこすりと苦笑いの達人であるフェンビイ氏は昨夜、すばらしいドラマで、何十万人もの人々の目から涙を搾り取った。ストーリーは……』。ストーリーなんて糞くらえだ。こっちにも出てるぞ、ナンシー。『退屈なテレビ番組ばかりの一週間、マイケル・フェンビイのゆったりとしてよどみない、それでいて力強い演技で改善される……』。この、〝ゆったりとしてよどみない〟っていうのは、悪くないな」

「そこにいったい何紙あるの、マイク？」わたしは口を挟んだ。

「山ほど」

「着替えてくるわね」

部屋を出ようとして、沸き起こった疑問に足を止めた。

「土曜の夜のテレビドラマについて報じるなんて、日曜紙じゃないみたいね。ロンドン市民のために、組み直すべきだわ」

「一緒に載ってる興味深い小記事については、まだ聞かせていなかったな。『離婚したばかりのマイケル・フェンビイの妻、ベッドで射殺死体で発見される。警察はリハーサル中の氏に尋問』。それで、ドラマにも関心が向けられたというわけさ」

「へえ。人の死って、結構な宣伝になるんじゃない？」

「着替えたほうがいいよ、ナンシー。雨が降っていたなら、どうしてタクシーを使わなかったんだ？」

「使ったわよ。〝すてきなジョーおじさん〟っていう人を振り払わなければならなかったの。女性たちが毎晩、その人の言いなりになるんですって。わたしもそうしたがると思ったみたい」

「きみにつきまとう男って、いつもそんなタイプのやつばかりなのかい？　どういうわけで、そいつはきみのあとをつけ回したのさ？」

「わたしが銃を持っていたからよ」

自分が言ってしまったことに気づくまでは、鮮やかな退出劇にまんざらでもない気分で部屋を出ようとしていた。でも、服を着替え、顔を直しているあいだは、自分の無分別さに情けない気持ちでいっぱいだった。

居間に戻ると、マイクはまだ新聞を読んでいた。

「そのうち朝食にありつけるのかな?」彼は尋ねた。

「もう帰ってもらいたいんだけど」

「朝食が終わったら、ネクタイにアイロンをかけてもらいたいな。結び目をきれいに作れないから」

「そんなものを使っているからよ。最初から結び目ができているのを買えばいいじゃない。ゴムの部分を首の後ろで留めればいいだけなんだから」

「アイロンをかけてくれるだろう、ナンシー?」

「嫌よ」

「ずいぶん、ぷんぷんしているんだな」

「もう帰ってもらいたいのよ」

「ドナルドを待っているんだ。外出したとき、彼に会っていたのかい?」

「いいえ」

「じゃあ、どこに行っていたんだよ?」

「ローレンスの所」

「ローレンスのことは考えてもみなかったな」

「そんな必要はないわ。彼にも、あなたみたいに、偶然、都合のいいアリバイがあるから。七時半まで、ある人と一緒に寝ていたのよ」

「拳銃っていうのは？」

「何でもないわ。コーヒーでも入れるわね」

ケトルを火にかけ、寝室に向かう。考えなければならないのは、銃のことだけではなかった。銃は銃であって、それ以上のものではない。わたしはそれを、見知らぬ男の手に渡してしまった。そして改めて、その銃が、サラの胸に押しつけられたのだと思った。彼女の意思はシンプルだった。基本的にサラが求めていたのは、もっと生き続けること。もっと高いステージへと登っていくことだけだった。実際、彼女は幾段も上に上がっていった。でも、そのたびにピーターが現れ、彼女を引きずり下した。サラがピーターを殺すほうが、もっと理屈に合っているだろう。

最終的には彼女も、会社重役のチャスという人と結婚したのかもしれない。でも、ピーターとの縁は切れなかったはずだ。ドナルドでさえ、ピーターを追い払うことはできなかったのだ。サラはドナルドを置いて立ち去り、彼を自殺へと追い込んだ。ピーターが、彼女をドナルドの元に行かせたからだ。あとになって、彼女は何が起こったのかを話してくれた。ほぼ、思っていたとおりのことだった。サラが話してくれたのは、わたしが海外での仕事を終えて戻ってきたばかりのときだった。

「ドナルドの何が嫌になったの？」わたしはサラに尋ねた。「彼との仲は永遠だと思っていたのに。わたしが出国するときには、結婚直前だったじゃない」

「離婚に関する三年間の条項がなければ、彼と結婚していたかもね。マイクから自由になるには、今でもまだ一年残っているのよ。ドナルドと続けていくことなんてできなかった。あの人、優し過ぎるんだもの。わたしのことを心配し過ぎるの。朝食に何を食べたかまで、気を揉むのよ。毎晩、レモンを絞って、朝、わたしがそれを飲めるように、ベッドサイドに置いてくれるの。ハンカチを落とせば、飛ぶようにして拾ってくれる。頭が痛いと言えば、山ほどの薬を用意してくれるわ。それに、マイクに対するみたいに、彼の期待に応える必要もなかった。顔にべったりコールドクリームを塗って、カーラーを巻いたままベッドに入っても、ドナルドなら全然気にしないし。わたしがすることは、何でもオーケーなのよ」

ちょうどその二年前に、マイクを持て余すようになったのと同じように、サラはドナルドのことも持て余し気味になっていた。でも、年齢を重ねた分、ピーターと暮らせないことも、彼女にはよくわかっていた。キャムデンタウンの裏道に住み、けちな違法商売の話をするには、彼女は多くのものを持ち過ぎていたのだ。ピーターの元に戻ることなど不可能だった。たとえ特別に、ドア口で裁縫をするような叔母さんにバーミンガムから出てきてもらったとしても、長く退屈な日々をうっとりするような一瞬に変えるための言い訳として、ピーターを受け入れることなどできなかった。

あの頃のサラは仕事を楽しんでいた。そして、そのあとに過ごす時間も謳歌していた。ドナルドだけが、過剰に心配していたのだ。サラを幸せにすること、自分の生活の多くを彼女と分け合うこと、サラを永遠に自分の元に引き留めておくことについて。ドナルドといると、自分が日に何度も庭師に点検され面倒を見られる貴重な菊にでもなったように感じるのだと、サラは言った。彼女が自分の元を離れ、別れようとしたとき、ドナルドは大いに驚いたことだろう。たぶん、大事に育てた菊が自分の根を持ち上げ、もっと居心地のいい庭を求めて歩き出したのを見た庭師と同じくらいに。

ドナルドは、マイクとは違うタイプの人間だった。サラに自分の元に留まるよう脅したりはしなかった。警告したり、命令したりすることもなかった。自分のプライドを守るために、愛情の存在を否定できるほど強力な自己防衛本能もない。マイクは、女に行かないでくれと泣きつくには虚栄心が強過ぎたが、ドナルドはそれほどでもなかった。一緒に暮らす女が、ほかの男を求めていると思うだけで、マイクは怒り狂った。ドナルドは、サラがもっと魅力的な男たちよりも自分を選んでくれたことに驚き、感謝していた。彼女といることがあまりにも幸せで、サラがいなければどんな幸福も存在しないと思い込むほどだったのだ。

やがてサラは、ピーターが非常に深刻な病に臥せっているという知らせを受ける。彼女はドナルドに別れを告げ、もう二度と戻ることはないだろうと言い渡した。

ドナルドは、以前自殺をほのめかしたときの銃をまだ持っていた。そして、彼女が立ち去るなら、今ここで、それを決行すると宣言したのだ。

「確かに、しょっちゅう『オオカミが来た』って叫んでいるような人ではなかったわ」サラはわたしに言った。「『オオカミだ、オオカミだ、オオカミだ』って、それしか言えない人だったの。かわいそうだとは思ったけど、はっきりと言ったわ。だって、ナンシー、出ていったら自殺すると脅されたからといって、残りの人生を一生、その人と暮らすわけにはいかないでしょう？」

「あなたがピーターの所に行くことを、彼は知っていたの？」

「ちゃんと話したわ。そのほうが、完全に関係を絶てると思ったから。そしたら、あの人、銃を振り回し始めたのよ。みんなが言っているとおりよ。部屋を出るときに銃声を聞いた。どうせ、こけおどしだろうと思ったから、そのまま立ち去ったの。いずれにしても、病院が彼を救ってくれたわ。あの人は死ななかった」

「何よりだったわね。それで、ピーターのほうは？」

「わたしはピーターのところに駆けつけた。病気じゃなくて、怪我をしていたのよ。警察とのひどいいざこざに巻き込まれて。銃を持っていたわ。捕まったりしたら、一生、刑務所暮らしだったでしょうね。だから、そのときに彼から銃を取り上げたの。誰かを撃ち殺したくなったときのために、今でもわたしが持っているわ」サラは笑い声を上げた。そのときには、銃を持っているということも笑い事ですんだのだ。

「何とか見つけることができたのは、いつ医師名簿から除名されてもおかしくないような失業中の医者くらいだった。医者でさえ、出入りしているのを見られたくないと思うような裏社会で生きていくのって、難儀なことね。そのうちピーターの怪我は良くなったけれど、わたしはもうそれ以上、そんな世界にはいたくなかった。わたしはあなたとは違うのよ、ナンシー。現実世界にいなければならないの。誰もが、得られる限りの光を手に入れたいと望むような。ピーターの世界では、人はみな、暗闇の中に身を隠したがる。それで、彼とは別れたのよ。もう、これで終わり」

「それだけ？」

「どう思う？」

「終わりっていうのは、あなたの側だけなんじゃない？　ピーターは、そんな取り決めには納得しないと思うわ」

「そのとおりよ」サラはそう答えたが、わたしは飛行機に乗らなければならなかった。もう、出かけなければならない時間だった。ピーターについて、もう少し詳しく聞けたのは、数週間もあとになってからのことだった。

ぼんやりと寝室に立ったまま、ピーターのことを考えていた。サラが彼の身の安全のために銃を取り上げたのは、彼の責任ではない。サラは、二度と銃など使わないように、彼に約束をさせたはずだ。その銃を、彼女が保管していたのかどうかさえ知らなかった。ひょっとしたら、もう何カ月も前に処分していたのかもしれない。普通、人は銃など持たないものだ。だからこそ、トラブルが持ち上がったとしても、かなり多くの殺人を防ぐことができる。

手早くベッドを直し、銃を見つけたタンスへと向かう。

普段どおり、色ごとに下着類を並べ直した。サラの心臓に銃を向けた男の手を想像する。その同じ手が、悪意を胸に、最後にはわたしが不利になるような場所に、その銃をこっそりと隠したのだ。

その手を思い浮かべてみようとする。無数のビアグラスを包んできた、黒い毛の生えたピーターの短くて頑丈な指。数年前に、その指がサラの首を締め上げたことを思い出した。ピーターの手は暴力的だ。サラにいい思いをさせるための金を盗もうと、その手で人を殴り倒したこともある。ローレンスの手は、丸くて柔らかい。その手が額にかかる髪を払いのける様子を見てきた。丸々とした指を襟の内側に滑らせる仕草や、細心の注意を払いながら本のページをめくる様子も。マイクは、力強いけれども、ほっそりとした手をしている。何をするときにも、彼がその手を休めることはない。わたしの手首をつかんだときには、指の爪が白くなった。彼は、自分の楽しみのために、メロドラマを演じているのだ。意思に反して押さえつけられることに、わたしが異常なほどの恐怖を感じることを彼は知らない。もし、知っていたとしても、彼なら気にもしないだろう。ピーターのことを打ち明けた夜について、サラがしてくれた話を思い出した。

「彼が、わたしを殺そうとするふりをしているだけなのはわかっていたわ。でも、あの人は、わたし以上にそれを楽しんでいたの」

それはもう何年も前のことだ。でも、いまだに、マイクがもう少し上手にサラとピーターの関係を捌《さば》いてくれていたら、サラはまだ生きていたのかもしれないと思う。ドナルドとわたしも、もっと平和で、自由な状況にいられただろう。

手のことを考えていたら、二日前の夕食の席で、わたしの手に載せられていたドナルドの手を、悲しい気持ちで思い出した。わたしは、サラに手を振り返すために、彼の手から自分の手を引き抜いたのだ。ドナルドの手は、角張っていて力強い。とても、芸術家の手には見えなかった。でも、マイクが何を言おうと、それは決して、弱くて空っぽな男の手ではない。

マイクが寝室に入ってきた。ノックさえしない。〝家の主人〟の役を演じているのだろう。しかし、実際には、出演者の片割れであるわたしは、自分の役を演じる彼の喜びをほとんど損なうことなく、まったく別の出し物の役を演じていた。

「朝食の用意をしていると思っていたのに」マイクは言った。

「まずは片づけをしているのよ」

床から濡れた衣服を拾い上げる。

「朝食の前に、洗濯をするつもりじゃないよね?」

「自分のことを考えていたら?」

「参考までに、サラならそんなふうに、いろんなものをごちゃ混ぜに着たりはしなかっただろうな」

彼は答えた。「そのほうがよければ、社交的な会話を試みるより、めそめそと悲しみに耽っているけどさ」

「急いで着たものだから」抱えているばらばらな色合いの下着を見ながら答えた。「サラはいつでもちゃんと色を揃えていたのかしら？」

「いつでもね」

「二人で貧乏暮らしをしていた頃から、彼女はそうしたがっていたわ。あの頃から一緒にいられて良かったんじゃない、マイク？」

「大抵の人間は、第一幕としての結婚を歓迎するものだよ」

「わたしはプロローグにも達していないけどね」

「朝食はどうなったんだ？」

「コーヒーを入れてあげるわ。それに、居間も片づけなきゃ」

灰皿をきれいにし、酒瓶とグラスを片づけた。毛布とシーツをたたんで、寝室の戸棚にしまう。マイクが買い込んだ日曜紙をひとまとめにしてから、コーヒーを運び入れた。

「きみが外出しているときに、電話があったよ」マイクが言う。

わたしはコーヒーポットを下ろした。「ドナルドだったの？」

「誰だったにしろ、向こうで電話を切っちゃったんだよ。ぼくの声に腹を立てたドナルドだったのかもしれないね。本当にそうだったのかどうかはわからないけど。ともかく、そのコーヒーを入れてくれないかな？」

マイクにコーヒーカップを渡す。

「その髪を乾かしてくれたら有り難いんだけどね」マイクが言う。

「忘れてたわ」

「今じゃ、ぐっしょりというよりラッカーでも塗ったみたいだ」

「髪にラッカーを塗った女が好きなの？」

「洗練された女が好きなんだよ。それが、まず第一。次に、女が洗練されていく過程を見るのが好きなのさ。きみときたら、恐ろしいほどの未開人だよ、ナンシー。昨日の夜なんて、一、二度、きみに殺されるんじゃないかと思ったほどさ。社会の一員としての自覚に、まったく欠けているんだからな」

「コーヒーをもう少しいかが？」

「ありがとう。きみの問題点は、権威というものに少しも敬意を払わない点だね。今回の件では、きみは目下、警察の側に立つべきなんだよ。それなのに、きみときたら、警察のことなんか少しも考えようとしない。協力しようという気持ちさえない。愛するドナルドを守るために、平気で嘘をついて、彼らを欺いているんだ。だからと言って、ピーターのことを――殺人者として――持ち出してみても、受け入れようとしないし。ピーターは刑務所にいたんだから自動的に潔白。それが、きみの考え方なのさ。第二の問題点は――」

「自分の問題点についてなんか、これ以上、聞きたくないわ」

わたしは静かに座って、考え事をしていたかった。それなのに、マイクはそうさせてくれない。彼が望んでいるのは、アリクイみたいに、わたしの考えを何から何まで舐め取ることなのだ。

「今朝の銃っていうのは、どういうこと？」

「何でもないわ」

「話してみろよ」

「マイク、わたしは自分の問題についてなんか、話したくないのよ」

「ぼくとしては、きみの問題解決に手を貸すために、ここにいるつもりなんだけどね」

「あなたがここにいるのは、ドナルドを脅して警察に行かせたいからでしょう?」

「銃っていうのは、どういうことなんだ? やつがそれをきみの所に置いていったのか?」

わたしは跳ねるように立ち上がり、コーヒーカップを掻き集めるとキッチンに運んだ。カップをシンクに入れ、洗い始める。マイクがついてきて、後ろに立った。

「銃のことを話せよ。どうして、そんなものを持ち歩いていたんだ?」

「持ち歩いてなんかいないわ」

「タクシーを拾ったとき、持っていたと言ったじゃないか」

「なら、わたしが嘘をついたのよ」

「嘘ばかりついているんだな。本当のことを言ってくれないなら、どうやって助けてやればいいんだよ?」

「助けてもらってなんかいないわ。あなたは、わたしを怒らせているだけよ」

「怒らせれば、本当のことを言ってくれるかもな。こっちを向けよ」

「ちょっと、やめてよ!」

マイクはわたしの肩をつかんで振り向かせ、顔をにじり寄せてきた。

「手を離して!」

「銃のことを話すんだ!」

目をつぶる。マイクの顔など見たくなかった。

「ドナルドがきみに銃を渡したのか?」

「銃って?」

痛むほどの強さではなかったが、マイクはわたしの肩から手を離さなかった。振り払おうとすると、さらに力を強めてくる。痛くはないが、つかまれているせいで、パニック状態に陥り始める。逆らって叫ばないようにするのが精一杯だった。わたしはただ、黙って立っていた。そして、ようやく目をあけた。

「手を離してちょうだい!」

両手は自由だった。素早く後ろに手を回し、指先が触れたものをつかみ取る。ただのコーヒーカップでしかなかった。それで殴りつけてやるつもりだったが、マイクはわたしの肩から片手を離した。その手が今度は、わたしの手首をつかむ。コーヒーカップが滑り落ちた。

「さあ、銃のことを話すんだ!」

わたしは何も答えなかった。

「話せないというわけか。ということは、ドナルドがきみに渡したんだな。だから、話せないんだろう?」

「違うわ」

もう我慢できなかった。左手でマイクを殴ろうとする。彼は、こちらの手が届かない距離に身をかわした。

「きみには何もできないよ」と、マイク。「だから、さっさと銃のことを話すんだ」

やがて、もうどうしようもなくなった頃に、彼はやっと手を離してくれた。一歩下がって、わたしを見ている。

「簡単に怯え上がってしまうんだな」そんなことを言っている。

わたしは彼に背を向けた。何かにつかまらずにはいられない。シンクが身体を支えてくれた。

「ドナルドが置いていったんじゃないわ。あの人が銃を持っていたことなんてないもの」ぶつぶつと呟く。

「ナンシー、こっちを見ろよ」

「嫌よ」

「触ったりしないから。約束するよ」

マイクはそう言いながらわたしの腕に手をかけ、慌ててその手を引っ込めた。

「指一本だけだったよ。数のうちにも入らないさ。こっちに来て、座ったほうがいい」

動けなかった。イギリス海峡を泳いで渡ったような気分だ。半分まで渡ったものの、諦めて溺れるしかないような。

「背中を押してもいいかい？」マイクが言う。「それとも、車椅子でも見つけてこようか？」

すっかりマイクに怯えていた。何とか自力で歩き始める。わたしが座るのを待って、マイクは煙草を差し出した。

「自分の煙草のほうがいいわ」

「どこにある？」

「バッグの中」

彼はバッグをつかみ取ると口をあけ、アメリカ煙草を一本、抜き取った。それに火をつけてくれる。

「ナンシー、このままだと、きみはどんどん深入りしてしまうんだよ。深入りし過ぎると、今度は抜け出せなくなってしまうんだ。それがわかっているのかい？」

わたしは答えなかった。

「警察は、今でさえ、きみにいい印象を持っていない。それに拍車をかけるような事実が出てくれば、一巻の終わりなんだ。例えば銃みたいな」

マイクは答えを待っていた。わたしはまだ、自分を正常な状態に戻そうと闘っていた。

「あのフラットにいたのはきみだけだと警察は思っている。それは、きみにもわかっているよね。連中にそう思わせたのは、きみなんだから。でも、今、きみがその銃をどうするつもりでいるのか、ぼくにはわからないんだ。また、ドナルドを庇おうとしているのかどうかも」

わたしは頭を振った。

「こんなときにすまないとは思うよ、ナンシー。でも、どうしても、きみから真実を引き出さなきゃならないんだ。最初はただ、訊いてみるつもりだけだった。でも、きみは答えようとしない。きみを傷つけるつもりはなかったんだ。実際、傷つけているなんて、思ってもいなかったし。ただ、怒らせてやろうと思っていただけさ。頭に血が昇ると、きみは何でもしゃべるからね」

「あなたには、何も言うつもりはないわ」

「どうして？」

「昨日の夜から、あなたが警察に話すつもりなのは、わかっていたもの」

「まだ何も話していないよ。ねえ、ナンシー、何か知っているなら、警察に話してしまうのが一番安全なのがわからないのかい？」

「警察は、わたしの言うことなんて信じないわ」

「きみが銃のことなんか言い出したから、死ぬほど心配になってきたんだよ。そんなものを持ったまま、雨の中、街中を歩き回らせるわけにはいかないんだ。それが例の銃で、そんなものを持っている状態で捕まったりしたら――頼むよ、ナンシー。きみは、殺人罪で逮捕されてしまう」

「わかっているわ。今朝は、それ以外のことなんて考えられなかったもの」

「どうして、こんなに朝早くから出歩いていたんだ？　まだその銃を持っているのか？」

「一人にしてよ、マイク」

「ここで寝なきゃならないな」マイクは苦々しい口調で言った。「一晩中、ここにいて、きみを見張る。それから、寝ることにするよ」

「あなたに、わたしの面倒を見る責任なんてないじゃない」

「じゃあ、誰にその責任があるんだ？」今度は、怒ったように尋ねてくる。「ドナルドだって言うなら、やつはその責任を果たしていないじゃないか」

「自分の面倒は自分で見るわ」

「そしてまた、とんでもないことをしでかすんだ」

「マイク、あなたはトラブルに巻き込まれたくないんでしょう？　ここには、山ほどのトラブルの元があるのよ。出ていったほうがいいんじゃない？」

「どんなトラブルだよ？」

「警察がまたやってきて、このフラットを調べ直すと思うわ」

「どうして？」

これ以上、あれこれ訊かれるのはうんざりだった。ドナルドに会いたくて仕方がない。彼と話をする必要がある。もはや、自分一人の手には負えなかった。

「どうしてなんだ？」マイクが容赦なく繰り返す。「どうして、警察がこのフラットを調べ直す必要があるんだ？」

「そうするように通報する人間がいるからよ」

「誰が？」

「警告を繰り返させないで。こんな話、もうしたくないのよ。出ていってちょうだい。わたしが言いたいのは、それだけよ」

「誰が警察に通報するんだ？　続けろよ、ナンシー」

「もう、わかったわよ」わたしは音を上げた。いかなる抵抗力も残っていなかった。

「誰なんだ？」

「銃を隠した人間でしょうね。昨日、警察がここを調べているのよ。わたしを警察署に連れていく前に。それなのに、今朝、自分の衣服のあいだに銃を見つけたっていうわけ」

マイクは目をつぶった。人差し指で顎を上下にさすっている。考え事をする俳優の図としては、完璧な姿だ。

「きみに仕掛けられた罠は、それだけかい？」

自分のタイプライターで打たれた手紙のことを話した。

「まずいな。かなり深刻だ。でも、きみがサラのフラットに行った本当の理由を警察に話せば、大したことでもないんじゃないかな」

「警察に話す気なんてないわ」

「じゃあ、ぼくが話す」

「あなたとは二度と口をきかないことにするわ」

「きみが一生、刑務所に入ることになるなら、どっちにしろ話す機会なんてなくなるさ。きみに会いにいくつもりなんて、さらさらないからね。そんなことをしたら、ぼくの評判に傷がついてしまう、そうだろう？　もし、ぼくが、きみから話を訊き出すことを許されたりしたらさ」

「そうね、評判はがた落ちになるでしょうね」

「だから、話をするつもりなら、きみを刑務所から遠ざけておかなければならない。さあ、今朝、その銃をどうしたのか、話すんだ」

「これ以上、何も話さない。出かけてくるわ」

「どこに？」

「質問なんて、もうやめてよ、マイク。ドナルドを見つけられるか、探しにいくのよ」

「もし、ぼくがいないところでやつに会うつもりなら、この足で警察に話しにいくからな」

「マイク、まだ、だめよ。ドナルドに最初に会うのはわたしなんだから。彼と話す必要があるの。罠にはまるのを待つみたいに、あなたとここで二の足を踏んでいるわけにはいかないのよ。わたしは、一人で彼と会わなければならないの」

「どうかしている。そんなことはさせられないよ。もし、警察が銃のことを嗅ぎつけたら、きみは逮捕されてしまうんだぞ。すぐに、昨日のことを警察に話さないと。これ以上トラブルを漁りに出かけると言うなら、ぼくは、金曜の夜にドナルドがどこにいたのかを警察に話す」

「マイク、わたしに数時間だけちょうだい。今日の残りの時間だけ」

「ぼくはそもそも、こんなろくでもない事件には巻き込まれたくないんだ。どうしてもそうなってしまうなら、まだ救いの手が残されている時間に、そうなってもらいたいね」

「お願いだから、数時間だけ放っておいてちょうだい。どうにかして、ドナルドを見つけるわ。わたしたちは真実を見つけ出す。そしたら、二人で警察に行きましょう」

「自分をホロウェーに放り込み、ドナルドに道を踏み外させる嘘を見つけ出すんだろうさ」

「聞いてちょうだい。数時間の差に何の違いがあると言うの？　六時まで待って。そしたら、あなたが警察に行く必要なんてなくなるから。ドナルドとわたしで警察に行く。あなたは、何もする必要がなくなる。こんなことに巻き込まれる必要なんて、まったくないでしょう？　それで、あなたの評判が傷つくこともない。道義的な立場でも何でも守れるわ」

「それは、どうも。実にご親切だな」

マイクを怒らせてしまったのは一目瞭然だった。今となっては、彼を説得することなどできない。きっと、警察に話してしまうだろう。すぐに、ドナルドの捜索が始まる。逃げおおせるチャンスなどあるだろうか。

「ねえ、マイク、ドナルドを見つけるのに今日一日くれるなら、あなたのために何でもするわ。本当に、何でもよ」

「きみがぼくのためにできることなんて、何もないよ」彼は、そう言い放った。うんざりするような夏の日盛りの中で、敵に出くわした犬があげた唸り声のようだった。「何一つ、ない」

「そう」わたしは寝室に戻り、コートを羽織った。手元にある金をすべて掻き集め――ほんの十五ポンドほどにしかならなかったが――、小切手帳やパスポートと一緒にハンドバッグに入れる。いつも、コートに合わせて持ち歩いているハンドバッグだ。

居間に戻ると、マイクがまた新聞を読んでいた。わたしが入ってきたのを見て、その新聞を落とす。もう一つのバッグ——銃を運んだ大振りのバッグ——に、鍵と煙草を入れたままだったのを思い出した。そのバッグは、マイクの隣の椅子の上にある。それを取りに向かう。マイクがそのバッグを持ち上げた。

「煙草が必要なのかい？」彼は、ご丁寧にもそう尋ねた。

バッグから煙草の箱を取り出し、手渡してくれる。

「それと鍵も」

彼は、鍵も出してくれた。でも、そのとき、手荷物預所の引換券もそこに入っていることを思い出した。それも取り出したい。でも、マイクがまだわたしを見つめていた。

「ドナルドを探しにいくのかい？」

「そうよ」

「今度は傘を持っていったほうがいい」

雨の様子を心配しながら窓辺に寄り、ふと、視線を通りに落とした。車が一台、角を曲がってきた。徐々にスピードを落としている。

「建物の入口に警察の車が止まったわ。三十秒あれば逃げ出せるわよ、マイク」

そう言い終わらないうちにも、マイクはコートを腕にかけ、ドア口に立っていた。

「どうしたらいい？」

「上階《うえ》に上がるのよ。上階の人たちなら出かけているから。そのドアの前で二分待つ。それから、この階を通り過ぎて下に降り、そのまま外に出る」

最後の言葉を口にしながら、わたしはドアをあけていた。マイクが出ていくと、静かにそのドアを閉める。床からまた、新聞紙を拾い集めた。でも、階段を上がってくる足音が聞こえると、再びドアの近くに寄った。マイクが身を潜めている踊り場に彼らが目を向ける間もないように、さっとドアをあけてしまいたかった。

呼び鈴が鳴る。「堂々と落ち着き払っているのよ！」わたしは自分に言い聞かせ、ドアをあけた。お供を二人従えて、クルー警部が立っていた。おはようございますと挨拶をする。もう昼過ぎですよと、彼らはわたしの言葉を訂正した。中に入ってもいいかと尋ねてくる。

「あら、すてき！」そう、言葉を返す。

警部は、普通の客のような気軽な態度を装っていた。決して断られないとわかっていながら、どうぞと声をかけられるまでは、決して中に入ろうとしない客のように。

コートを着ているわたしを、警部はまじまじと見つめた。「お出かけになるところだったんですか、グラハムさん？　お邪魔でしたでしょうか？」

「いいえ、ちっとも」

「あなたのフラットの捜査令状があるんです」申し訳なさそうに、警部は呟いた。

「昨日も持っていたじゃないですか？」

「今日、また取ってきたんですよ」

上階にいるマイクに聞こえるようにと願いながら、音を立ててドアを閉めた。「毎日、調べるつもりなんですか？」

「できれば、そんなことはしたくないんですけどね」

「きっと、骸骨という骸骨を見つけてきたんでしょうね。わたしはまだ、戸棚の中に死体の一つも見つけたことはありませんけど」

「調べてもかまいませんか？」

すべて、昨日と同じだ。何を言っても無駄だろう。だから、無作法にも、何の返事もしなかった。腰を下ろし、寝室へ入っていく部下たちを見つめる。警部はわたしのそばに残り、ぼんやりと部屋の中を見回していた。

「ずいぶんたくさんの日曜紙をお買いになるんですね、グラハムさん」

「時々、日曜紙にも文章を書くことがあるものですから」

「四紙、全部にですか？」

「フリーランスは決して希望を失ったりしないんですよ」

部下の一人が戻ってきて、何やら呟いた。耳を傾けていた警部が、またわたしのほうに顔を向ける。

「あなたの衣服が干されているというのですが。まさか、このひどい雨の中、午前中に出かけてなどいませんよね？」

「残されているどんな自由を、わたしが使ったというのかしら？」

「どうして出かけたりしたんだろうと思っているんですよ」

「日曜紙を買うためじゃない」つっけんどんに言い返す。

どっしりとした茶色いハンドバッグから目を逸らそうと努めていた。どうして、思い切ってマイクの目の前で手荷物預所の引換券を取り出してしまわなかったのか、理解できない。わたしに必要なのは、手品で客を楽しませるための六カ月コースだ。

警部は室内に視線を走らせていた。その目が、茶色のバッグに留まる。わたしがもう一つバッグを持っているのかを確かめるために、彼はそちらに近づいていった。わたしは心の中で思っていた。「もう一分だけ。そしたら、彼に、わたしを逮捕してくれと頼もう。それで、すべて終わる」警部の手が、茶色いバッグに伸び始める。

「出かけてもかまわないでしょうか?」唐突に、そう尋ねた。

「戻ってこられますか?」

「午後のうちには」

「あなたのバッグの中身を見せてほしいと頼むのは、ぶしつけでしょうか?」

相手にバッグを差し出した。しっかりと調べると言うよりは、ざっと目を通しているだけだ。もし、手荷物預所の引換券をあのバッグから取り出していたら、コンパクトの中でも、小切手帳のあいだにでも、隠しておくことができただろう。この男は気づきもしなかったはずだ。一枚の紙切れを探しているわけではないからだ。彼は、銃を隠すスペースがないことを確かめたかっただけだ。

「いつも、パスポートをバッグの中に入れて、持ち歩いているんですか、グラハムさん?」

「ええ。しょっちゅう外国に行くものですから。仕事のために。わたしは半分、海外通信員なんです」

「そして、半分が小説家。それが、あなたの実態というわけですね?」

「そうなんでしょうね」

「変わった側面を持つ人間もいますからね」

「わたしは、とても単純な人間ですけど」

「正直な、という意味ですか？」

「わかりやすい、という意味です」

部下たちが戻ってきた。今度は机の上を調べ始める。

「参加することも許されていないのに、こんな指ぬき探し（英国の子どもたちの遊び）を見ているのは退屈だわ」わたしは言った。「ランチに出かけてもいいでしょうか？」

「お出かけになりたくても、わたしたちに同行などさせないでください。でも、いくらパスポートを持っているからといって、パリやベネズエラでランチを取ろうなんて思わないでしょうね？」

たとえ試みたとしても、阻止されるのだという警告として受け取った。

「まさか。お帰りになるときには、ドアを閉めていってくださいね」

ゆったりとした動作でドアを抜け、階段を下りる。そして、できるだけ急いで角を曲がった。戻るつもりなどなかった。手荷物預所の引換券についての質問に答えるよりは、着るものも家具も、ほかの持ち物も、全部置いていくほうがましだった。パスポートだけは手元にあるのだ。港が見張られているとしても、海峡を渡る手段くらいはあるはずだ。

九

街角でバスに乗ることにした。待っている人が数人いる。誰もが気になって仕方がない。彼らはただの人間ではないのだ。わたしを警察に売り渡す人間かもしれないし、わたしを見張るために警察に雇われた人間かもしれない。わたしは逃げ惑うキツネも同然だった。どんな犬でもフォックスハウンド（キツネ狩り用に改良された大型の猟犬）になり得る。

バスの中では、誰とも目を合わせないようにした。どこにいても注目されないこと、覚えられないことが肝心だった。警察が手荷物預所の引換券を見つけ、荷物を回収したら、殺人罪で逮捕されることはわかっていた。

バスを降りて、ドナルドの家へと足早に向かう。いないことはわかっていた。それでも、いつもと同じように、期待を込めてベルを鳴らした。

長々と待った末に、仕方なくドアに背を向けた。ほの暗い通りを歩く。太陽が輝いていても、影さえ何の色彩も持たないような通りだった。灰色がすべてを支配している。

次にどうすればいいのか、わからなかった。ロンドン中を歩き回り、ドアというドアをノックして回る自分。そんなヒステリックな映像が脳裏にちらつく。ロンドンが終わればシェフィールド、そして、バーミンガム。

バーミンガムにいた頃のサラを思い浮かべた。まだ、洗練されていない頃のサラ。雑なウェーブがかかった髪、べったりと塗りつけた口紅やマスカラやアイシャドウ。本人とともに成長していったピーターへの情熱。闇の中でも光るダイヤモンドをいつかプレゼントすると、かつてピーターはサラに約束した。そしてついに、彼はその約束を果たしたのだ。それもまた、冷たくて理屈ばかりの警察には話せなかったことの一つだ。そんなことをしたら、サラへのひどい裏切りになってしまう。ピーターに対してでさえ、同じように感じただろう。「ご友人のサラはダイヤモンドを持っていましたか?」警察がそう尋ねたら、もし、彼らがそんな話を持ち出したら、そのときには、わたしも話したかもしれない。でも、彼らがそんなことを尋ねるはずがない。わたし自身も、象のように何でも踏みつぶして歩くような彼らに、進んで話そうとは思わなかった。

サラがその話をしてくれたのは、わたしがブダペストから帰ってきたときのことだ。冬の日だった。自分のフラットがすっかり冷え切っていたので、サラの所に泊めてもらったのだ。

「困ったことになったのよ、ナンシー」と、彼女は言った。「どうしたらいいか、わからないの」

「きっと、悪いほうの選択肢を選ぼうとしているんでしょうね。わたしたちって二人とも、そっちのほうが得意だもの」

「もう、そうしちゃったんだと思う」

「今までより悪いことってある?」

「ずっと悪いわ」

「日曜紙に自分の人生の物語でも書いてしまったとか?」

「それってジョークのつもり?」

「あなたにとっては、そうは思えないようね。ドナルドが戻ってきたの？　もう退院したんでしょう？」

「たぶん。でも、ドナルドのことじゃないのよ。あの人は、戻ってきたりしないから」

「じゃあ、ピーターに関すること？」

「ええ、そうなの。順番に話すわね。わたし、レスターっていう人とつき合っているの。チャールズ・レスター。証券取引所だかロイズ（保険引受業者の組合）だかを持っている人。彼とのことは真剣に考えているのよ」

「もし、その人が証券取引所を持っているなら、シティでも一目置かれる存在なんでしょうね」

「わたしたち、レモンブローヴっていう店に行ったのよ。知ってる？　新聞に写真が載るような名士たちの知り合いで溢れている店。ものすごく楽しくて、びっくりするくらい高級なお店なの」

「ついに社交界デビュー！　それとも単に、株式取引場なのかしら？」

「ナンシー、説明しようとしているんだから、ちゃちゃを入れないでよ。ここまで送ってくれたチャールズを、飲み直しのために部屋に上げたりはしなかったわ。かなり遅い時間だったから。二人きりのときは中に入るよう誘ったりしないっていうルールに、彼を慣れさせようとしているの。だから、建物の入口でさよならを言って、階段を上がってきて、このフラットのドアをあけた。そのとき、ピーターが後ろからわたしを中に押し込んで、ドアを閉めたのよ。彼が来るかもしれないとは思っていた――わたしに暴力をふるうつもりでいるかもしれないって。電話に飛びつこうとしたけど、彼はそれを阻んだわ。何も言わないものだから、却ってそれが怖かった。それから、彼は明かりを消して、言ったのよ。はっきり覚えていないから、一字一句同じではないかもしれないけど、わたしに贈り物を持ってきたって――前に約束したことがあったよね。闇の中でも、きみの傍らで輝くものをプレゼントするって。ほら、これだよって。そして、暗闇の中で、わたしの手首にこれをつけてくれたの」

サラは話をやめ、わたしにそれを手渡した。ダイヤモンドが散りばめられたブレスレットだった。石は、この上ないほど冷たい輝きを放っている。決してすてきだとは思えなかった。はめ込まれたダイヤモンドはどれも小粒で、トラブルの種でしかない。でも、その種は、ピーターを破滅させるのに十分なほど大きく成長する可能性がある。そしてたぶん、サラ自身も。

「それから、どうなったの?」わたしは尋ねた。

「彼は言ったわ。二人で一緒に闇の中で輝こうって。だから、わたしは、あなたと寝るくらいなら、すぐにでも自分の喉を掻き切ってやるって言い返したの。そしたら、彼、いつか自分の手で、わたしの喉を切り裂いてやるって言ったわ。そのあとは――ひどいことばかりで。そんなブレスレット、持って帰ってって言ったのよ。あの人、そのブレスレットを取り上げると、わたしの顔に投げつけて、出ていったわ。ピーターに関しては、それだけ」

「それだけあれば十分ね。そのブレスレット、どうするつもり?」

「どうしたらいいと思う?」

「ダイヤモンドならいろんな店のウィンドウで見てきたし、クラウン・ジュエルズでもっと大きな石も見たことがあるわ。でも、その程度でも十分ね。役に立つんじゃない?」

「あなたに言えることって、それだけ? きれいじゃない?」

「ダイヤモンドは好きじゃないのよ。光が窓の外に反射して、警官の目に入ったりしないように、しまっておきなさいよ」

サラはそのブレスレットを手首につけ、うっとりとした顔で眺めていた。

「どうやってそれを処分するつもり?」そう尋ねる。

「少しのあいだ、持っていようと思うの」

「だめよ、サラ」

「どうして?　わたしがもらったものなのよ」

「盗品だっていうのはわかっているでしょう?」

「ピーターは、盗んだとは言わなかったわ」

「そんなこと、言うはずないじゃない」

「盗品だって言われない限り、わたしとしては問題ないのよ」

「そんなものを持っていてはだめよ、サラ」

「ずいぶん、お堅いことを言うのね。ダイヤモンドが嫌いなだけじゃない」

「それがダ・ヴィンチの『岩窟の聖母』でも、同じことを言うわ。そんなものを持っているのが人に知れたら、刑務所行きになるかもしれないじゃない」

「誰にも見せたりしないわ。ベッドに入るときにつけるだけ。毎晩、寝る前にこれをつけて、横になりながら眺める。目が覚めたときにも手首にあるけど、わたしはそれを外してしまい込む。誰にも見せたりはしない。あなた以外には、誰にも話さない」

「返すのよ」

「誰に?　どこから来たものなのかも、わからないのに」

「じゃあ、ピーターに返せばいいじゃない」

「ううん。あの人にとっては、こんなものは持っていないほうがいいのよ。とんでもないことをしてしまう。また捕まってしまうのが落ちだもの」

「どうすればいいのか教えてあげる。警察に送りつけるのよ」

「そうね。そのうち」

「サラ、今まで、あなたに何かを強要したことなんて一度もないわ。でも、今回だけは、そうさせてもらう」

「ピーターに会わないようにさせたじゃない。彼が、刑務所から出てきたあの朝に」

「わたしの判断は正しかったわ、そうでしょう?」

「別の意味ではね。あなたは、わたしのことなんか考えていなかった。マイクのことを考えていたのよ。間違ったことは決してできないヒーローのことを」

「今、マイクのことで言い争う必要はないわ。話しているのは、ダイヤモンドのブレスレットのことでしょう?」

「話し合うことなんて何もないわ。手元に置いておくつもりだから」

「サラ、わたしはマイクのことも、ピーターのことも、ドナルドのことも考えていないの。あなたのことだけを考えているのよ。ブレスレットは返すべきだわ。そうしたいなら、わたしに預けてもらってもいいのよ。包装して、ロンドン警視庁のダイヤモンド紛失係にわたしが郵送するから」

「わかってないのね。あなたは、わたしが若かった頃のことを何も知らないんだわ。病気になって、あんな場所で叔母と一緒に過ごしていた日々のことを。ベッドで仰向けになって、薄汚れた天井やじめじめした壁を眺めながら、ずっと考えていたのよ――こんなことはいつまでも続かない。いつの日か必ず、ピーターが言ったように、ダイヤモンドを手にするんだって。よく腕を上げて、こんなふうにダイヤモンドがきらめいている様子を思い描いていたものよ」

サラは腕を上げた。ダイヤモンドが部屋中の光を集めてきらめく。そんな光景を見ているのは、とても耐えられなかった。

亡くなる前に、彼女がそんな打ち明け話をしてくれたのも、それが最後になった。

それだけでも十分だったが、サラと会わなくなったのは、ダイヤモンドのブレスレットが原因ではなかった。ドナルドと再会していたからだ。かわいそうなくらい混乱して、半分壊れてしまった人のようだった。サラが与えた仕打ちのせいだった。生まれて初めて、一つの友情が、もう一つの友情を締め出す結果になった。すぐにではなかったが、ゆっくりと完全に、これまで経験したこともない成り行きで、わたしはドナルドとの恋に落ちていった。ドナルドへの誠意から、サラとつき合い続けることなどできなかった。女同士の友情なんて脆いものだ。

サラが自分を必要としているときに、どれほど冷たく彼女を切り捨ててしまったことだろう。そんな後ろめたい記憶に苛《さいな》まれながら、通りをあてもなく歩き続けた。最終的には、サラはわたしに十分誠実であったはずだ。ドナルドをわたしに残してくれたのだから。

電話ボックスが目に入る。できることが一つありそうだ。恐らくそれが、わたしにできる唯一のことだろう。ドナルドのことを知っていそうな人たち全員に連絡を取ってみること。

駄菓子屋に入って十シリング紙幣でチョコレートを買い、ペニー硬貨でお釣りをくれるように頼んだ。

「結構な量になりますよ」店員は苦々しげにそうに言った。「いいんです」と、わたし。「ほら、あんたのトラブルの元のチョコレートだよ」厭味ったらしい男だった。きっと、チョコレートが嫌いなのだろう。

電話ボックスに戻り、名前と電話番号を書き込んだノートを取り出す。まずは、数年前に奇妙なパーティで知り合った人たちから始めてみよう——ビルやジルに、ジャネットやトム。かつて、親しくしていた友人たちだ。それから、ドナルドの友だちにも。でも、それはまるで、ハリケーンがそうした人たちを根こそぎなぎ倒していったような結果になった。ジルはすでに結婚していた。彼女の新しい姓をわたしは知らない。ビルはカナダに移住していた。手当たり次第の公平さで恋愛を試していたジャネットは、それが原因で、わたしたちがよく知るロンドンの仲間内から姿を消していた。小説を書くために屋根裏部屋に引っ込んだトム。それ以来、彼の噂を聞く者はいない。

もっと最近のパーティで知り合った人たちもいる。触れてはならない話題はきちんと避け、バランスのいい賢い会話テクニックを身につけた人々が集まる、きちんとしたカクテル・パーティ。誰も、互いの電話番号さえ知らなかった。ドナルドとつき合いのある画廊を営む人たち。でも、彼らは日曜日には店をあけていない。ダイアゴナル・プレス時代からの知り合いも多くいる。だけど、彼らはみな、即座にわたしと殺人事件を結びつけてしまうだろう。ドナルドのことを訊いたりしたら、ひどく不審に思うに違いない。山ほど手に入れたペニー硬貨は、何の役にも立ちそうになかった。それでも最後には、共通の知り合いを十人ほど思い出し、基本原則を発見した。重要なのは、緊急事態のようには聞こえないようにすること。どの会話も、人の記憶には残したくない。

手始めに、バグパイプを練習していたマニアックな友人にかけてみた。インヴァネスのハイランド競技会（スコットランドで伝統的に開催される、スポーツと音楽の祭典）に出場したくて、そんなことを始めた人だ。今はフルートをやっているのだと、彼は言った。ハイランド競技会にそんな部門などないと思う。ドナルドもフルートを吹くのよと言ってみた。彼がどこにいるか知らない？　その男は、知らなかった。

一度やってみると、電話口で嘘をつくことなど簡単だとわかった。また海外に行くことになったの。電話に出る人ごとにそう説明する。だから、その前に、ちょっと飲みに行けないかしら？　ところで、ドナルドがどこにいるか知らない？　彼も一緒に行きたがっていたものだから。ドナルドの居場所に見当のつく人は、一人もいなかった。

ほかの人たちには、うちのディナーに来てくれないかと言ってみた。ちょっとした内緒の集まりなの。詳しいことは、またそのうち。ドナルドも呼びたいんだけど、どこにいるか知らない？　彼らも知らなかった。

レスという画家に電話をする。彼には、絵を買いにきたアメリカ人と食事をしたんだけど、その人、ドナルドの絵に興味があるみたいなの、という話をする。今日、ドナルドがどこにいるか、知らないかしら？

彼は知らなかった。それでも、ひどく残念がってくれた。とにかく、絵を買ってくれるアメリカ人を見つけること自体が、ひどく難しいのだと彼は言った。そのアメリカ人を自分の家に連れてきてくれるなら、りんご酒と茶菓子を出してくれるという。それが、その男の提供できるもののすべてだった。その人、オールドファッションド（ウイスキー、ビターーズ、砂糖、ソーダ、果実片などで作るカクテルの一種）しか飲まないのよ、と答える。オールドファッションドがいかなるものかを知らないレスは、その答えに面食らった。それがどういうものなのかを尋ねてくるが、わたしにもよくわからない。それで、キュウリのスライスを添えたブラウン・ウイスキーのようなものだと、答えておいた。そのうち、彼は突然、ポジターノ（イタリア南部の保養地）

に行ったマーティンという画家のことを思い出した。その画家がドナルドに、スタジオを貸す話をしていたように思うと。ただ、マーティンとだけ呼ばれていた男だった。レスにはそれが、マーティン・何とかなのか、何とか・マーティンなのかもわからなかった。それに、その男のスタジオも、ソーホーにあること以外、正確な場所まではわからないという。四、五日前に、マーティンがドナルドに鍵を渡していた。その現場を見てたことをレスが思い出した時点で、わたしは電話を切った。

それが、入手できた手がかりのすべてだった。

何の希望も持てなかった。ドナルドを見つけることなどできない。二度と、見つけられないのかもしれない。彼は、わたしの元を去ってしまった。彼は、何も悪くない。サラが撃たれたあとのことを、ドナルドは何も知らないのだから。わたしがサラのフラットに行ったことさえ、彼は知らない。

もし、逮捕されることがあるなら、ソーホー以外の場所は考えられなかった。シャフツベリー・アヴェニューを走るバスに乗り、車を降りてからは、さらに先に進んだ。ソーホーは静かだった。何をするにも時間が早過ぎたし、曜日も悪い。通りには、物憂げな空気が漂っていた。マーティンのスタジオを見つけることなど無理だと知りつつ、通りを行ったり来たりする。超能力を持っていたらいいのにとか、魔女だったら良かったのにとか、そんなことを思いながら。

知っている女がこちらに向かって歩いてきた。名前はアデリーン。わたしにとっては苦手な女だ。敵陣の先兵のような存在。常にきちんとした服装をして、眉間に皺を寄せて近づき難い雰囲気を振り撒いている。結構な金をかけて磨き上げた爪にマニキュアやペディキュアを施していた。世界をひっくり返せるほどの秘密情報の持ち主だから、冬にはジャマイカまでひとっ飛びすることも可能かもしれない。秘密をたっぷり詰め込んだタンスの引き出しから出てきたような女。誰かが幼児期のうちにその引き出しを閉めて、彼女をタンスの奥に閉じ込めておいてくれれば良かったのに。

アデリーンが声をかけてきた。「ナンシー、ナンシー、サラのこと、聞いた?」

「何のこと?」

「彼女が死んだっていう話」

「まさか!」

「殺されたのよ」

「信じられない。酔っ払っているんじゃないの、アディ」わたしは言ってやった。「また、あの長ったらしくてつまらない、贅沢なランチを楽しんでいたんでしょう?」

アディはそんなふうに言われるのが嫌いだった。いつでも、離婚手続きを完了させることができない男たちとばかり、結婚したがっている女だ。

「新聞に出ていたのよ。恋人たちの一人が殺したんだろうって」

「わたしたちの誰にでも起こり得ることね」

「あなたはどう思っているの、ナンシー? 誰がそんなことをしたんだと思う?」

いくら情報収集のためとは言え、そんなことまでわたしに訊くなんて、恥知らずにもほどがある。

「メキシコから来ていた石油業者じゃない?」適当な答えを返しておいた。

「石油業者って、どの?」

「あの、浅黒い顔をした大金持ちの小男よ。あなたも会っているはずだわ。ミゲル・オリノコ。ロンドンにブロンド狩りにきた男よ。彼とサラは――こんなこと、あなたに話しちゃいけないんだけど――」

「わたしの口なら、死人と同じくらい堅いわよ」

「結局、わたしたちってみんな、こんなことになってしまうのよね。彼とサラは——いいえ、やっぱり話せないわ。法廷に対する侮辱だもの。内緒にしておいてね。ミゲル・オリノコよ。情熱的な石油業者の」

アデリーンは腑に落ちないような顔をしている。

「友だちと会うことになっているの」わたしは急いでつけ加えた。「マーティンっていうアーティストなんだけれど、この辺にスタジを持っているのよ。彼のことは知っている？」

彼女は知らなかった。必要なことは何も知らない女だ。さよならを言い、探索を続ける。病的なほどの嘘つきになってしまった。でも、警察に対抗するためには、嘘をつき続けなければならない。

裏道に迷い込んでいた。スタジオなんて、どこにでもありそうに思える。一時間も無駄に歩き回った末に、ふと顔を上げて、通りの名前と番地に目を留めた。ピーターが住んでいる建物だった。彼に会うつもりなどなかったが、もう、諦めの境地に達していた。これ以上、歩き回ることなんてできない。人に会いたいのか、会いたくないのか、自分でもよくわからなかった。数分間も建物の前で考えあぐね、やっとよろよろと中に足を踏み入れた。

たくさんの人が住んでいる建物だった。下層階に、まっとうな人々が二十パーセント——ウェイター、短時間勤務のシェフ、その配偶者と子どもたち、上層階に住む残りの八十パーセントは下層社会の浮遊生物《プランクトン》だ。売春婦もどきの女たちや落ちぶれたギャンブラー、表立った職業は持たないものの街角でこそこそと商談を交わす男たち。上層階に住む浮遊生物はやがて建物の中を沈下してきて、最後には下層階に住むまっとうな住人たちを駆逐する。例えばピーターも、すでに二階まで沈下していた。

どの部屋にピーターがいるのか、わからなかった。いくつかのドアをノックしては、いろいろな言語を話す住人たちに睨みつけられた。

やっと彼の部屋に行き当たってみると、ピーターは、世に言うシャツ姿で寛いでいるところだった。これほどリラックスできないでいる人間に会うのは久しぶりだ。靴は履いていなかった。グレーの毛布がトンネル状になっているのを見ると、ベッドで寝ていたらしい。ドア口に立った彼は、腫れぼったい赤い目で、迷惑そうにわたしを見つめた。

こげ茶色の洗面台がついた、こげ茶色の壁に囲まれた部屋。まるで、歴代の住人が、汚れた水を壁に投げつけてきたかのようだ。木造部分にいくつものひび割れがある。パラフィンの臭いは、そのひび割れから虫が入ってこないようにするための感心な試みなのだろう。時間に余裕があれば、ピーターがこんな部屋に住んでいることを憐れに思ったはずだ。

「あなたが無事かどうか確認したかったのよ、ピーター」

「それは、どうも。おれは大丈夫だよ」

「ちょっとお邪魔してもいい?」

「もちろん」

ピーターが脇に避《よ》けてくれたので、わたしは中に入って腰を下ろした。

「警察が――」おずおずと話し始める。

「あんたと別れてから数時間後に、警察からお迎えが来たよ。どうして連中が、おれのことを嗅ぎつけたのかはわからないが」

「ごめんなさいね、ピーター。パブにいたあの女性よ。あの人はサラの所で働いている人なの。わたしたちの名前を聞いていたんだわ。そのすぐあとで、サラのフラットに戻ったんだと思う」

「わからないのは――まったく見当もつかないんだが、パブでおれと飲んでいたとき、あんたがサラの件を知っていたのかどうかっていうことなんだけどな」

ピーターは怒っていた。その怒りを誰かにぶつけたくて仕方がないようだ。わたしのほうは、これ以上の攻撃には、とても耐えられそうにない。

「ピーター、サラのことは謝るわ」暗い口調で答える。

「わかった」彼はベッドの縁に腰かけ、わたしの頭越しに、自分で穿《うが》った深い穴の底を見ていた。

「ピーター、ちゃんと話すべきだったと思う。でも、通りであなたに会ったとき、わたしは彼女の姿を見てきたばかりだったの。どう伝えればいいのか、わからなかったのよ。それに、あの女性がフラットに入ろうとしたときに、こちらの姿も見られたと思っていたの。どうすればいいのか、わからなかった。あなたが彼女の部屋に入って、中にいるところを人に見られたりしたら、面倒なことになると思ったのよ」

「わかったよ」彼はまた同じ言葉を繰り返した。少しだけ身を起こす。「どっちにしろ、面倒なことにはなっていたんだ。警察はおれを捕まえた――ええと、あんたと会ったのは、店があいたばかりの時間だったよな――連中がおれを捕まえたのが一時半頃。〈スペイド・アンド・ハロー〉にいるところを見つかったんだ。話をでっち上げようとしたが、間に合わなかった」

「どのくらい拘束されていたの?」

「一晩中。朝食を出してくれて、十時には解放された」

「あなたをピーターって呼んでいるのを聞かれなければ、こんなことにはならなかったのに」

「そうかな？　警察には、おれのことをどう説明したんだ？　おれについて、どんな話をした？」

ピーターは立ち上がり、脅すようにわたしを見下ろした。

「何も。しつこく訊かれたときに、かつて、あなたがサラを好きだったことがあるって話しただけ」

「誰かが、警察をけしかけてきたんだ。どうして連中に、一晩中おれを拘束する必要がある？」

「パブに二人でいたのは、わたしの配慮が足りなかったわ」

「おれについて何を話した？」

殴られるのかもしれないと思った。「ダイヤモンドのブレスレットについては話さなかったわ」そう答えると、彼はまた、わたしから離れた。

「それなら、いい」そう言って、腰を下ろす。

「わたし、あのフラットにいたの――サラと一緒に。あちこちを見て回った。ブレスレットを探していたわけじゃないけど、見当たらなかったわ。あのブレスレットのために、誰かがサラを殺したんだと思う？」

「おれは何も知らない」ピーターは声を荒らげた。「どっちにしろ、捜査に行き詰まれば、警察はおれを捕まえるんだ」

「ひどい夜を過ごしたのね、ピーター。でも、最後には解放されたじゃない」

「サラが自分のベッドの中で殺されたからさ」

「つまり、その夜のことについて、何らかの証明ができたのね？」ほとんどパニック状態に陥りながら尋ねた。誰もが何らかの証明ができる。ドナルドとわたし以外の誰もが。

ピーターは、すでに刑務所の中にいるかのように、部屋の中を行ったり来たりし始めた。「金曜の夜遅く、一階のイタリア人と、ちょっとした揉め事があったんだよ。そいつの知り合いが何人かで、おれを締め出したんだ。酒を飲んでいたから、そのうちの一人に突き飛ばされたとき、頭の中で非常ベルががんがん鳴り出した。それで、追い出されたっていうわけさ。連中は、おれを、この部屋のベッドの上に連れ戻した。鍵をひったくって、おれをここに閉じ込めたのさ。次の日の朝、おれとは話したくないものだから、ガキを寄越して部屋の錠をあけさせた。七時半くらい、もうすぐ八時になるくらいだったんじゃないかな。そのガキはちらりとこちらを見た。おれは、何も知らずに、まだベッドで寝ていた。今朝、朝飯を食べる頃になって、だんだんと思い出してきたんだよ。そのガキが鍵を投げつけてきたこと、イタリア人とのいざこざのこと。それで、警察はそのイタリア人とガキから事情を聴取して、おれを解放したっていうわけさ」

ピーターは話をしながら、ずっと部屋の中を歩き回っていた。それが、怒りの形相を浮かべ、わたしの目の前でぴたりと足を止めた。

「これで満足か?」そう、怒鳴りつけてくる。

「もう帰るわね、ピーター」

「指をくわえて待っているといいさ。自分はどうなんだ? あんたは、あそこで何をしていたんだよ?」

「サラに頼まれていたのよ――一昨日《おととい》の夜に――会いにきてって」

「それで、彼女を見つけたっていうわけか。そのあとは? ただ、逃げてきたっていうのか? あそこで何をしていたんだよ?」

「何もしていないわ、ピーター」囁くような声で答える。「ただ、びっくりしてしまって」

「もし、あんたなら――サラを殺したのが――彼女を撃ったのがあんたなら、今、ここで、同じことをしてやるからな。わかっているんだろうな？」

「ええ」

「それなら、いい」ピーターは腰を下ろし、疲れ果てて充血した目で、わたしを睨みつけた。

「ここに何をしにきたんだ？」不意にそう尋ねてくる。

「わからない。ただ、サラのことで――あなたとサラのことで、どれほどわたしが悲しんでいるかを伝えたかったの」

「悲しんでいるだって！」ピーターはばかにしたように吐き捨てた。「そもそも、おれと別れたほうがいいってサラに吹き込んだのは、あんたじゃないか。あのローレンスっていう野郎がうろついていたときに。サラはおれと一緒に来るつもりだったんだ。それなのに、〝ナンシーはこう思っている〟、〝ナンシーはああ思っている〟、〝ナンシーはそんなふうに思っていない〟。おれが聞いたのは、そんなことばかりだった。あんたは、心底、おれが嫌いなんだろう？　おれなんか、彼女にはふさわしくないと思っていたんだ。それが、どうだ？　サラが得たものと言えば、それこそ彼女にふさわしくないものじゃないか」

不幸そのものという声だった。いかに的外れであっても、彼が胸に抱いてきた夢は永遠に打ち砕かれ、消滅してしまったのだ。ピーターは、マイクのように演技をしているわけではない。彼こそは本当に、世界の終わりを見てしまった男だった。

ピーターへの恐れは消え失せた。サラの死に対してわたしが何を感じているとしても、彼はそれを、百倍もの強さで感じているのだ。サラを愛した男たちはほかにもいた。でも、それは、全身全霊を賭けてというわけではなかった。ピーターは今や、脳の一部を切り取られてしまったかのような、永遠の不具者になってしまった。ほかの人間なら逃れられたかもしれない。でも、彼は、世界の崩壊に呑み込まれてしまった。心の中でマグネシウムのかけらに火がついたかのように、わたしは一瞬にして悟った。ピーターはその人生の中で、ローレンスもマイクもドナルドも達することのできなかった領域に達したのだと。美の世界という概念。わたしはいつもそれを、悲劇と結びつけて考えてきた。

これ以上、ピーターと話していても意味はないだろう。いくら同情を示そうとしても無駄なことだ。

「もう、行くわ、ピーター。わたしは彼女を殺していない。それは、わかってくれるでしょう?」

「ああ、ナンシー、わかっているよ」

「もし、何か助けが必要になったら、いつでも……」

彼は、どんな言葉も振り払うかのように、激しく頭を振った。

外に出る。訪ねたことを後悔していた。常に他人に興味を持ち、その感情を引っ張り出して自分の中に取り込みたいという、心の内の嫌な部分だけは別にして。

再び、途方に暮れて通りに立つ。人からの借り物ではない、純粋な自己嫌悪にどっぷりと浸りながら。自分のことさえどうにもならないのに、手を貸そうかなどとピーターに申し出るなんて、何という思い上がりだろう!

もう、ソーホーを歩き回ることはできなかった。通りを抜け、レスター・スクエアへと入る。そこは、映画館の周りでささやかな日曜の午後を楽しむ人で溢れていた。期待を込めてその人たちの顔を見つめる。知っている人に会いたかった。今となっては誰でもいい。助けてくれる人が必要だ。ロンドンの街は大き過ぎる。日曜でさえ、ここには多くの人がひしめいている。その人々の顔が、さざめき呟くピンク色のテープがもつれたようになって、わたしの横を通り過ぎていった。時折、不意に、はっきりとした言葉が聞こえてくるだけだ。

「神父さんに、聖パトリックの祭日に結婚式を挙げられるか訊いてみたのよ。そしたら神父さんったら、〝もう少し待てますか？　それとも、緊急ですか？〟ですって」

そんな話をしていたアイルランド人の女の子をぼんやりと振り返る。でも、その娘はすでに歩み去っていた。彼女の顔を見ることは、もう二度とないだろう。その事実が、そして、彼女が使った〝緊急〟という言葉が、わたしを立ち止まらせた。ロンドンでは、一度見失った人間は二度と見つけられない。もし、見つけられたとしても、すぐにまた見失ってしまう。知り合いに会えるかもしれないなどという期待を捨てたとき、映画を見にきた人々の群れから突然ジョージが現れ、こちらに近づいてきた。

ジョージというのは、かつて親しくしていたブルガリア人の詩人だ。彼はよく、わたしをライアンズコーナーハウス（ロンドン各地にある軽食と紅茶のチェーン店）に連れていっては、英国の有産階級をジョークの種にしていたものだ。今では、自分もそうした堅実な階層の一員であれたらと、心から望んでいるのだが。

「ナンシー！」ジョージはまるで、この三年間、ほかの誰のことも考えなかったかのように、大喜びで声をかけてきた。わたしもすぐに、今までずっと彼と話していたような笑みを装って、その声に応えた。「一緒に一杯飲もうよ、ナンシー。きみに聞かせたい詩が、ポケットに入っているんだ」ポケットに詩を携えて外出したことなんて、一度もないくせに。

「いつも言おうと思っていたんだけど、ジョージ。わたし、ブルガリア語はわからないのよ。いまだかつて、全然」

「でも、音楽とリズムならわかるだろう！」

「音楽とリズムにはまだ早いんじゃない？　それに、日曜日だし。パブはまだあいていないわ」

「カフェテリアにでも行って、プチ有産階級のことを笑おうじゃないか」

「まったく変わってないのね、ジョージ」その奇跡に、わたしは叫び出したいほどだった。ジョージはまったく変わっていない。自分がこの三年間、パワーショベルのバケットの中で過ごしてきたような気がした。

「この詩の意味を説明しよう。一人の少女がいて、雨が降っている。もし、太陽が輝き続ければ、彼女はこの男を愛する。でも、雨は降り止まない。それで少女は、男に別れようと言うんだ。男は、少女の肩に刃物を突き立てる」

「ふうん、いつも雨なのね。ねえ、ジョージ、以前、あなたとわたしとマーティンという人とで、飲んだことがあるかしら？　絵を描いている人なのよ。どうやって食べているのかは知らないけど、ソーホーにスタジオを持っているの」

「ヒモ暮らしのマーティン・ペリカーレのことかな？」

「さあ、どうかしら」

「ギリシャ料理店でウェイターをしているマーティンもいるけど」

「ううん。そういうことじゃないのよ」

ジョージはわたしを見つめた。日に焼けて生き生きとした顔が険しくなる。「いいや、そういうことだよ。具合が悪そうに見えるんだよ、ナンシー。ちょっと一緒に行こう」

「ジョージ、今日は有産階級を笑っている時間はないのよ」

「ぼくの部屋に来て、休んでいくんだ。誰のことも笑ったりはしない」

「マーティンっていう人を見つけなきゃならないの」

「うちに来れば電話がある。ぼくの詩を読んであげるよ」

「だめよ」

「ナンシー、ソーホー中のマーティンに電話をすればいいじゃないか」

わたしは彼の部屋について行った。到着するなり、ジョージは大真面目な顔で電話機の横に腰を据えた。彼は数え切れないほどのマーティンを知っていた。電話をしたどのマーティンも別のマーティンの名前を挙げ、ついに、あるマーティンが、ソーホーのスタジオで絵を描いているマーティンのことを教えてくれた。美術学校で絵を教えて生計を立てているのだという。ジョージは最後のマーティンに電話をかけた。そして、数秒もしないうちに、受話器を置いた。

「そのスタジオに男がいてね。そいつが言うには、マーティンは出かけているらしい」

「そのスタジオの住所を教えてくれる？」

「いいよ、ナンシー。でも、少しのあいだ、ここで休んでいくんだ。ひどく疲れているみたいだから。きみがブルガリア語を理解してくれないのは残念だな」

「あなたが英語で詩を書いてくれないのも残念だわ」

「ああ、でもそれは詩に限ったことじゃないよ。ぼくは、英語では愛も語れないんだ」

ジョージには問題を解決する天賦の才能があって、大いにわたしを助けてくれた。それに、今、この状況の盛り上がりに興奮もしている。情熱的な場面《シーン》を好む男性《ひと》だった。そうでなければ、彼に詩を書くことはできない。わたしはと言えば、そうしたシーンも、そのことで失われる時間のことも恐れていた。過去には、二人のあいだにもいろんなシーンが沸き起こった。わたしはいつも、そのことで彼をからかって笑ったものだ。ジョージのほうはむしろ、そのフラストレーションを楽しんでいた。

「お願い、ジョージ、そこの住所を教えてくれない？」

「きみはかつて、ぼくにたくさんの英語を教えてくれたよね、ナンシー。でも、決して正しい英語ではなかった」

「マーティンの住所を教えてくれたら、わたしもブルガリア語を習うから」

「ナンシー、ぼくは何年間もきみのことを思っていたんだよ」

「ブルガリア語で？　それとも、英語で？　二つの言葉にはギャップがあるはずだわ」

ジョージはぶつぶつと何か呟いた。「わからないのかい？　ぼくの詩の一行だよ」

「彼女が彼を突き刺したっていう詩の？　ねえ、ジョージ、もう時間がないのよ。七時を過ぎているんだから」

「彼が彼女を突き刺したんだよ」

「お願い、その住所を教えて。それが必要なの」

「別にきみにどうして欲しいと言っているわけじゃないさ、ナンシー、そうだろう？」

わたしは目をつぶって座っていた。ジョージは五分ものあいだ、興奮状態でしゃべり続けていた。大抵はぐるぐると同じことの繰り返しだったが、時折、口調を強めて。不意に、相手が愛についてまくし立てるのに忙し過ぎて、こちらがまったく聞いていないことに気づいていないのが、ひどくおかしくなった。わたしが笑い始めると、ジョージはすぐにしゃべるのをやめた。

「ばかにしているんだな。ぼくのことを笑うために、ここまでやってきたんだ。きみには心というものがないのか。人を愛する資格もない女だ！」

「住所を教えてちょうだい、ジョージ」

彼は電話帳を取ると、その一ページをむしり取って手の中で丸め、わたしに向かって投げつけた。ジョージはそれで、大いに憂さを晴らしたようだ。わたしはその紙を広げ、掌で皺を伸ばした。マーティン・ライトという名前を見つける。

ほっとしたわたしは、ジョージにおざなりのキスをして通りに出た。

スタジオは、ジョージの部屋から歩いてほんの七、八分の距離だった。その場所にたどり着き、ドアベルを鳴らす。いくら鳴らしても返事はない。一歩下がって、大声で叫ぶ。「ドナルド！　ドナルドったら！」そんなことをするには、非常識な時間になっていた。

ドアがあく。ドナルドだった。彼はしばしわたしの顔を見つめてから、こちらの手を取って中に引き入れた。暗い廊下で抱きしめ合う。もうほかには誰もいらない。やっと家にたどり着いたような気分だった。

十

　スタジオに招き入れられてからやっと、ドナルドの顔をまともに見ることができた。ひどい時間を過ごしてきたような顔をしている。それでも今は、安心と幸福感から、わたしに微笑みかけていた。

「いったいどうしていたんだい、ナンシー?」彼は尋ねた。「昨日は一日中、きみの所に電話をしていたんだよ。きみは電話に出なかった。引き払ってしまったのかと思ったよ。永遠にぼくの元を去ってしまったんだと。そんなことになっても、仕方ないと思っていた」

「でも、今日は電話してくれなかったわよね?」

　ドナルドの表情が急に変わった。幸せそうな輝きが砂に吸い込まれ、誰かに削り取られてしまったかのように消え失せた。

　彼はわたしの身体から手を離した。「今朝、電話したよ。男が出たから、そのまま切ったんだ」

「警察の人だわ」急いで答える。マイクのことを話しそうになったが、今はやめておいた。

「警察がきみの部屋で何をしていたんだよ?」

「追い払えなかったのよ。例の手紙のことを話したいんだけど、今はとにかく身を隠さなきゃ。あなたの所にも警察は来た?」

「いいや。マーティンが留守にするのを思い出してね。このスタジオを使ってもいいと言ってくれていたから、ここに来ていたんだ」

「絵を描くために？」

「警察がぼくを捕まえに来るのを待っていたんだと思う」

「昨日はいつ、わたしの部屋を出たの？」

「よく覚えていない。ずいぶん長いあいだ待っていたんだよ。でも、そのうち、きみの所にいるのを警察に見つかってはまずいと思い始めた。だから、引き上げたんだよ」

「少しのあいだ抱いていて、ドナルド。そしたら、みんな話すから」

ドナルドの腕の中で身を休める。とてつもなく危険な使命を果たし終えて、やっと保護区《サンクチュアリ》にたどり着いたような気分だった。このまま、彼とこうしていたかった。こんな状態なら、銃殺刑執行隊と出くわしてもかまわない。でも、そんなものなど現れない。英国の法手続きは、いつまでも長引く病気のようなものにずっと近い。

ドナルドから身を離した。わたしにとっては何の意味もないキャンバスを眺めながら部屋の中を歩き回る。そして、マイクのことは伏せて、これまでに起こったことを手短に話して聞かせた。

「だから逃げ出さなきゃならないのよ、ドナルド。この国から逃げなければならないの。警察はもう、あなたを探し始めているかもしれないわ」

「でも、あの夜、ぼくがあそこ――サラのフラットにいたことを、きみは警察に話していないんだろう？」

「この絵は好きだわ」一枚のキャンバスを見つめながら、わたしは言った。抽象的な絵だった。いくつもの砂の小山に緑色のロープが巻きついて食い込み、決して取り除けないように見える絵。「ええ、話してないわ、ドナルド」マイクに話してしまったことを説明する方法は、あとから考えればいい。

「ドナルド、わたしはずっと間違ったことばかりしてきたの。考える時間もなかったのよ。今でも余分な時間はないわ。逃げ出さなきゃならないんだから。ロンドン空港やドーヴァー経由にするのはよくないと思う。もっと地味な場所を選ばなきゃ。プリマス行きの列車に乗れば、知っている漁港に行ける。フランスの漁船がよく立ち寄る場所なの。十歳くらいの頃、父がそんなふうにしてフランスに連れていってくれたことがあるわ」

「旅行をするには奇妙な方法だね」

「安上りだったのよ」曖昧な返事を返す。「父は急いでいたんだと思う。そもそも二十歳のときにダイアゴナル・プレスに就職できたのも、そのおかげだったのよ。旅行について知っていたから」

「どうやってそんな知識を得たんだい?」二人に余分な時間が許されているかのように、ドナルドは腰を下ろして尋ねた。彼も、わたしと同じくらい情報に対しては貪欲だった。

「荷造りをしたほうがいいわ、ドナルド。旅行コラム担当者のアシスタントとして働いていたのよ。わたしたちは、同じ国をまったく違うふうに捕えていたけど、偏りのない記事に仕上げてきたと思う。四つ星ホテルで豪勢な五日間を過ごしたかと思うと、古靴屋の家具つき部屋でのチープな二晩、そして、食肉搬送用トラックの荷台で南フランスにひとっ飛び。食肉用トラックがレアールからマルセイユまで一五〇〇フランで運んでくれるって知ってた?」

「それって作り話だろう、ナンシー?」

「本当のことよ。パリに着いて、もし十分な現金がなかったら、食肉用トラックで南に行きましょう」

「二十ポンドくらいなら持っているけど」

「それなら、わたしたちに残されているのは漁船と食肉用トラックね。そして、わたしはイタリアで職を見つける。それとも、北アフリカに行ったほうがいいかしら？　モロッコなんか、どう？」

「頼むよ、ナンシー、こんな話はやめようよ」

「ドナルド、ほかに方法はないのよ。小切手を現金化することもできないんだもの、英国を出るしかないでしょう？　パスポートはある？」

「いいや」

「じゃあ、パスポートなしで何とかしましょう」

急き立てるような口調を装ってみても、ドナルドは腰を上げようとしない。

「どうして逃げなきゃならないんだい？」

「説明するつもりだったんだけど。警察は、あなたを逮捕するわ。そして、わたしも」

「でも、ナンシー、きみがサラのフラットを片づけたんだったら、どうして――」

「プリマス行きの列車に乗れたら、そのときに全部話すわ。ドナルド、わたしの言うことを信じてくれないの？」

ドナルドはわたしの肩に手を置いて、自分のそばに引き寄せた。彼に対しては、言葉など必要ない。わたしにも言いたいことは山ほどあった。でも、わたしの言葉はすべて間違っている。今日、口にした言葉も、昨日、口にした言葉も、すべて。この身が彼のそばにあるときだけ、すべては再び正しくなる。

ドナルドが腕を緩めると、わたしは言った。「さあ、プリマス行きの列車の手配をしなきゃ。八時十分発の便があるの。早過ぎはしないでしょう？　一時には向こうに着くわ」

「そんな列車には乗りたくないよ、ナンシー。きみにはもう十分迷惑をかけているんだ。警察がやってくるなら、ぼくはここで待っているよ」

「コートでもパジャマでもカミソリでも、ここにあるものをみんな集めるのよ。あなたを逮捕させて裁判を受けさせるつもりはないわ。自分のために、これほど真剣になっているわけじゃないのよ」

「きみが殺人罪に問われることなんてないよ」

「銃があったのよ」

「きみが罪に問われる前に、ぼくが殺人を自白する」

「あなたはプリマスからフランスに渡って、そこでずっと幸せに暮らすの」

「一人で行けよ、ナンシー。ぼくはきみにふさわしくない」

「さあ、タクシーを呼ぶわよ」

ドナルドが身の回りの物を荷造りするあいだ、わたしはタクシー会社に電話をかけ続けていた。しかし、応答はない。すべて、予約済みなのだ。日曜の夜ではどうしようもない。

「通りで車を拾いましょう」

ドナルドの先に立って階段を下り、通りに出た。飲食店が多いエリアだ。タクシーの一台くらい走っているはず。でも、一台も見当たらなかった。

路肩に車が一台停まっていた。女性が二人車内にいて、一人がガイドブックを広げている。「ここがロンドンズ・リトル・ボヘミアだって書いてあるわよ」その女性は訝りながら、シャッターが下りた夜の店先で早々と職務放棄を決め込んだブロンド女性の看板画を長々と見つめていた。

「あら、すみません」わたしはお節介にも声をかけた。「ロンドンズ・リトル・ボヘミアなら、この通りをもう少し先に行って、最初の角を左に折れたところですよ。すぐにわかりますから」

女性たちは礼を言った。わたしは歩き始めたものの、不意にあることを思いついて振り返った。

「通りの向こう側にある中世の建物を見逃す手はありませんよ。英国の名所の一つですから」

わたしたちはそろって通りの向こうを見つめた。キッチン用品を売る店。閉ざされた窓もちらほらと見える。照明の具合ではっきりとはしないが、ヴィクトリア朝後期の建物かと思われるパブ。

「セントラル・ロンドンでは唯一のトラピスト修道院なんです。彫像がたくさんあるんですよ。日曜日に写真撮影が許されているかどうかは、わかりませんけど」

女性二人は再び礼を言った。「戻ってくるのに五分もかからないわよ、ローズ」二人連れの一方が言う。もちろん、彼女は間違っている。興味津々という顔で、女性二人は車から離れていった。

辺りを見回す。タクシーも警官も姿はない。

「乗るのよ、ドナルド！」わたしは言った。

「ナンシー、何を考えているんだよ？」

車に乗り込み、エンジンをかける。ドナルドの表情を見ている暇はなかったが、彼もわたしのあとに従った。

「心配しないで、ドナルド。ヒッチハイクのようなものなんだから。車はパディントンで乗り捨てる。交差点の真ん中にね。彼女たちも車を取り戻せるわ。ちょっとした冒険が、旅物語にスパイスをつけ加えるのよ」

「こんなことはできないよ」

「今は、こうしなければならないの。運がよければ、まだ列車に間に合うわ」

運はわたしたちに味方した。切符を買い、逃避行のためのホームを探し出して列車に乗り込んでも、まだ十分な時間が残っていた。

コンパートメントには、隅のほうで居眠りをしている老人が一人いるだけだった。ドナルドの横に腰を下ろす。列車がロンドンを出てしまってからやっと、ドナルドはわたしの腰に腕を回してきた。わたしは彼の肩に寄りかかってまどろんだ。時々、目を覚ましては彼の顔を見上げた。いつも同じ表情だった。疲れ果て、放心したような目で、じっと前を見つめている。わたしが振動で目を覚ましたのに気づくと抱き寄せてくれたが、こちらに顔を向けることはなかった。

数時間もすると完全に目が覚めた。ブラインドを下ろすことも忘れていたから、暗い木立が滑るように飛び去っていくのが見える。小さな町をいくつも通り過ぎた。どの家にも明かりが灯り、安全な生活を送る安全な人々の身を守るようにカーテンが引かれていた。でも、彼らのうちの誰一人として、暗闇の中でドナルドの肩に寄りかかるわたしほどの安全を楽しむことはできないはずだ。太陽から顔を背ける世界に陥ってしまったとしても。二人で身を寄せ合い、小さな動く小箱に閉じ込められているとしても。わたしたちは、過去に押しやられ、正体不明のものに引きずり回されている。互いを守り合い、ほかのすべての存在を拒否して。二人は一つ。二人でいれば、闇など怖くなかった。

列車が大きな駅で止まった。まだ、半分くらいかとがっかりしたが、驚いたことに、そこがプリマスだった。

サラが死んで以来、わたしの楽しみは移動くらいだったが、この旅行にはそれ以上の意義があった。これまでの人生で一番幸せな旅行だったとも言える。事件の表舞台から遠く離れ、水面下でどこかのダイバーに抱き締められているような感じだ。

すでに夜中の一時近くになっていた。今夜中に漁港に着くことはできないだろう。

そんなにお金もなかったので、安いホテルを探した。

「どうやってチェックインするんだい？」ドナルドが尋ねる。この数時間で、彼が発した初めての言葉だった。

「叔父と姪とか？」

「そんなの信じてもらえるかな？」ドナルドは、自分の夢の中の遥か遠くを彷徨《さまよ》っているかのようだ。

結局、わたしが提案した第二案、ライト夫妻として、わたしたちはチェックインした。どう振る舞っていいものか、ドナルドには見当もつかないらしい。

二階に上がると、ようやく二人だけの時間が訪れた。わたしたちのあいだには、完璧な幸福感以外、何物も存在しない。ほんの少しの会話、それだけで十分だ。

ごく普通の客室だった。かなりそっけないが、極めて清潔な部類。安っぽい壁紙を分断するように、貧相な茶色い洋服ダンスが置かれている。ひびの入った洗面台。ごぼごぼ音を立てるパイプ。ベッドサイドのランプは笠がなくなっていた。よく知っているタイプの部屋だ。いつも、こんな部屋に一人で泊まってきた。あるいは、ヨーロッパ中にあるこんな部屋の田舎バージョンに。でも、今回はドナルドと一緒だ。世界中のどんな部屋とも違っている。

彼はベッドの縁に座っていた。こんな部屋では、誰も椅子になど座らない。

「本当にこの国を出なきゃならないのかな？」ドナルドは尋ねた。

「もちろん」

「逃げたりしたら、もっと立場が悪くなるよ」

「避難って呼びましょう。そのほうが聞こえがいいわ」

「どうして逃げなきゃならないんだい？」

「サラが過去に知っていた男の中で、あなたが唯一、彼女のフラットにいた人間だからよ」忍耐強く説明する。

「誰にも知られていないって、きみが言ったんじゃないか。警察が港でぼくを待ち構える理由がわからない」

「サラが殺されたとき、あなた、実際にその場にいたんじゃない」

彼は、三角法の宿題で的外れな質問を与えられた少年のように、少し拗ねたような、困惑した表情を浮かべた。

「でも、警察がそのことを知らないなら、どうして――」

「ドナルド、説明するわね。昨日の夜、わたしはひどく軽率だったの。事の成り行きで、ある人に話してしまったのよ」

「どんな成り行きで？」

「わたしは八時間も警察に拘束されていたの。解放されたとき、独りぼっちだった。一人でなんか、いたくなかったのに。マイクが訪ねてきてくれて嬉しかったわ」

「マイクだって！」嫌悪感も露わにドナルドは言った。

「サラのことを話したいんだって思ったのよ。でも、彼は一芝居打っていた。どうして、こんなことになったのかは、わからない。ただ――あなたのことを彼に話してしまったのよ」

「なるほど」

「わかってくれたようには見えないわね」

「なら、もう一度説明してみろよ」

言葉が出なかった。女性が男性に、ほかの男との会話について正直に説明できないのは、わたしのせいではない。マイクがわたしの感情に揺すぶりをかけた、というのが真実だろう——もっとも、その真実こそが、本当のことを言えなくしている根本原因なのだが。わたしのほうは、ただひたすらドナルドが元気になるのを内心願う以外、どんな感情も持つつもりはなかった。

「きみはいつだって、マイクのことが大好きだったものな」ドナルドが言う。

「そうでもないわ」

「サラはそう言っていたよ」

「今はもう好きじゃない。彼については話したくもないくらい」

「でも、ぼくのことをやつに話したんだろう？　そんなの、変じゃないか」

「自分でもそう思うわ。きっとヒステリー気味だったのね。マイクの話はもうやめましょう」

「わかった。マイクの話はもうなしだ」

ドナルドは立ち上がり、スーツケースに近寄った。一度ひっくり返して、また下に下ろす。「やつに話してしまった理由が知りたいんだ」

「あの人は状況を煽ったのよ。最初、わたしは彼がかわいそうだと思った。それから怯え上がり、疲れ果てて気を失った。そのあとも、マイクがあなたのことを話し続けるものだから、ついついしゃべってしまったのよ」それが、真実に一番近い説明だろう。わたしは努力に努力を重ねて本当のことを話そうとしたが、ドナルドは納得していないらしい。

「今朝、電話に出たのは警官なんかじゃなかったんだろう？　マイクじゃなかったのか？」

「そのとおりよ」

「なるほどね」

「納得なんかしていないでしょう？　マイクはわたしのためにあの部屋にいたわけじゃないわ。あなたを待っていたのよ。彼は居間で寝て、わたしは自分の寝室で寝た。あなただって、おとといの夜、サラのフラットの居間で寝たんでしょう？　だから、こんなトラブルに巻き込まれてしまったんじゃない」

「そうだな。だからぼくも、こんなことになっているんだ」

「わたしが余計なことをする必要はなかったって言いたいの？」

「そうだね、本当にそんな必要はあったのかな？　自分がしたことをマイクに話すくらいなら、最初から何もしなかったほうが良かったんじゃないか」

そのときはわからなかった。でも、あとになって、この時点でわたしは、報いられて然るべき恩を彼に与えていたのだと理解できた。その時々で収支を合わせる会計事務は、企業の事務所内に限られるべきシステムだ。

「サラのフラットで実際何をしてきたんだよ？」

「あなたが残した煙草の吸殻やグラスや毛布を片づけてきたのよ。それに、電話番号が書かれた紙切れも。警察にとっては、ものすごく役立つ証拠物件になったでしょうね。それから、あなたの指紋を消して回って、うっかり自分の指紋を残してきたっていうわけ」

「殺人をひどく冷静に受け止めるんだな」

「そう思いたいなら、どうぞ」

「でも、実際そうだろう？　サラは死んだ。きみはそれに気づいてさえいないみたいだ」

「身に染みて感じているわ」

「へえ。きみは警察とちょっとばかり話をして、ぼくはのんびりと過ごしていた。でも、サラは死んだんだ。きみは、基本的なことを理解していない。まったく、ふしだらもいいところだ。昨夜はマイクと一緒にいて、今はこうして、ぼくと一緒にいるんだからな」

わたしは立ち上がって部屋を出た。受付のデスクに下りていく。もう、誰もいなかった。呼び出しベルに指を載せ、鳴らし続ける。

五分もすると、制服のボタンを半分しか留めていない男が、げんなりした顔で現れた。

「部屋はあるかしら？」

「こんな時間ですよ」男は目をしばたたかせながら言った。「受付時間は終了しています」

「さっきチェックインはしているのよ。もう一部屋欲しいんです」

男はさらに目をぱちくりさせた。「お泊りいただいている部屋に何か問題でも？」

「ええ。その部屋は夫が使っているんです。離婚しようと思って。たった、今」

男は即座に自己防衛体勢に入った。「明日の朝でしたら係の者とお話しいただけます。今夜は満室なんです。担当者はもう就寝しておりまして」

「それなら、ここで寝ることにするわ。そこの椅子の一つででも」

「それは、いけません」

「止めるなら止めてみなさいよ」わたしは椅子に近づき、その一脚に陣取った。男はしばらくうろうろしていたが、やがて諦めたようだ。明かりを消してくれるように頼む。従業員は、ドアの上のぼんやりとした照明を除いて、すべての明かりを落とした。ここがホテルであることを示すライトだが、誰一人として中に入ることは許されていない。

何時間も、その椅子に座っていた。とても眠れるような気分ではなかった。際限のない思考の輪を、ロザリオの珠のように何度も何度もまさぐっていた。

夜明けの光が差し始め、鳥たちが——もし、このプリマスで何か歌うことがあるなら——喉を震わせ始める頃、ドナルドが階下《した》に下りてきた。外に出ようとして、あちらこちらで物につまずいている。照明のスイッチを見つけ、ようやくわたしの姿に気づいたようだ。

「出ていったんだと思っていたよ、ナンシー」

「そのとおりよ。わたしは飛び出したの」

「ぼくとは別れるつもり?」

「もう別れたのよ」

「そんなことだろうと思っていたよ」ドナルドはわたしの横の椅子に腰を下ろした。ひょっとしたら彼は、会話の糸口が見つかるのを待っていたのかもしれない。国際的な捕鯨問題や、次回の国際クリケット選手権大会での英国の勝ち目についてでも話し合えるように。

「ナンシー、ぼくを見てくれよ。ちょっとでいいから、ぼくの顔を見てくれ。そしたら、きみが聞いてくれているのがわかるから。ぼくのせいなんだ。でも、それは、きみに捨てられるのをいつも恐れていたからなんだよ。サラはぼくを捨てただろう? 出ていけば、ぼくが自殺することがわかっていても。彼女は――ピーターのために、ぼくを捨てた。ぼくが死のうが生きようが、サラにはどうでも良かったんだ。彼女は、いとも簡単にぼくを捨てた」ドナルドの口調には、いまだに信じられないという響きがあった。

「人は別れるものなのよ、ドナルド。それが、男と女であれば、なおさらのこと」

「でも、ぼくは彼女を愛していた！」

「捨てられるのを喜ぶ人間はいない。でも、そんなことを心配して、時間を無駄にすべきではないわ」

「それも、ピーターのためにぼくを捨てたんだ！　最後には、自分を殺すことになった人間のために」

「彼は殺してなんかいないわ。昨日、彼に会ったの。ピーターではないって確信できるわ」

ドナルドは即座に警戒の表情を浮かべた。「ピーター！　ピーターに会っただって！　何てこった、ナンシー――いったい、どこで会ったんだよ？」

「どこでだと思う？　つき添いなしで彼の部屋に行ってきたのよ。それにもし、ほかにもまだ知りたいなら、あなたを探しているあいだに、ジョージとも長時間、二人きりで一緒にいたわ。ジョージって覚えている？　前回のオリンピックで、ブルガリアのために性差についていろいろと書いていた人よ。嫉妬心で自分やわたしを殺したいなら、いくらでも必要な理由を教えてあげるわよ」

ドナルドは手を差し出して、わたしの手に触れた。

「ぼくに必要なのはきみだよ、ナン。ぼくは気がどうかしているんだ。本当にひどく。どうして、こんなことを話しているのか、わからないな。きみはもう、ぼくのことなんか必要ないのかもしれない。

サラに関して、きみがどんなふうに感じているのかはわかっているよ。でも、頼むから、ぼくを憎んでこんなふうに座っているのは、やめてくれ。二階に上がろう。もう、喧嘩はやめだ」

ドナルドに促されるまま上階《うえ》に戻った。わたしをベッドに寝かせた彼はすぐそばに立ち、心配そうな顔で見下ろしている。わたしにはもう、どんな感情も残っていなかった。なだれに巻き込まれてぺしゃんこになった脱脂綿のような気分。それでも、ドナルドにわたしを傷つける気がないことはわかっていた。彼が破壊したいのは、わたしではない。彼の中にあるのは、自分自身に対する凶暴性だけだ。

ドナルドは水を運んでくると、わたしの顔を濡らし、丁寧に水気を拭き取ってくれた。気分が回復する。

優しくて親切な男性《ひと》だ。わたしのような女と恋に落ちたのは、不運としか言いようがない。こんな状況になってもなお、相手からの尊敬を失うことを恐れて、自分を求めてくれる男と寝ることができない女なのに。

朝、目覚めると、ドナルドの腕に頭を預けていた。彼は、わたしの横でぐっすりと眠り込んでいる。コートを脱ぎ、ネクタイを外した彼は、青白く凍えているように見えた。相手の胸に頭を載せ、心臓の音を聞く。昨夜の諍《いさか》いのことを思い出した。でも、それは重要ではない。大切なのは、口論を繰り返さないこと。彼の純粋な気持ちを再び傷つけたりしないことだ。彼が結婚すべき、校長先生の娘たちのような存在に自分を作り変える方法などあるだろうか？　園芸用の手袋をして、雑用係のおばさんのことだけを心配していればいい田舎暮らしは、きっと楽しいことだろう。

校長先生の娘なら、決してわたしのような立場には陥らないはずだ。ネクタイを外した男の横で眠ることなど、あるはずがない。そういうことに関しては、お決まりの線引きがあるはずだ。ルールを学ぶのは簡単なことだ。ドナルドが、難なく身につけている。ただ、サラとの恋愛のことを考えると、彼がいつもそのルールに縛られていたわけではないことがわかる。彼にとっての重要点は、それが女性たちにとってのルールだということ。結婚前には関係を持たないことのほうを彼が好むのもわかっていた。わたしはまだ、彼とは寝ていない。ドナルドがサラとのことを完全に克服しているのを確かめたかったし、わたしがそうであるように、彼もまた百パーセントわたしを愛してくれていることも知りたかった。

退院後の彼に初めて会ったときのことを覚えている。よれよれのシャツを着て、脚を引きずるようにして通りを歩いていた。唯一、新鮮に思えたのは、二日酔いだったことだ。かつて、ポニークラブに所属していたようには、とても見えなかった。あるいは、クリケットの試合に勝って、楡《にれ》の木立の下を凱旋していたようには。最初のうち、彼は恥ずかしがって、あまり多くのことを語らなかった。でもすぐに、ブラックコーヒーを片手に語り合う関係が何カ月も続くようになった。

髭を剃っていないドナルドを見るのも、今朝が初めてだった。手の甲で頬をさすってみる。彼が目覚めるまで隣にいたかったが、それはルールに反することだ。明日、フランスで結婚しよう。今の時点では、自分をイングリッシュ・ローズ（英国の典型的な美人）のように見せておいたほうがいい。

ベッドから滑り抜け、急いで服を脱いで身体を洗った。ドナルドのスーツケースをあける。洋服用ブラシが入っていた。自分の服にできるだけ丁寧にブラシをかけ、それをまた着込む。ドナルドの髭剃り用クリームを靴に塗り――かつて、父親から習ったテクニックだ――新聞紙で磨き上げる。

ヘアブラシは持ってこなかった。でも、長いあいだ、髪は櫛で整えていた。時間をかけ、入念に化粧をする。振り向くと、ドナルドが目を覚まし、こちらを見ていた。

「ナンシー、こっちにおいでよ！」

「まあ、だめよ、ドナルド。すぐに服を着るのよ。外で新聞を買ってくるわ」

「別に裸でいるわけじゃないけどね。こっちに来て、『おはよう』って言ってくれないか」

「だめよ。朝ご飯の注文にいってくるわ」

「ここにいて、ぼくが髭を剃るあいだ、おしゃべりをしていてくれよ」

「だめよ、ドナルド！」

「ナンシー、いったいどうしたんだ？」

「プリマス同胞教会（一八三〇年頃設立のカルヴィン派の一派）に入信したのよ」

「彼らの集会をめちゃくちゃにしてしまうぞ」ドナルドは立ち上がって、わたしを捕まえた。「口紅をつけた女は好まない連中だから」

わたしを離すと、ドナルドは急に真顔になった。「さあ、口紅ならぼくが拭き取ってやったよ。これなら、連中も受け入れてくれるな」

「化粧なんかしていなければ、あなたももっとすんなり、わたしを受け入れてくれたの？　あなたが嫌いなら、化粧なんかしないわ」

「いったい何を考えているんだ？　ぼくは、ありのままのきみが好きなんだよ。その、妙に取り澄ました服装を除けばね。きみの目を覚まさせるようなことをしたいだけさ」

「髪に触らないで、ドナルド。ここまでにするのに、すごく時間がかかったんだから」

「ヘアスタイルは文句なしだ。魔法のヘアカーラーでも持っているのかい？」

「そんなものは使わないわ」

ドナルドは顔を背けた。また、機嫌を損ねたようだ。顔に髭剃りクリームを塗り始める。「サラは毎晩、カーラーで髪をセットしていたよ」

「また、サラなの！」まるで、彼女がまだ生きているかのようだ。でも、以前のことを思い出し、少しのあいだ、ドナルドと同じくらい悲しくなった。

「あの夜、中に入れてくれたときにも、彼女はカーラーをしていた。話しているあいだもずっと取らなかったよ」

「きっと、以前と同じだったんでしょうね」

「どういう意味？」

「あなたなら、サラがカーラーを巻いている姿を何百回も見てきたんだろうってこと。一緒に住んでいたんですものね。あなたには、その事実をわたしに忘れさせる気はないんでしょう？　わたしの髪に触れるとき、あなたはそれが黒髪ではなくてブロンドだったらいいのにと思う。わたしの目を覗き込むときも、色が違うのよね。わたしにキスするときには、どう思うの？」

「どうかしているよ、ナンシー。男はそんなことをどうこう言ったりはしない」

「それはご立派なことね」

ドナルドは髭を剃り終わり、石鹸を洗い流すと、むっつりとした表情でコップの中を見つめていた。

「わたしたち、こんな口喧嘩をいつか、やめられるのかしら？」絶望的な気分で尋ねる。

「ぼくなら、いつでも好きなときに、きみを止められるよ」それは本当だった。彼がわたしに触れた瞬間に、口論は終わる。彼も同じように感じていることがわかった。

「またやり直せばいいわ」

「そしてぼくは、いつでも好きなときに、それを拭い取るんだ」

わたしたちは上機嫌で、朝食のために階下《した》に下りていった。まだ十時半だというのに、ウェイターたちがもうランチ用のテーブルを準備している。沸かし直したコーヒーを運んでくる前、彼らはわたしたちのことで何やらこそこそと囁き合っていた。

小声でこれからの計画を練る。フランスの漁船を使う案に、ドナルドはなかなか納得してくれなかった。過去の記憶から、船の後方部分で眠れることを説明すると、顔をしかめる。そんな場所は、わたしにふさわしくないと思ったようだ。わたし自身はまだ、いい考えだと思っていたのだけれど。

「いずれにしても、わたしたちはプリマスにいるのよ。海軍基地からモーターボートを失敬することだってできるわ」ドナルドの顔が狼狽で曇ったり、冗談だとわかるとさっと晴れたりするのを見るのが面白くて、そんなことを言ってみる。

「きみは海軍でさえ尊敬していないんだな」本当にショックを受けたような口調で、彼は答えた。

「確か、提督をしている伯父さんがいるんじゃなかった？」

「副長だよ」彼は、わたしの言葉を訂正した。「面白くも何ともない冗談だな。きみにも、伯父さんがいたんじゃなかったかい？」

「いたわよ。確か、ブダペストの刑務所で死んだはずだけど。I・N・Tとして」

「政治犯？」ドナルドが不安げに尋ねる。

「そんな大層なものじゃないわ。Illicit Narcotics Traders（麻薬の不法売買業者）よ」

「ナンシー！」

「わたしの言うことは何でも信じてしまうのね。わたしにまともな家族なんかいないことに慣れてもらわなきゃ。ブダペストで死んだ伯父なんていないわよ。いまだかつて、ハントバル（狩りの服装で催す舞踏会）にも行ったことはないし」

「ハントバルなんて、大抵の人間は出席したことはないだろうね」

「お望みなら、ハントバル的な過去を捏造《ねつぞう》してもいいわよ。そして、毎晩のように、あなたの伯父さんとカゲロウ狩りに出かけるの」

「伯父も気に入るだろうな」

　レストランの従業員に新聞を頼んでいた。ウェイターが憮然とした顔で、何紙かを手に戻ってくる。〈タイムズ〉をドナルドに渡した。彼がそれをちゃんと読んでいようとなかろうと、〈タイムズ〉を手にしたドナルドは、多少まともに見えるようだ。わたしのほうは、もう少しマイナーな新聞に目を向ける。素早く辺りを見回した。遅い時間に朝食を取りにきたのはラッキーだった。店内にほかの客はいない。ウェイターたちが、忙しくて新聞など読んでいないことを祈った。

　わたし自身は、発行部数の少ない新聞に不定期でちっぽけな記事を書く、ぱっとしない記者でしかない。大手新聞の第一面に自分の顔写真が出ているのを見れば、嬉しかったはずだ。まるで、夢が捻じ曲げられて叶い、すぐにそんなことなど望まなくなってしまう、おとぎ話のようだった。わたしの顔写真が第一面を飾っていた。それも、二段抜きで。ヘッドラインには『女性編集者殺害事件の証人、行方不明』。キャプションが続く。『ナンシー・グラハム女史。新聞記者。土曜の朝、自宅で銃殺死体となって発見されたサラ・ランプトン女史の親しい友人。昨日の昼過ぎから行方不明となっている。警察は、このグラハム女史が、殺人事件の捜査に非常に有効な証言を提供できるものと考えている。もう一人の証人、ドナルド・スペンサー氏（画家）の行方も不明。グラハム女史とスペンサー氏は、ともに休暇旅行に出たものと思われ……』二段組みの記事はまだ続いていたが、さほど重要なことは書かれていなかった。

「マイクだわ！」心の中で思う。実際には、それ以上に悪い状況を考えていた。遥かドイツの地でさえ、まだ明かされていないことまで声高に語られているだろう。わたしの口からマイクが聞いたら、間違いなくその耳が焼け落ちて、跡形もなくなってしまうようなことが。

ドナルドが〈タイムズ〉を置き、わたしを見ていた。自分が読んでいた新聞を渡す。わたしの写真を見たときの反応は幾分鈍かったが、記事を追い、自分の名前を見つけたときには、かなりの衝撃を受けたようだ。

ドナルドは新聞を置いた。「父が何て言うか！」

「そんなこと！」

「それに、母だって」

「あのね、この件にはお父さんもお母さんも関係ないの。ご両親は、あなたのそばでずっと、親としての義務を果たしてきたんでしょう。髪を梳かして、靴の紐を結んで、肝油を与えて。でも、そんなことはとっくに終わっていて、今は、自分の面倒は自分で見なきゃならないのよ」

「こんな記事を見たら、祖父だって何て言うか」

「近頃じゃ、おじいさんのいない人だって多いじゃない」ドナルドの家族について議論をしている気分ではなかった。迅速に行動を開始しなければならない。新聞を取り上げ、自分の写真が内側になるようにたたむ。

「祖父はスキャンダルが嫌いなんだ」

「この事件で、わたし以外にスキャンダルに見舞われる人間なんていないわよ。ドナルド、宿泊代を払って、ここから逃げ出さなきゃ。漁船を使う案は、もうだめね。あまりにも悠長だもの」

「でも、誰かがきみの顔に気づいたら……」

「スカーフを買って、頭をすっぽり覆うわ。違う感じに見えるでしょ？　あなたの写真が出ていなくて良かった。そんなことになっていたら、二人で移動するのは危険だもの。そうだわ、ドナルド、人に尋ねられたときに備えて、あなたは誰か違う人にならなきゃ。どんな名前がいい？　レイモンド・バッキンガムなんてどう？　いい感じだわ」

「きみのことが理解できないよ、ナンシー」

「ポケットに古い手紙とか運転免許証なんかが入っているなら、取り出して破り捨ててちょうだい。封筒と便箋を手に入れて、レイモンド・バッキンガム様宛の手紙を書くわ。中に、〈親愛なるレイモンド様〉なんて書いた紙を入れて。誰かに訊かれて、身元を証明しなければならないときには、ただポケットを探って、その手紙を取り出すだけでいいのよ。わたしも、誰か別人になる。ケイト・カーゾンとか。さあ、支払いを済ませて出かけましょう。駅で待ち合わせるのよ。ブリストル行きの列車に乗るの。アイルランド航空のブリストル発ダブリン行きの飛行機に乗れるわ。駅であなたを待っているあいだに、ブリストル空港に電話をかけて飛行機の時間を調べておくから。アイルランドならパスポートはいらないのよ」

「でも、ナンシー、ぼくは――」

わたしは立ち上がった。「じゃあ、駅でね」もう一度、そう言う。

荷造りするようなものは何もなかった。気持ちのいい朝だもの、ハンドバッグとコートがあれば何もいらない。スカーフを買い、みっともないけれども顎の下でその端を結ぶ。それから、二種類の便箋を買った。もっとゆっくりとプリマスを見て回る時間がないのは残念だった。駅に向かう。公衆電話から長距離電話をかけるのは最悪だったが、何とかアイルランド航空に繋がり、三時二十分発の便があることを確認した。電話ボックスを出て、不安な気持ちでドナルドを探す。エクセター行きの列車は十分もしないうちに出てしまう。そこから、ブリストル行きの列車に乗り換えられるはずだ。その確信はあった。最悪でも、別の飛行機に乗れるだろう。

五分ほどで、ドナルドがのんびりとした歩調で現れた。旅行熱に苛《さいな》まれている様子はない。列車には余裕をもって乗り込めた。エクセター駅の食堂で、頼んだお茶には手もつけず、自分たち二人につかみどころのない新たな人格を与えるための手紙を書く。レイモンド・バッキンガム宛の手紙は、スーキーからの、いじらしく短めのラブレターと、祖父からのそっけなく堅苦しい手紙だ。消印と切手のことは、その時点でわかっていたので、封筒の上部を破っておいた。祖父からの手紙のほうは、そもそも封筒なしでドナルドに渡す。署名はジェフリー・バッキンガム。それで十分だろう。わたしの中では、准男爵のジェフリー・バッキンガム卿だった。

ブリストルまでは別々のコンパートメントで移動し、駅から空港までも違うタクシーを使った。ドナルドよりもわずかに早く受付カウンターに着く。感じのいい受付嬢がダブリンまでの航空料金を教えてくれた。六ポンドほど。手持ちがないかもしれないと一瞬不安になったが、ハンドバッグをあけると、お金はちゃんと入っていた。お札を数えているうちに、じろじろと見られているような嫌な感覚が広がっていく。振り返ってみると、悪い予感は的中していた。制服姿の男を一人見ただけで、今ではその正体がすぐにわかるようになっていた。しかも、今回は、一人ではなく二人だった。

「グラハムさんですね?」二人のうちの一人が礼儀正しい口調で尋ねた。

わたしは、カウンターに広げたお金をまた拾い集めた。海軍司令官みたいに、人の記憶に残るような最後の決め台詞でも言いたい気分だ。「本日は、うちのろくでもない乗客の都合が悪いものですから」とか、何とか。でも、そんな冷静さは残っていなかった。ただ、「ええ、グラハムですけど」と答えただけだ。ハンドバッグにパスポートが入っているのに、ケイティ・カーゾンなどと名乗っても、何の意味もないだろう。

警官たちは、証拠だの、ロンドンだの、形式的な決まり文句のようなものを唱えていた。わたしに何の反論ができただろう?　そんな言葉は、ほとんど聞いてさえいなかった。警察が、自分の異議申し立てをどれだけ真剣に受け入れるかなど、すでに学習ずみだ。ドナルドのほうは決して見ないようにしていた。彼がもうアイルランド航空の事務所内にいることは、わかっていた。

「あなたたちと一緒にロンドンに戻るのは、全然かまいませんよ」制服姿の男に大声で答える。「もし、それが必要なら」

ドナルドがわたしたちの脇を通り過ぎ、カウンターへと近づいていった。「電話で予約をしていたんですが」そう声をかけている。「バッキンガムです。調べてもらえますか?」

制服姿の男たちと一緒にドアを抜け、ロンドンに向かう車に乗り込む。わたしは、それを携帯していた。なんてばかだったんだろう。まずはアイルランドに入って、それから次の行動を考える。パスポートを持たないまぬけな犯罪者が最初にそう考えることは、警察もお見通しだったのだ。ブリストル空港こそ、見張られていて当然の場所だった。

パスポートを持っていたために、自分の正体を素直に認めなければならなかったのは不運だった。

ロンドンへ戻る車の中、わたしはずっとドナルドのことを考えていた。彼が、あれほど臨機応変な態度を取れたことに驚いていたのだ。

十一

午後五時半、わたしはまた、二日前にいた警察署の部屋に戻っていた。クルー警部がやってくるのを待っているのだ。悪夢の渦巻きのようだった。二回りめの今回は、以前よりも渦が深くなっている。工場の機械の下に置かれた、頼りない金属のような気分。自分の周りでダイヤモンドの固い先端がぐるぐると回転し、わたしの脳みその断片を警部の掌へと正確に削り落としていく。

土曜日にここにいたときには、明確な目的が二つあった。第一に、ドナルドがサラのフラットにいた事実を隠すこと。第二には、わたし自身もそこにいた事実を否定することだ。一つめの目的はうまく達成できたが、二つめには失敗している。そして、二日後、わたしの立場は恐ろしいほど悪くなっていた。銃のこと。英国から逃げ出そうとしたこと。最悪なのは、警察がドナルドについて嗅ぎつけたことだ。ほんのかすかな、かけらのような希望――例えば、まだ羽根も生えそろっていない鳥が、卵の固い殻から身を振り出そうとしているときのような希望――でしかないけれど、警察が今でも、ドナルドについては何の証拠も手に入れていないのはわかっていた。どうせ、マイクの証言なのだろうし、わたしの証言はそれとは相反するものになる。ドナルド自身も、今は遠く離れた安全な場所にいるはずだ。

クルー警部が入ってきて、言った。「お疲れさま」わたしをブリストルから連れ戻すはめになったことについては、後悔の気持ちでいっぱいのはずだ。こちらの健康状態をずいぶん気遣ってくれる――本当に親切な人だ。今回も、お茶とロールパンを出してくれた。

「すみません。わたしみたいにいつも病人のような人間は、お茶で癒すには限界を越えているんでしょうね」

「でも、本当に、病人のように振る舞いたいんですか、グラハムさん？」

「気持ち的には、もう少し落ち着いているのかもしれません」弱々しく答える。自分でも、一瞬信じてしまいそうになった。こんな精神状態は危険だ。それを隠すために、ハンドバッグをあけて煙草を探した。箱は空《から》っぽだった。それが、かなりの打撃となった。何もかもが、わたしに悪意を向けてくる。理不尽な自己憐憫で心がいっぱいになる。銃のことではなく、警察のことでも、ドナルドのことでもなかった。ただ、ドナルドが金曜の夜に買ってくれた煙草の箱が空《から》になってしまったという理由で。

空《から》の箱を取り出し、手の中で押し潰す。それは、無邪気な過去の遺物のように、投げ捨ててしまわなければならないものだ。今にも泣き出しそうな気分になる。そんなわたしを、目の前に座った警部は興味深く眺めるのだろう。彼には、ヒステリーに陥った証人の感情を正確に推し量るための、涙の計量器のようなものがあるのかもしれない。ひょっとしたら犯罪者というのは、指紋と同じように、涙でも自分の正体を明かしてしまうものなのだろうか。

「煙草が欲しいんですか、グラハムさん？」

「すみません。でも、わたしはアメリカ煙草しか吸わないんです」普段、人に言ってきたように、同じことを答える。「アメリカ煙草だけなんです」それは、単なる気取りと習慣に過ぎなかった。でも、そんな気取りと習慣こそが、わたしが拠って立ってきたものなのだ。刑務所に入れば、それも捨ててしまわなければならない。

「アメリカ煙草なら、わたしも少し持っていますよ」警部は箱を取り出した。彼は親切過ぎる。こういう優しさに、ほだされないようにしなければ。親切を返すことで相手に報いようとしないように。本当のことを話してしまわないように。

警部は煙草に火をつけた。わたしたちは、煙を通して互いに見つめ合った。まるで、何事もない普通の人たちのように。それぞれの思惑を隠し合った二人の敵対者だ。

「グラハムさん、わたしたちがあなたをブリストルから連れ戻したのは、ある情報を入手したからです。二日前に、あなたがランプソンさんのフラットにいたという情報です。あなたのご友人のドナルド・スペンサーさんも、事件があった時間帯に彼女のフラットにいた。そして、その事実を知ったあなたは、スペンサーさんが――存在した形跡をすべて消すために、そこに行った、という情報なのですが。事実ですか?」

「いいえ」

「お答えはそれだけですか?」

「情報の提供者が誰なのかを教えていただけませんか?」必要のない質問だった。マイクなのはわかっている。そのことで、彼を殺してやりたいくらいの気分だった。

「残念ながら、お教えできない情報です」

「そうですか。単に、スパイのような人間は嫌いだというだけのことです。それに、その人が何を言ったとしても、事実ではありません」

「筋は通るんですけどねえ——まず、第一に、我々がはっきりさせなければならない問題として——あなたがそこにいた理由としては。それに、あなたが取った非常に奇妙な行動の説明としても。どうして、ドナルド・スペンサーを庇うようなことをしたんです？　彼とは——恋愛関係にあるんですか？」

「いいえ」

「我々が得た情報とは違いますね」

「自分の恋愛相手が誰かなんて、知っているのは自分だけでしょ？」

「スペンサー氏とランプソンさんの過去の関係については——様々な情報源から——すっかりわかっているんですよ。もし、ドナルド・スペンサーが犯罪に関与しているとしたら——必ずしも、それが真実とは限りませんが——あなたの立場は非常に難しいものになってしまいます。警察に協力することで、そうした危険は小さくできますし、完全に払拭することもできるんですよ。本当のことを話していただけませんか？」

もっともらしい嘘をつくのが難しくなってきた。「ドナルドは彼女のフラットにはいませんでした」ただ、それだけを答える。遠く離れたプラットフォームから聞こえてくる朗読のような響きだった。

「そうなんですか？」

「どうして彼に直接訊かないんです？　わたしにではなく」

「ああ、もちろん、そうすることになりますよ」警部の声の調子から、彼らがドナルドに訊けないでいることが窺えた。まだ、身柄を確保できていないのだ。ドナルドは、うまく逃げてくれた。ひょっとしたら、もうアイルランドにいて、何の心配もいらないのかもしれない。

「実際に彼から話を聞くまでは、わたしの言葉を信じるしかないじゃない。ドナルドは、サラのフラットになんかいなかったって」

「では、誰がそこにいたんでしょう？　誰がランプソンさんを殺したんですか？　あなたのご意見を伺いましょう、グラハムさん」

「わたしに意見なんてありません」

「あなたのもう一人のお友だちでしょうか？　事件のすぐあとに一緒に酒を飲んでいたという。ピーター・アボットなんですか？」

「彼ではありません。それだけは確信できます」不意に頭がはっきりしてきた。また論理的に考えることができるようになる。感情的にではなく、人がものを考えるときに、そうすべきように。「証明できますから」きっぱりと、そう言い切った。「確か——あなたたちは土曜日の午後二時前に彼をここに連れてきて、次の日の朝まで拘束していたんですよね？」

「残念ながら、そのとおりです。普通、そんなに長時間、拘束することはないのですが、彼には犯罪歴があったものですから。尋ねなければならないことが、たくさんあったんですよ」

「それなら、あの拳銃。銃のことだって、もう知っているんでしょう？——あなたたちは、わたしがそれを隠していたと思っているんでしょうけど、それは違うわ——わたしのフラットに持ち込まれていたんです。そこに隠されていたの。きっと、土曜日にあなたたちがわたしの部屋を捜索したあとのことだったんでしょうね——三時くらいのことでしたっけ？——そして、その後、日曜日の朝までのあいだに。だって、わたしは日曜の朝にそれを発見したんですもの。ピーターには、わたしの所に銃を隠すことなんてできなかったわ」

「殺人犯が、あなたの所に銃を隠したとおっしゃりたいんですか？」

「そのとおりです」

「そして、警察が土曜日にあなたの部屋を捜索したあとに、銃を隠したと？」

「日曜の朝、洋服ダンスの引き出しの中で見つけたんです。わたしの衣服のあいだに紛れているのを。土曜日からそこにあったなら、あなたたちが見つけているはずだわ」

「たぶん、そうでしょうね」

「それなら、ピーターじゃないっていうことになるでしょう？　サラを殺したのは、ピーターじゃないって」

「そういうことになりますね」

警部の態度には、どこかおかしなところがあった。それが何なのか、読み取ることができない。しっかりとコントロールされた表情で、淀みのない話し方をする。大抵の場合、相手をよく観察していれば、その表情からある程度のことは読み取れるものだ。でも、ここでは、わたしは観察する立場の人間ではなかった。観察される側の人間だ。

「わたしが嘘をついているなんて思わないでください。銃が隠されていたなんていう話を、わたしがでっち上げているなんて。あれは、わたしの銃ではありません。本当です。これまで、見たこともなかったんですから」

「そんな話を、わたしが信じるとお思いなんですか？」

「ええ。信じてもらわなきゃならないわ。それこそが、ピーターの無実を証明しているんですから。もし、それが、サラを撃った銃なら、そういうことになりますもの。もちろん、そうでなきゃならないわ。ほかの銃なんて考えられない。そんなこと、もうみんなわかっているんでしょう?」

「警察には弾道を調べる部署もありますからね。ところで、グラハムさん、ご自分の部屋に銃があるのを発見したとき、どうしてすぐに知らせてくれなかったんです?」

「そんな話、信じてもらえないと思ったからです」

「ピーター・アボットが一日中ここに拘束されていたことを知ったあとなら、信じてもらえると思ったんですか?」

わたしは黙り込んだ。警部がこちらの言葉を捻じ曲げて、違う方向に持っていこうとしたのは、今回が初めてのことではない。

「銃を発見したあと、日曜の午前中の行動について説明してください」

「びっくりして、外に飛び出しました。列車で移動したんです。ローレンスに会いにいきました――ローレンス・ホプキンス――箱を借りるつもりで。それから、チャリングクロス駅に行って、箱に入れた銃を手荷物預所に置いてきました。あなたたちが銃を見つけた場所に。そんなところに置いてくるなんて、本当にどうかしていたんだわ。あなたたちが訪ねてくる前に、ハンドバッグから引換券を取り出しておけば、問題はなかったのに」

警部はわたしに微笑みかけた。心からの親しみを込めた笑い方だった。彼が言葉を発する前に、わたしの気持ちは沈み始めていた。

「そのとおりですね、グラハムさん。でも、少なくとも、ある一点については間違っています。我々は銃など発見していませんから」

ただただびっくりして、警部の顔を見つめていた。そんなこと、あるはずがない。「チャリングクロスの手荷物預所にはなかったということですか？」

「そんな場所は調べていない、という意味です」

「でも、引換券があったでしょう！」

「手荷物預所の引換券など見つけていませんよ」

「銃があるって言ったばかりじゃない。弾道を調べる部署にあるって」

警部は憐れむように微笑みかけた。悔しさを噛みしめながら、わたしは座っていた。銃のことなど、彼は何も知らなかったのだ。わたしにすべてを話させるために、罠を仕掛けただけのこと。銃についてなんか、一言も言う必要はなかった。わたしは、ますます深く、罠に絡め取られていった。

質問に答えていくうちに、どんどん深く自分のことをしゃべってしまっていた。どんなふうに引換券をハンドバッグにしまったか、手荷物預所に包みを預けたとき、それがどんなふうに見えたかを説明するうちに。巡査たちが、ハンドバッグを探しにわたしのフラットに送り出された。巡査部長は、手荷物預所を調べにチャリングクロス駅へ向かう。結果は明らかだった。銃など、どこにもなかった。彼らは、わたしがそんな話をでっち上げたのだと思った。

話がドナルドのことに戻る。警部は、わたしがドナルドの居場所を知っていると信じていた。そんなことは知らないと、思い込ませなければならない。瞬く間に、しどろもどろの状態に逆戻りしてしまった。自分が日曜日にロンドンから姿を消し、月曜の午後にブリストルに現われた経緯を説明することはできない。ブリストルで一晩を過ごしたという説明は失敗に終わった。そこがどんな街なのかも知らないのだから。それに、泊まったホテルの名前を挙げることもできない。友だちと一緒にロンドンで夜を過ごし、一日がかりでブリストルまで行ったというのは？　そうしたことにしよう。でも、何時の汽車に乗ったのかの説明ができない。最後には、ヴィクトリアから出発したという話をでっち上げた。それでも、ヴィクトリアからブリストルへ向かう列車はなかった。パディントンから出発したことにする。でも、何時に？　昨夜、ちょっと拝借した車のことが心配になり始めた。あの女性たちが、わたしの容貌を警察に報告していることは大いにありそうだ。それに、あの車なら、パディントン駅前の交差点のすぐ脇という、極めて目立つ場所に置いてきたし。

「本当はパディントン駅から出発したんです。昨日の夜のことですけど」

「何時の列車で？」

「八時くらいだったと思います。八時過ぎくらい」

「ブリストル行きなら、七時十五分というのがありますけどね。それに乗ったんですか？」

そうだと言いかけて、言葉を止めた。あの車を借りたのは、それよりもずっと遅い時間だ。

「いいえ。八時過ぎの列車です」

「でも、日曜の夜のブリストル行きの次の列車なら、八時をかなり過ぎた時間なんですけどね。自分が乗った列車の時間くらい、はっきり覚えているはずですよ」

列車の時刻表なら、しっかり頭に入っている。それ以上、ごまかせる列車はなかった。

「八時十分にパディントン駅を出る列車に乗ったんです」情けなくも、そう答える。

「でも、それならプリマス行きですよ」

「ええ、プリマス行きです」

「プリマスではどこに泊まったんですか？」

「ホテルに。名前は覚えていません」

「お一人で？」

「もちろん」

「ドナルド・スペンサーと一緒ではなかったのですか？」

疲れ果てていた。自分の作り話にも、もう、うんざりだ。今、望むのは、真実を話してしまうこと。何もかも、すべて。そして、こんなことは、もう終わらせる。でも、ドナルドが一緒だったことは、隠しておかなければならない。プリマスで一緒だったのが知られたら、ブリストル空港にも一緒に行ったと思われるだろう。警察はダブリンで彼を探し始めるはずだ。ドナルドは、自分の身を隠すのは得意ではない。裏通りの薄暗い部屋を選ぶような本能を身につけるには、育ちが良過ぎるのだ。きっと、高級なホテルの一室に落ち着いているだろう。そういう点が、不労所得のある人間の厄介な点だ。

「一人で泊まっていました」そう繰り返す。偽名でチェックインしていたのだから大丈夫。でも、真夜中に取った自分の行動が目立ってしまったのはわかっている。プリマスの警察が、市内のホテルを調べて回るよう依頼されるはずだ。夜勤のポーターはきっと、わたしのことを覚えているだろう。

警部は忍耐強かった。怒鳴ったり脅したりすることもなければ、声を荒げることもなかった。わたしの答えを逐一検証し、自分の望む結果が得られるように捻じ曲げる。小さな銀色のボールを転がして決まった穴に落とす、子どものゲームを楽しんでいるかのようだ。やがて、自分がサラを殺しました――わたしがハムレットの父親を殺しました。ヨーロッパに残存するすべての大公たちを暗殺しました――そんなことを、わたしが喜んで認めそうな段階に達したとき、尋問は突然終了した。すべての質問を終わらせるために、わたしが何でも認めるようになったときに。

「お帰りになって結構ですよ、グラハムさん」

信じられなかった。ほかの部屋で、わたしと同じように問い詰められる人間が待っているのでもなければ、こんなことは許されるはずがない。

「ドナルドを見つけたんですか？」愚かにも、そう尋ねていた。

「お帰りになって結構ですと言ったんです。ひょっとしたら、明日、またお会いすることになるかもしれませんが。わたしたちが、アイルランドに向かう別のルートについて把握していることを覚えておいていただけますか？　パスポートがいらないほかの場所、例えば、チャンネル諸島（イギリス海峡南部、フランス北西岸近くの群島）へ向かうルートについても」

「ええ、覚えておきます」

自分がまだパスポートを持っていることはわかっていた。警部もそれは知っている。それをここに置いていくよう、彼は示唆したのだ。要求すれば、受取書も書いてくれるだろう。警部にパスポートを渡した。刑務所に送られるなら、それももう、いらなくなる。

家まで車で送りましょうと警部は言ってくれた。とても思いやりの深い人なのだと思う。素直にその申し出を受け入れた。警察署の外で、犯罪記事の記者たちが待ち受けているのが怖かった。そんなものからは一刻も早く逃げ出さなければならない。

まだ早い時間だった。そんなに長い時間、警察署にいたわけではなかった。もっとも時間なんて、常に時計だけで計られるものでもないけれど。

警察車両の運転手に、自分のフラットがある通りの角で降ろしてくれるよう頼んだ。少し、新鮮な空気が吸いたいのだと言って。車が走り去るのを見届け、家とは反対方向に歩き出す。どうしてもはっきりさせなければならない、ぼんやりとした考えがあった。とにかく、自分が本当に銃を持っていたことを警察に証明する方法を見つけなければならない。わたしの所に銃が隠されていたという事実、そのことで、決して嘘などついていないことを証明する方法を。ぼんやりとした考えが、ついに形を定めた。タクシーをつかまえ、バタシーにあるローレンスの家の住所を告げる。

運転手に料金を払い、崩れかけた階段を上って、部屋のドアをノックした。ドアをあけたのはダルシーだった。今度はちゃんとした服を着ていたが、それでも、もっと肩幅の広い人用の服のようで、だらりとずり下がっている。髪は、鋼鉄の山脈のようだ。わたしを見た彼女の顔も、鋼《はがね》のように強張っていた。

「グラハムさん！　今度は何の用なの？」彼女はそう言って、外に出てきたかと思うと、後ろ手にぴしゃりとドアを閉めた。

「ローレンスに会いたいんです」

「申し訳ないけど無理ね。もう寝ているの。休んでいるのよ」

「そうですか。ちょっと中に入れてもらえませんか？」

「夕食の準備中なのよ」ドア口を塞いだまま、ダルシーは答えた。

「お願い。少し座りたいの」

渋々ながら、ダルシーはわたしを中に入れてくれた。歩きながら、あいたままのドアからキッチンを覗き込む。料理中の様子など、かけらもなかった。汚れたままの朝食の食器を除けば、そこで何かが行われていた形跡など、まったくない。わたしがキッチンを覗いているのに気づくと、ダルシーは素早くドアを閉めた。こんなことが、二人の友情を深めてくれるわけもなかった。

「夕食の準備に取りかかろうとしていたところなのよ」彼女は言った。「座ったら、グラハムさん。

いったい何の用なの？」

「ローレンスに会いたいんです。また警察に尋問されたことを、彼に伝えたいんです」

「あの人なら、これまでのことで、もう十分動揺しているのよ。もし、本当のところをお知りになりたいなら、グラハムさん、昨日いらしたことで、あなたは彼の仕事を大いに妨害しているの」

「すみません。彼の仕事の邪魔をしたくないからこそ、やってきたんです。警察に話してもらえるよう、直接お願いするのが一番簡単な方法だと思ったものですから」

「警察に何を話すと言うの？」ダルシーは、囁き声を強めて尋ねた。「あの人ならもう、警察と話をしているのよ。彼に対する事情聴取は終わっているの。警察側だって満足していたわ。また、ここに、面倒を持ち込むつもりじゃないでしょうね、干渉屋さん？」

「お二人の生活に干渉するつもりはありません。単純に、わたし個人の問題なんです。昨日の朝、わたしがここにダンボール箱を借りにきたって、ローレンスから警察に話してもらいたいんです。もし、そのほうがよければ、あなたからでもいいんですけど……」

ダルシーは、眉間に皺を寄せて立っていた。「もう少し詳しく説明してちょうだい」

彼女に対しては、どう説明したものか、わからなかった。わたしは、ローレンスと話がしたかったのだ。たとえ、酔っ払っていたとしても。ローレンスなら、何とかわかってもらえる。でも、目の前の女性が相手では、コミュニケーションが取れない。

「わたしの話を警察が信じてくれないんです。でも、ダンボール箱のことが伝われば、状況は変わってきます。警察がまたあれこれ訊きにきたら、ローレンスは――あなたとローレンスは、嫌がるだろうと思ったものですから。それに、あなたたちが箱のことを覚えているか確かめたかったし」

わたしを助けるための情報など、ダルシーは何一つ思い出したくないようだ。

「あなたはまた彼を、あの殺人事件に巻き込もうとしているのね。あの人のためにはならないわ、グラハムさん。すぐに動揺してしまうんですもの。あの人は、がんがん仕事をしなければならないの。警察だけでも十分なのに、昨日はあなたにまで会って、すっかり塞ぎ込んでいるんだから」

「もし、今、彼に会えたら、わたしたち、みんなで一緒に塞ぎ込めるわ」そんなふうに言ってみる。

「ダンボール箱について、あなたは自分の希望を説明してみて。そしたら、わたしも、自分の思うところを言わせてもらうわ、グラハムさん」

「説明するわ」げんなりしながらも、怒りに駆られて話し始める。「土曜日に、誰かがわたしのフラットに銃を置いていったのよ。土曜の午後か夕方に。わたしはそれを処分したかったけれど、ちょうどいい箱がなかった。それで、ここまで来て、あなたから箱を借りたの。その銃は目下、行方不明。だから、あなたにその箱のことを警察に説明してもらいたいだけなのよ」

ダルシーは、必要もないのに、アップにした髪の位置を直した。何か考えているのか、表情が虚ろだ。

「箱のことなんて、覚えていないわ」

「そんなはずはないわ。昨日の昼前のことじゃない」

「拳銃なんて関わりたくないのよ。この家の中では、絶対に」

「警察に電話して、わたしに箱を貸したって言ってもらえない？」

「嫌よ。この話は、もうこれで終わり。ローレンスがこんなトラブルに巻き込まれる必要はないわ」

怒りで身体が震えていた。「それなら、わたしが警察に電話して、ここまで訊きに来させるわ。そのほうがもっと面倒だし、あなただって本当のことを言わなきゃならなくなるのよ」

「あらあら、化けの皮が剝がれてきたわね、グラハムさん。いいこと、わたしは箱のことなんて思い出すつもりはないの。誰でも忘れてしまうようなことだもの。それと、もう一つ。あなたとローレンスのあいだに何があったとしても、わたしにはあなたを助けたいと思う理由はないから」

「わたしに箱を貸した覚えなんかないって、警察に嘘を言うつもりなの？」ショックだった。あとになって、自分にはそんな権利などないことに気づいたのだが。

「これ以上、あなたのせいで彼の状態を悪くさせることはできないのよ。いらした理由はそれだけかしら、グラハムさん？　それとも、もっとほかに訊きたいことがある？　土曜の午後にローレンスが何をしていたのかを知りたいなら、彼はここにいたわ。わたしと一緒に。午後から、わたしの仕事は休みだった。彼は、ここにいた。わたしは買い物に出かけた。四時前に戻ってきたとき、彼はここで執筆の仕事をしていた。警察から連絡を受けるまでね。警察から戻ってきたあと、二人で夕食を取った。いい？　あの人、とても気が立っていたわ」

このブロンド女に、これほどの気力があるとはとても信じられなかった。わたしのほうは精根尽き果てていた。それだけは断言できる。

わたしは立ち上がった。「ローレンスに会いたいの」

しばし待つ。ダルシーは何も答えない。情け容赦のない女性保護者。いくら待っても無駄だった。彼女は二度とローレンスに会わせてくれないだろう。

「もう帰ったほうが良さそうね」仕方なく、そう呟く。

ダルシーが玄関に向かい、わたしのためにドアをあけた。互いに一言の言葉もない。わたしたちは十分に互いを理解し合っていた。女同士のあいだでは、言葉のいらない状況などいくらでも存在する。

一番近い大通りに向かう。タクシーが拾える場所までバスに乗った。今、望むのは、家に帰ることだけ。十分過ぎるほどの一日だった。十分過ぎるほどの週末。自分の手に負えない日々なんて、生まれて初めての経験だ。そこから抜け出す方法を考えようとする。単なる気分の問題なのだから。脳みそを徹底的に洗ってもらいたかった。警察署に戻ってみようか？　警部さん、お願い、わたしの脳みそを洗ってもらえませんか？　ここで、そんなこともしてもらえるのかしら？　まあ、良かった。今すぐ、やってもらいたいの。脳みその真ん中辺りを調べてみて？　水曜日までに返してもらえばいいから。それじゃあ、まだ乾かない？　それなら、木曜日まで置いておいて。濡れたままの脳みそなんて、返してもらいたくないもの。

やがて、家に着いた。行きとは別のタクシーから降り、今度はまっすぐ部屋に戻ることにした。麗しき静寂、居心地の悪い空虚さへと戻る以外、どうしようもない。寒くて陰鬱な部屋――冷蔵庫から出てきたばかりの、英国の夏の夕べのような。椅子に座り、ガスストーブの火をつけるだけの気力があるかどうかを、ぼんやりと考える。そんな力は残っていないようだ。少し経ってドアベルが鳴ったときにも、しわくちゃになった心の襞のあいだに、答えを探し回っていたのだから。引きずるように体を起こし、ドアをあける。マイクが外に立っていた。

彼が現れたことを受け入れるのに、しばらく時間がかかった。マイクには言ってやりたいことが山ほどある。その一つ一つを絞り出しているうちに、マイクはしゃべり出していた。

「ナンシー、戻ったんなら連絡してくれよ。まったく、こっちはくたくたなんだから！」

彼は、わたしを押しのけて通り過ぎ、居間に入ると腰を下ろした。確かに、疲れ果てているようだ。

一マイルを三分半で走り終えたばかりの人のように。そして、報道陣のカメラに向き合うため、自分を抱き上げてくれるトレーナーを必要としている人のように。一分もしないうちに、マイクはまたしゃべり始めた。

「もうこれ以上は無理って感じたことはあるかい、ナンシー？　今夜のぼくは、そんな気分なんだ」

「何があったの？」さして同情もしていない声で尋ねる。

「リズがおかしくなったんだよ」

「失礼、リズって誰なのかしら？」

「ナンシー、何百回も話しただろう？　これからやる芝居の相手役さ。今日からリハーサルを始めたんだ。女優なんてもんじゃないね、彼女は──義足をつけたサラ・ベルナールのほうが、まだましな演技をするんじゃないのか──それでも、台詞は言えるし、声も出る。それが、今日になって突然、何の前触れもなしに、病院に駆け込んでしまったんだよ。虫垂炎──まあ、そんなところさ。それで、誰が代役に立ったと思う？　キティさ！　キティ──シェイクスピアの、仰々しい吠え声に満ちた芝居を沈没させた岩礁。キティのマクベス夫人のあとでは、ストラトフォード劇場でさえシェイクスピアは断念するだろうね。今回の芝居が、リズとぼくのために特別に書かれた芝居だっていうのは知っているかい？」

「あなたたちのために誰が書いた芝居なの？　シェイクスピア？」

「どこぞの食料雑貨店のとんまさ。そいつは、千五百枚もの紙袋の裏にストーリーを書き綴ったんだ。とにかく、それが宣伝文句になっている。おかげで買い物客は、米をバラのまま家に持ち帰らなきゃならなかったんだ」

「マイク、あなたには真面目に話さなきゃならないことがあるの」

「このストーリーときたら、紙袋よりも穴だらけときている。どんな話なのか、聞かせてあげるよ」

わたしは諦めた。口論ができるほどのエネルギーは残っていない。とんでもない大喧嘩になってしまうだろう。途中で収まりがつくようなものではない。ここは早々に彼を追い出して、喧嘩はまた別の機会にしたほうがいい。

「そんな話なんか聞きたくないわ、マイク。わたし、忙しいのよ」

「何をするのに忙しいんだい？」

「あなたを追い出そうとすることに。まったく理解できないわ。こんなことのあとで、のうのうと座り込んで、自分のことを話していられるなんて」

「何か新しい動きでもあったのか？」

「警察がブリストルからわたしを連れ戻した。ただ、それだけよ」

「そんなにひどい様子なのは、そのせいなのか？」

「わたしはただ、あなたにここから出ていってもらいたいのよ。リズでも、キティでも、サラ・ベルナールの義足とでも、仲良くしていればいいじゃない。とにかく、わたしのことは放っておいて」

「その服のまま寝たのかい？」好奇心に満ちた楽しげな声で、彼は尋ねた。

「ええ、そうよ」

「まったく、ナンシー、きみときたら信じられないな。ドナルドがディナーに誘いにきたら、何て言うだろう？」

「彼は、ディナーに誘いになんか来ないわ」

「それなら、一緒に夕食が食べられる。芝居の話をしてあげるよ。支度をするのに三十分あげるから」

「悪いけど、行けないわ」

「ドナルドがきみを連れ出す予定はないって言ったじゃないか。やつがここに来ることになっているのか？」

「来ないってことは、わかっているでしょう？　できないんだっていうことは。戻れないようにしたのは、あなたじゃないの、マイク。警察に彼のことなんか、よく話せたわね！　わたし、本当に怒っているんだから。こ、これほど——人を憎んだことなんて一度もないわ」このまま怒鳴り続けていたかった。決して言ってはならないことまで言ってしまいたかった。でも、あまりにも疲れ過ぎていて、わたしの声は次第に細くなっていった。

「やつが来ないなら、ディナーに出かける用意をしたほうがいいよ」

「帰ってよ、マイク」囁くほどの声にもならない。「食べたくないだけ。そういう状態なのよ」

「自分で考案したダイエットの実践中だっていう話はしたかな？　ダイエットって言うより、自分に対する警告なんだけどね。磨り潰した人参とキュウリの皮を、どっさりと用意してもらう。それを目の前に置いて、長時間眺めながら考えるんだ。もし、ジャガイモを食べないように真剣に注意するなら、まだまともな食事にありつけるし、こんなひどい食事制限をされることもないんだって。そしたら、キュウリの皮なんか下げてもらって、肉なりローストダックなりに集中する。ただし、酒はなし。昼食には何を食べたんだい、ナンシー？」

「食堂車なしの列車に乗っていたのよ」

「じゃあ、昨日の夜は?」

「やっぱり、食堂車のついていないほかの列車に乗っていたわ」

「アバディーン（スコットランド北東部の市）に旅行したときの話はしたことがあるかな?」

「ないわ。でも、今はよして。もう、帰ってもらいたいんだから」

「一駅ずつ説明してあげるよ。テレビでやってる、ジョーク抜きのドキュメンタリー番組みたいにね――もし、きみが、昨日の朝、ここでコーヒーを飲んでから食べたものについて話さないなら」

「今朝、朝食なら取ったわ」

「そんなことじゃだめなんだよ、ナンシー。すぐに皺くちゃの婆さんになってしまうぞ。胃がすっかり小さくなって、人生の半分を、香料入りの脂を擦り込まれて過ごすようになるんだ。書き足した眉と、薄紫色の首しか残らなくなる。ボンド・ストリートで地面を引っ掻いている、おぞましい老いぼれ雌鶏みたいに。さあ、支度をしてディナーに出かけよう」

「いいえ、結構」

「ぼくがディナータイムにディナーにありつけるのが、リハーサル期間中だけだってことに気づいていないのかな」

「行かないわよ、マイク」

「今日みたいなことがあった日には、ぼくが腹を空かせているかもしれないとは思わないのかい?」

返事をしようとも思わなかった。最後には、帰ってくれるのがわかっていたから。

マイクはポケットから手帳を取り出すと、中を調べ始めた。パラパラとページをめくり、ところどころで指を止めて、思い出し笑いをしている。

「アディ・ブレアに会ったことはあるかい、ナンシー？　美人っていうのはいるものだな。何ていう横顔なんだろう！　小遣いが欲しくなれば、モデルとしてもやっていける」

「彼女にならﾞ、昨日、ソーホーで会ったわよ」

「本当かい？　電話を貸してくれる？」

「どうぞ。あなたがアデリーンに接近する様子を聞きたくて、むずむずしている女性もいるんでしょうね。顔を洗ってくるわ。帰るときにはドアに鍵をかけていってね」

居間を出る。お湯と水で代わる代わる顔を洗い、一番手近にあった服に着替えた。ほんの少し前、校長先生の娘のようになるために、あれほど苦労した髪には、ほとんど気も留めなかった。

以前に書いたノートを何冊か掻き集める。ローレンスについて調べたいことが見つかるはずだ。ピーターやマイクのことについても。頭が多少すっきりしてきたら、そのノートを調べるつもりでいた。

居間に戻ってみると、マイクがまだそこにいた。

「少しはまともな恰好になったね、ナンシー。清潔な屍衣に身を包んだ幽霊みたいだ。グラスはどこにあるの？　夕食の宅配を頼んだんだ。コールドチキンと白ワインを少し。サラダの材料はあるかな？　それに、黒パンとバターも？　薄くスライスしたのがいいな」

「この家にパンがあるとすれば、カビが生えているかもね」

「まあ、皿を用意してよ」そう言って、マイクは座り込んだ。

「何も食べたくないのよ」

「じゃあ、ぼくがここで食べてもいい？」

「お客様を呼ぶほうがいいわね」

「自分で食料を調達するなら、客とは呼べないな。ということは、皿も自分で取ってこなきゃならないということか」

マイクは、キッチンから皿とナイフとフォークを手に戻ってきた。皿は一枚、ナイフとフォークも一本ずつ。自分の幸福に対しては、実に単純で率直な男だ。

「アディに電話してみたよ。夕食はもう、ほかの誰かと約束済みだった。いつもそうなんだ。知り合いの多い女だからね。昨日、きみに会ったと言っていた」

「そうでしょうね」

「ミゲル・オリノコって誰?」

「彼女の知らない男よ」

「アディの話だと、メキシコの百万長者で、サラの愛人だったということだけど」

「それで彼女は、誰にも言わないでねって、あなたに頼んだんでしょう?」

「ゴシップは嫌いな女だからね」

「それって、彼女が理解しているたった二つのことうちの一つね」

「きみがアディにオリノコのことを話したのかい?」

「たぶん。何か話さなきゃ失礼でしょ?」

「ぼくがきみのことをどう思っているかは知ってる、ナンシー?」

「聞きたくもないわ。警察に話しにいくつもりなんでしょう——オリノコのことも?」

「いいや」

「あら、変ね。あなたは警察に協力しているんだと思っていたけど」

「どうして、そんなに不機嫌なのさ?」

「あなたにここにいて欲しくないからよ。ドナルドのことを警察に話すなんて、あなたに何の権利があるのよ?」

「きみが一人でドナルドに会いにいくならそうするって、言ったはずだけどな」

「そんなの、何の理由にもならないわ」

「気分転換に、ドナルド以外の人間のことも考えてみろよ。ところで、やつは今、どこにいるんだ?」

「また、わたしに無理やりしゃべらせるために来たんでしょう? わかっているんだから。何も話さないわよ。あなたのことなんか、信用していないんだから。軽蔑しているのよ」

「やつは、どこにいるんだ?」

「質問には一切答えない」

「二人は互いに助け合っているんだって、前に言っていたよな? やつは今、どんなふうにきみを助けているんだ? 遠くからのお祈りだけか?」

「オリノコとディナーに出かけているのよ」

「二人が夕食を取っているなら、きみが食べてはいけない理由はないよな。皿を取ってきてあげるよ」

マイクはキッチンに入っていき、バターを塗ったパンを皿に載せて戻ってきた。

「ものすごく固くなっているから、齧《かじ》ったら音がするよ。きみの家事ときたら、とんでもないな、ナンシー。ほとんどぼくが食べちゃったけど、ほら、このチキンはきみの分だよ」

マイクはチキンの皿を手渡してくれた。少し食べようとしたが、涙がこぼれ落ち始めた。

「まったく、今度はぼくが何をしたって言うんだよ?」マイクが尋ねる。

「わたしは、ドナルドのことを警察に話したことで、あなたに腹を立てていたのよ。それなのに、わたしが疲れているからって、わざわざやってきて、親切にしてくれるんだもの。わたしには、あなたを追い出すだけの力も残っていない。あなたに親切になんかしてもらいたくない。そんなもの、受け入れたくないのよ。それに、こんなチキンなんか食べたくないわ」

「親切になんかしていないさ。ご存知のとおり、ぼくには悪意の在庫が山ほどあるからね。でも、ヒステリー性の拒食症に陥った女との口論で時間を無駄にはしたくないんだ。だから、食べろよ。ぼくは向こうを見ているから。食べることに協力体制で臨む必要はない。ぼくは台詞の暗記に取りかかるよ」

マイクはわたしに背を向けて、ポケットから丸めたタイプ原稿を取り出した。時々、鉛筆で文字を塗り潰すために止まりながらも、声を上げて読み始める。

わたしはチキンをつつき始めた。お腹はすいていない。でも、たとえそうだとしても、明日、警察に行かなければならないのなら、食べておくべきだろう。警部の前で泣き出したりはしなくない。

「ワインも飲んだらいいよ」マイクが肩越しに言う。「グラス半分のワインが、きみにぼくを殺すだけの力を与えるだろうから。トスカ（プッチーニ作のオペラ『トスカ』の主人公）みたいに。きみがトスカで、ぼくがスカルピア（『トスカ』の登場人物。ローマ市の警視総監）だ」

「言っている意味がわからないわ」

「きみは作家だろう、ナンシー。オペラの話をしているんだよ。悪党のスカルピアはトスカの恋人を拷問していた。恋人のうめき声を聞いたトスカは、彼を救うためなら何でもしようと思う。トスカはスカルピアの愛人になることに同意した。スカルピアは拷問をやめたが、トスカには彼の愛人になるつもりなんかまったくなかった。テーブルの上のナイフに目が留まる。それでスカルピアを殺せるだろうか？　いいや。彼女はか弱い女性でしかない。良心の咎めもある。スカルピアが振り向いた。トスカはグラスのワインをふた口煽った。それが、彼女に殺人の勇気を奮い立たせた。トスカはスカルピアにナイフを突き立て、男は死んだ。ほら、ワインだよ。ついであげるから」

「同じ状況だとは思えないわね。あなたがスカルピアなの？」

　マイクからグラスを受け取る。

「さあ、ふた口飲むんだ。それでいい。ぼくはスカルピアになりたいな。すばらしい役なんだよ——ハンサムで、好色で、パワフルな男さ。歌が上手ければ、断然、スカルピアだ。歌ってやろうか？」

「いいえ、結構。あなたにオペラを見にいく時間があったなんて、知らなかったわ」

「休みの日や、リハーサル期間中にね」

「わたしは、オペラなんて見たことないもの」

「まったくもって、きみらしいね。知識人を気取った無学な野蛮人さ。モーツアルトやベートーベンのレコードを蓄音機で聞いて、それで音楽という分野を制覇したと思うんだ。どんな分野でも同じことさ。ベン・ジョンソン（オランダの劇作家、詩人。一五七二―一六三七）の戯曲は読んだことがあるかい？」

「誰が、そんなもの」

「『バーソロミュー祭』（ベン・ジョンソンの戯曲）に出演したことがあるんだ。とんだ災難だったよ！　もっと飲めよ、トスカ。短刀を握る力が必要なんだから」

マイクは、グラスにもう半分、ワインを注いだ。それを飲みながら、チキンとパンを食べる。会話は安全かつ抽象的で、わたしは元気を取り戻しつつあった。

「すばらしい悪党役を演じてみたいね。でも、シェイクスピア劇の悪党を望むなら、今日は無理だ。悪党役というのは、現代では少しばかりコミカルじゃなきゃ。悪党を主人公にした戯曲を書こうとする作家なんていないよ。作中人物の誰もが、ほかの人間のことを知り過ぎている。すべての出来事に言い訳ができて、説明も可能だ。もう、邪悪な人間なんか存在しないんだ。精神病質の人間がいるだけさ。でも、中には、本当に質《たち》の悪い悪党が存在する――ぼくは、そういう人間を演じてみたいんだ。スカルピアなら完璧に演じられるよ。ドナルドが拷問を受ける恋人。ぼくは、表から見えないところで、こっそりと囁きかけるんだ。邪悪で、抗いようのないしかめ面をしてね。『わたしのものになれ。さもなければ、恋人は死ぬぞ』って」

「あなたのために、そんな台本を書いてくれる食料雑貨店を、また見つけなきゃね。今度は、バターの包み紙に書いてくれるんじゃない」

マイクは煙草ケースを取り出した。「一本吸うかい？　それとも、自分のにする？」

「煙草は切らしてしまったの。一本もないのよ」

「確かめてあげるよ」マイクはわたしのバンドバッグを取り上げた。考えなければならないほかのことに気を取られて、彼のことはよく見ていなかった。

「このケイティ・カーゾン宛の手紙って何なんだい？」

「ダブリンに行こうとしたときに、ブリストル空港で使ったわたしの偽名。警察に正体がばれていたから、結局は使わなかったけれど」

「で、レイモンド・バッキンガム様っていうのは?」

「それは——わたしのハンドバッグなんか覗いて、何をしているのよ?」

「煙草を探していただけさ。レイモンド・バッキンガム宛の手紙は、厳密には手紙ではないな。中身のない封筒だけだから」

切手と消印の問題があったので、その封筒から手紙を抜いていたことを思い出した。「中身のない封筒よ。そんなものはごみ箱に捨てて、わたしのハンドバッグのことは放っておいてちょうだい」

マイクはハンドバッグの口を閉じた。「レイモンドに手紙を書かなかったのは確かなのかい? その男のミドルネームは何ていうんだ? ドナルド? それがドナルドの偽名なのか? やつは、その名前を使って逃亡した。そして、きみは捕まったというわけか?」

「友だちに書いた手紙よ」

「悪かったよ、ナンシー」少しも気持ちの込もらない口調で、マイクは言った。「きみのハンドバッグの中を覗いたりすべきじゃなかったね。ぼくの煙草を吸うかい?」

「ええ、お願い」

彼はわたしのために火をつけてくれた。「スカルピアの話を続けてよ」そう、声をかける。マイクは、しゃべらせておいたほうが安全だ。

「どこから始めてほしい? ぼくを殺すところから?」

「面白そうね。でも、そんなことはできないわ。あなたを殺すチャンスを得る前に、テーブルの上にナイフを見つけなきゃならないんだから」二日間もろくに食事をしていなかった。トスカと同じように、ほんの少しのワインで頭がくらくらしている。あるいは、マイクがお得意の劇的なクライマックスへと話を導こうとしているのが、わかっていたのかもしれない。

「ナイフはどこ?」わたしは尋ねた。

「ほら、ここに」マイクはそう言って、テーブルの上に拳銃を置いた。

心の中で、二十以上もの矛盾した考えを駆け巡らせながら、わたしはそれを見つめていた。自分の思考が作り上げた幻影ではない。それは、黒々と、破壊的で強迫的な姿を晒していた。最悪な――非情とも言える状況で。

「どうやって手に入れたの?」

「昨日、きみのバッグから手荷物預所の引換券を失敬したんだ。きみが煙草を取ってくれと頼んだときに、目に入ったんでね」

「あなたに対して言いたいことを英語で考えるから、一分だけちょうだい。オランダ語やドイツ語にならないとは言い切れないけど」

「ナンシー、ぼくはきみを助けようとしたんだよ。きみは銃のことでぼくを不安にさせた。きみには二度と、そんなものに触って欲しくなかったんだ。それに、きみときたら、警察がまたこの部屋を調べるかもしれないなんて言い出した。ぼくが引換券を持っていたほうが安全だと思ったんだよ」

「あなたがどうしてすぐに、その拳銃を警察に渡さなかったのか理解できないわ。『彼女が持っていたんです。銃を持っていたのは彼女なんです』って言わなかったのか。こんなに、警察に協力しようとしているあなたなのに」

「きみを助けたかったんだよ。きみがこれ以上のトラブルに巻き込まれるのを防ぎたかったんだ」

「あなたは、わたしをトラブルから遠ざけてなんかくれなかったわ。逆に、わたしをトラブルに陥れたのよ。わたしは今日、警部に拳銃のことを話してしまったのよ。そうすれば、ピーターじゃないってわかってもらえると思ったから――ピーターには、サラを殺せなかったし、わたしの部屋に銃を隠すこともできなかったんだって。何故って、彼は警察署にいたんだから。わたしがそこにいたあいだ、ずっと。警察はチャリングクロス駅に銃を探しにいったけれど、見つからなかった。今頃、わたしが嘘をついたと思っているわ。わたしが共犯者で、ピーターのアリバイを作るために銃の話をでっち上げたんだって」

「でも、きみは共犯者だろう、ナンシー？　ピーターではなくて、ドナルドの」

「あの警部には何を言っても、何を話しても、いつも違う方向に受け取られてしまうのよ」

「それは、きみがドナルドのことで嘘ばかりついているからだよ」

「あなたは彼が嫌いなんだわ、そうなんでしょう？」

「女に寄りかかって生きるようなやつは、どんな男でも嫌いだね。金のことを言っているんじゃないよ。やつはその点では申し分ないからな。小金を持ったアマチュア。それが、やつさ。働くか、飢え死にするかのぼくたちとは違うんだ。精神的な意味での寄生虫なんだよ。お休みのキスをしてくれ、永遠に自分を愛してくれ、さもなきゃ自殺するからな。警察からぼくを守ってくれ、ぼくの代わりに刑務所に行ってくれ、さもなきゃ、きみの身にとんでもないことが起こるぞって。やつには、自分の人生なんかないいんだ。やつは、きみを見捨てたんだろう？　やつは逃げた。それが真実さ。やつにとっては、それが重要なのさ。逃げなければならなかったんだ。それなのに、きみはまだここにいて、やつのために嘘をついている。きみ自身が刑務所行きになってしまうような嘘を。身代わりなんだよ。それが、きみの役目なんだ」

「あなたのおしゃべりにはうんざりだわ。女子修道院にでも行きたい気分よ。静寂を乱さないように、縫い針でさえ密やかに置くような場所に。誰もしゃべらない場所に行きたいわ」

「墓穴とか？」

「マイク、わたしのことは放っておいて。一人になりたいのよ」

マイクは銃を取り上げ、自分の手で包んだ。

「こんなものと一緒に残されたくはないだろう？　ドナルドはどこにいるんだ、ナンシー？」

「知らないわ」

「ドナルドはどこにいるんだ？　さあ、話してくれよ。やつは、どこにいる？」

「知らないったら」

「きみと一緒にブリストル空港に行ったんじゃないのかい？　さあ、一緒に考えてみよう。きみたちは用心して、別々に着くようにした。きみが警察に捕まるところを、やつは見ていたのかな？」

マイクの言っていることなど聞かないようにした。人の話を聞き流すことなら大得意だ。わたしにはその才能がある。今、必要なのは、その才能を発揮させること。一番いいのは、長い物語風の詩でも心の中で暗唱することだろう。でも、できなかった。詩の一行さえ思い浮かばない。どうやら、詩作の時間ではないようだ。

「きみが警察に捕まるところを、やつは見ていたのか？」マイクは繰り返した。「それくらい、答えられるだろう？　重要なことではないからな。きみと警察のあいだで何が起ころうと、それはきみの問題で、やつの問題ではないんだから」

「ええ、そうね。わたしの問題だわ」

「だから、やつはきみを警察に投げ渡した。警察がきみにかかりきりになっているあいだに、逃げ出したんだ。そして、やつはダブリンに向かった。やつには関係のないことだからな。そんなところなんだろう？」

マイクは返事を待っていた。でも、わたしに答えさせることなんてできない。詩の暗唱はすでに諦めていた。代わりに、暗算を試みる。頭の中で、四九三×四九を計算するという神業に挑戦している人間には、どんな声も聞こえてきたりはしない。

「今、やつがきみを助けようとしていると思うのか？」マイクが、重ねて尋ねてくる。

わたしはそっぽを向いた。彼はまだしゃべり続けている。わたしの頭の中では、掛け算の最初の段の、四四三七という答えができ上がっていた。

「あいつがきみを愛しているなんて、本気で信じているのか？」

数字に集中しようとする。四×九プラス一は三十七。

「やつはきみを見捨てたんだ。二度と会うことはないさ」

二段の掛け算の結果を覚えておいて、合計する。これは至難の業だ。

「やつは逃げなきゃならなかったんだよ。それがわからないのか？　ピーター、ローレンス、ぼく──みんな、問題の時間にはアリバイがあるんだ」

七、五、一。

「サラを殺せたのは、きみとドナルドの二人だけなんだよ」

頭の中からふつりと数字が消えた。言われてみれば、そのとおりだ。今まで、考えてみたこともなかった。ほかの三人には不可能なのだ。警察も同じことを考えていた。

「それなら、彼はダブリンにいるって警察に話すわ。そして、たぶん、レイモンド・バッキンガムと名乗っていることも」

ドナルドについて、何か漏らしてしまったのかどうかは覚えていない。でも、すでに取り返しのつかない状況になっていた。マイクには何も話していない。それなのに、彼にはすべて、お見通しだ。突然、もうこれ以上、耐えられなくなる。マイクの声は拷問のようだった。わたしの頭蓋骨に穴でもあけているかのように。マイクが話すのをやめても、今度は警部がしゃべり始めるだろう。二人に追われて、わたしはまた悪夢のトンネルに送り戻されてしまう。闇が、わたしを押し潰そうとする。怖かった。独りぼっちだった。ドナルドはわたしを見捨て、サラは殺されてしまったのだから。マイクは、わたしをトンネルの奥へと追い立てる敵だ。逃げ出そうとして転ぶ。わたしは一生、トンネルの中だ。

「アイルランド警察が、朝までにやつを捕まえてくれるよ」マイクがしゃべっている。彼の声は鳴りやまない。わたしには、それを止める力もない。

「わたしがサラを殺したのよ」トンネルの奥から、わたしは呟いた。

マイクは、片手から片手へと銃を持ち替えていたが、突然、すべての動きが止まった。

「それが真実。わたしが彼女を殺したの。それだけのことだわ」

「きみがやっただって？」潜めた声でマイクは尋ねた。

「そうよ。だから、わたしのことは放っておいてちょうだい」

「ドナルドのことも放っておくのか？」

「あの人は何の関係もないわ」

「どうしてサラを殺したのさ？」

「その答えなら、わかっているでしょう？　だから、もう黙って。警察に話しなさいよ。いずれにしても、あの人たちはわたしを逮捕しにくるんでしょうけど。もう、待つのはうんざりなのよ」

「きみが殺したって、本当なのか？」

わたしは両手で目を覆った。「帰ってよ。あなたの顔なんか見たくないんだから。あなたが邪魔しなければ、今頃、ドナルドとアイルランドにいたのに」

「何ていう女なんだ！」マイクが怒鳴った。殴られるのではないかと、怖くなる。目から手を離した。舞台の上でさえ、マイクの顔にこれほどの憎しみが浮かんでいるのは、見たことがない。

「きみこそ、殺されてしまえばいいんだ」そう言う彼自身が、自らわたしに手を下しそうな剣幕だった。テーブルから椅子を押し離し、マイクから遠ざかる。ただただ彼が恐ろしかった。とっさに手を伸ばし、テーブルの上から銃をひったくる。拳銃のことなど何も知らなかった。この銃が、撃てる状態なのかどうかもわからない。でも、何とか自分の身は守らなければならない。

マイクは身を翻《ひるがえ》し、わたしの手首につかみかかった。銃を握る手から力が抜けるまで、その手首を後ろに捻り上げる。やがて、彼はわたしの手から銃をもぎ取り、テーブルの上に戻した。

頭を下げ、わたしを見つめて立っている。もし、マイクのほうがわたしより冷静だったとしても、それは、ほんのわずかな余裕でしかなかったはずだ。

「それはきみのところに置いて帰るよ」そう言って、マイクは部屋を出ていった。想像していたよりもずっと、感情のコントロールはできているようだ。乱暴な音は立てずに、彼はドアを閉めた。

十二

マイクが帰ってしまったあと、わたしはただ座っていたかった。一晩中、そして、次の日も、座ったまま泣き続けていたかった。でも、そんなことをしている時間はない。動悸が収まると、自分をまた外の世界に導き出してくれる一条の光を探して、心の中のトンネルを行ったり来たりし始めた。

ドナルドのことを考えようとする。わたしの慰めであり力であった人。でも、彼は行ってしまった。マイクの言葉はすべて正しい。もう、頼るべき慰めも力も存在しない。何よりも悪いのは、苦々しい既成事実だ。マイクにも、ローレンスにも、ピーターにも、サラが死んだ朝のアリバイがある。ならば、彼女を殺したのは、ドナルドかわたしということになる。容疑者として考えられる範囲はとても狭い。

銃を取り上げ、ぼうっとではなく、うっとりと見つめる。生きるために手に入れてきたものは少なくない。でも、殺人罪に問われ、刑務所に入ることになれば、銃を手に入れることなど、簡単ではなくなるだろう。たぶん、十年か十五年の刑務所暮らし。冤罪におとなしく耐えられる精神力など、わたしにはない。釈放される前に、燃え尽きてしまうはずだ。

銃口を自分の頭に当ててみる。金属の先端が触れるのを感じた途端、自分には自殺する気力もないのだとわかった。それはつまり、脱出口を見つけなければならないということ。反撃に出る方法を探し出さなければならないということだ。どっちつかずでいることはできない。

マイクのことが心に浮かぶ。警部や、ドナルドのことも。心の中から彼らを締め出すのは至難の業だ。でも、そうしなければならない。これは、自分の人生なのだ。それを正常に保つ方法を見つけ出す必要がある。人に頼ることなどできないのだ。わたしは、自分にそう言い聞かせた。

友だちが誰もいなくなってしまった以上、そう考えるしかない。サラ、ドナルド、マイク。わたしがそれぞれの方法で愛してきた人たちは消えてしまった。殺人罪で捕まれば、それほど親しくなかった友人でさえ、離れていってしまうだろう。一人でやっていくしかないのだ。そう思うと悲しかった。でも、電話のベルが鳴ったとき、心はさらに沈み込んだ。誰の声も聞きたくない。すべての人間が敵だった。

受話器を上げる。

「ナンシー？　ストーニーだよ。カナダから戻ってきたんだ」

「ストーニー！　あなたの声を聞けるなんて嬉しいわ！　カナダはどうだったの？」

「寒かったよ」

「ずっとこっちにいるの？」

「いいや。二カ月だけ。新しいジャグを買ったんだ。見たいかい？」

「もちろん」

「これから、そっちに向かうよ」

「だめだわ。あのね、ストーニー、話しておいたほうがいいと思うの。サラが殺されたのよ。みんな、わたしがやったと思っているの」

「きみがやったのかい？」

「まさか」

「そっちに向かうよ」

「ううん、ストーニー、今夜はだめ。明日。明日、もう一度、電話をちょうだい」

「ジャグでドライブをしたくないのかい？」

絶望的な状況が音を立てて飛び去り、刑務所さえも、背後の穴に永遠に沈んでしまう美しい情景が脳裏に浮かんだ。でも、わたしはすでに、その穴の縁に近づき過ぎていた。ストーニーをそばに引き寄せてはならない。

「明日ね、ストーニー。電話してくれて、ありがとう」

そう言って、受話器を戻した。ストーニーを利用することはできない。でも、敵意に満ちたこの世界で、一人ぼっちではないことはわかった。ストーニーがいる。たぶん、ほかにも。ブルガリア人のジョージだって、わたしを見捨てたりはしないだろう。面会日に訪ねてきて、格子越しに理解できない言葉の詩を読み聞かせてくれるはずだ。

銃を取り上げる。本当は、そんなものに興味を持つべきではないのだろう。そのまま置いておけばいいのだ。そうすれば、明日、警察が片づけてくれる。

薬室部分をかちりと回してみた。銃のことは何も知らなかったが、弾を入れるスペースが六つあった。残っている銃弾は四つ。二発はすでに撃たれているということだ。犯人がこの銃を撃ったときの様子が頭に浮かんでくる。ドナルドやわたしばかりではなかった。もちろん、二人の姿も現れたが、ピーターやローレンスやマイクの姿も登場した。

机の上に銃を戻す。あらゆることが、頭の中を駆け巡っていた。

サラの部屋の様子を、見たときのままに思い出してみる。グリーンのスリッパが、黄色いカーペットの上にばらばらに置かれていた。それは、サラが寝るときの普段の習慣ではない。下着の色が揃っていなかった。その点も最初から気になっていたのだが、今、思い返してみると、普段と違っていたのはそればかりではなかった。ベッドサイドに置かれた水の入ったコップ。なくなっていたグリーンのナイトガウン。それに、ベッドに横たわるサラの冷たい額には、金色の髪がかかっていた。

警察が納得しそうなものは、何もなかった。二発の弾が発射された銃を渡したりしたら、彼らはわたしを信じてくれるだろうか？　ドナルドのために、嘘をつき過ぎている。今となっては、警察がわたしの言葉を信じる根拠など一つもない。わたしが二発目の弾を撃ったのだと言われるだけだ。銃弾には消印などないのだから。

再び、サラに思いを戻す。額から金色の柔らかい巻き毛をすくい上げたときの、冷たい肌の感触を思い出しながら。髪の毛でさえ、初めて会ったときからずいぶん変わっていた。バーミンガムにいた頃のサラは、ピーターのために雑なウェーブをかけていた。ダイアゴナル・プレスに就職したあとは、その反作用なのか、短いストレートにしていた。いつ、そんなふうに変えたのかは覚えていない。いずれにしても、ローレンスとのつき合いが始まる前のことだろう。ノートを調べれば、何か書き留めてあるかもしれない。サラのことはよく覚えていた。キャンドルの黄色い光の中で輝いていた、まっすぐな金色の髪。ラジオから流れていたチャイコフスキー。そして、サラを探し出し、ローレンスの前に立ちはだかったピーター。

マイクと結婚した頃のサラの髪には、繊細できれいなウェーブがかかっていた。美容室で嫌というほどの時間をかけなければならなかったのだ。マイクは、毎晩髪にカーラーを巻いたり、コールドクリームをべったり塗った顔でベッドに入るような妻に我慢できる男ではなかった。サラがかつて、夜ごと髪のセットをしていたことなど、マイクは知らないだろう。ドナルド――サラは決して、ドナルドに気を遣う必要はなかった。どんな格好をしていても、ドナルドの目にはサラは美しく映ったのだから。サラは、カーラーを巻いている姿をドナルドに隠そうともしなかった。どうして、そんなことをする必要があるだろう？　カーラーを巻いたサラは、どこか頼りなげで、チャーミングに見えたのだから。最後の夜も、ドナルドの言うとおり、彼女は針金のカーラーのようなものを髪に巻いたまま、ドアをあけたのだろう。ドナルドを出迎えるために、サラはそれを取り外すこともしなかった。ほかの人間が相手なら、決してそんなことはしなかったはずだ。

いろんな考えが駆け巡っていた。それを止めようとする。手を伸ばし、一つのヒントをつかもうとする。すべてが失われてしまったわけではない。この銃から二発の銃弾が発射された事実を裏づけるためのヒント、たった一つでいいから決して否定することのできないヒントが見つかれば、トンネルからまた抜け出すことができる。安全で、自由な世界へと脱出できるのだ。

銃を見つめながら、机の脇に立っていた。警察に押収されるまでは、タイプライターが置いてあった場所だ。つまらない物々交換。タイプライターのほうが良かったのに。サラがすでに死んでいることを知っていた誰か、彼女を殺した誰かが、そのタイプライターで脅迫状をタイプし直した。だから、警察はそれを押収したのだ。手紙をタイプした男は、奇妙な文句でオリジナルの手紙を書いた人間であるはずだ。そんな手紙を書けるほどの教養は、ピーターにはない。その点に間違いはなかった。警察がタイプライターを持ち去ったのが土曜日。今日はまだ月曜日で、夜の十一時半でしかない。たった二日間で、わたしの歩んでいた道は何と変わってしまったことだろう。

不意に閃《ひらめ》くものがあった。銃をその場に置き、本棚へと急ぐ。本棚の脇に膝をつき、目指す本を見つけ、目的のページを開いたそのとき、ドアベルが鳴った。そのページを開いたまま、本を銃の上にかぶせる。そして、ドアへと向かった。

もちろん、今夜、誰かが訪ねてくることは予測していた。それがローレンスだったとしても、驚くことはなかった。

ドア口に立っているローレンスを元気づける言葉が見つからない。赤い目をして落ち着かない様子だが、震えてはいない。しらふのようだ。それは、安心できる要因ではなかった。

「ちょっと寄ってみようと思ったんだ」と、彼は言った。「ダルシーが遅くまで仕事をしているんでね」

それは真実ではないだろう。いくらダルシーでも、こんな遅くまで働く必要はないはずだ。でも、深追いはしなかった。ほんの一部だけでいい。欲しいのは、事実のほんの一部だけ。それは、かつて自分が一度だけ手にしていたチャンスのように思われた。親切にも、ダルシーがローレンスを送り出してくれたことによって与えられたチャンス。

「入って、ローレンス」歯切れのいい上機嫌な口調で声をかける。ドアを押さえていると、彼は中に入ってきた。ローレンスの後ろでドアを閉める。さあ、飛行機から飛び出して、パラシュートを広げる瞬間だ。自信なんて、かけらもなかった。でも、興奮が身体中を駆け巡り、心臓を突き上げていた。

ローレンスは、本を借りにきたようなことを呟いていた。オーブリー（イングランドの伝記作家。一六二六—九七）の『名士小伝』。そんな本などないことはわかっていたが、取りあえず探してみると答えた。

「お酒でも飲む、ローレンス?」しらふでいて欲しくなかった。しらふでいるときの彼の目つきは気に入らない。

「禁酒中なんだ」

「わたしが飲むのはかまわないでしょう?」マイクが置いていったボトルから、自分のグラスにワインを半分注ぐ。わたしは笑い始めていた。でも、何とかそれを押し止める。こんな状況にはそぐわない。

「文学の夕べね」わたしは言った。「芝居や詩について語り合いましょう。昔みたいになるわ、ローレンス。こんなに、長い時間なんか経っていないみたいに。あの頃から何年にもなるものね。チェーホフの『かもめ』のシーンを覚えている? 母親とその愛人が、ヨーロッパからロシアまで汽車で旅をするシーンよ——きっと、ひどい旅だったでしょうね——到着した途端、二人がコートも脱がずに座り込んで、カードを始める場面のことだけど」

「ああ、覚えている」

「そして、息子が銃で自殺を図る。その場面のことも覚えている?」

「ああ」

「じゃあ、わたしたちも、座って語り合いましょうよ。これまでの出来事や、わたしたちが経てきた長い時間のことじゃなくて、身持ちのいいちゃんとした人たちが年に二度、芝居を見にきたときに、コーヒーやビスケットを交えて語り合うようなことを。本を読むのは、役人や学校の先生たちばかりじゃないわ。バスの運転手や大道具係だって本を読むのよ。わたしたちも諦めたりしちゃいけないわ」

凄まじいスピードでまくし立てていた。話がどこに行きつくのか、自分でもわからない。ストーニーと一緒に、ジャガーで暗い道を疾走しているような感じだった。車が横滑りをして、事故を起こした夜のような感じ。車がひっくり返る瞬間について、サラに話したことを覚えている——「自分たちが消えてなくなるために、最後の情熱を与えられたような感じだった」今夜は決して、大破することなどできない。

「コートを脱いだら、ローレンス。チェーホフみたいにはならないでよ」

ローレンスは困惑し、げっそりしているように見えたが、それでもコートを脱いだ。ボタンを外す指が震えていた。

「誰か来る予定じゃないよな?」彼は尋ねた。指と同じくらい、声も震えている。

そんな予定があれば良かったのに。ドナルドが来ないことはわかっている。マイクは永遠に去ってしまった。ストーニーに来ないでと言ったことを後悔していた。ローレンスと二人きりでは、あまりにも寂し過ぎた。警察でさえ歓迎したい気分だ。でも、やがて、大丈夫だと思えてきた。電話があるんだもの。警察なら、数分もしないうちに駆けつけてくれる。

「例の伝記についてだが」ローレンスが話し出す。彼は、凶暴な目つきでわたしを見つめていた。

電話機に向かう。「パーティにしましょうよ。トムに電話するわ。彼のことは覚えている? 出版業界の人だから、伝記に興味を持つかもしれない。リットン・ストレイチー(英国の伝記作家。一八八〇—一九三二)やガートルード・スタインのこともよく知っていたわ」

ローレンスは黄色くなった指先で髪を掻き上げた。「あり得ない組み合わせだな」そう呟く。

わたしは笑い声を上げた。あまりにも大袈裟な笑い方。その笑いを引っ込めるのも、ひどく不自然な感じになった。指先で、ダイヤルの九の位置を探る。

「そのトムっていうのはいくつなんだ？」

いくつくらいにしておけばちょうどいいだろう？　リットン・ストレイチーがいつ亡くなったのかも、覚えていない。ローレンスが詳しそうなことだった。

「もう、おじいさんよ」曖昧に答える。「七十歳にはなっているんじゃないかしら」

「パーティをしようと思っているなら」ローレンスの口調は辛辣だった。「トムはやめておくべきだな。もう、パーティを楽しめる齢ではないだろうから」

「じゃあ、ほかの誰かを誘ってみるわ」

「いいや。電話はしなくていい」わたしたちは、互いに見つめ合った。二人とも、何かが起こりそうなのはわかっていたが、その道筋がどちらに曲がるのかについては確信がなかった。

「ほかの人に来てもらいたくないなら、電話はしないわ」そう言って、受話器を置く。「あなたも飲んでよ、ローレンス」

「いいや」

「あなたはお酒を飲むのを恐れている。もし、わたしがそう言ったら、あなたはその言葉を受け入れるのかしら？」

　彼は首を振った。

「ヘッダ・ガブラー（イプセンの戯曲『ヘッダ・ガブラー』の主人公）。彼女は最初、怯えているからと言って、愛人に酒を飲ませる。そして、その愛人が自分の原稿を紛失すると、銃で自殺するように仕向ける。ごめんなさい。わたしの文学の話って、いつも拳銃に行きつくのよね。飲む？」

「いいや」

「本当にお酒を飲むのを怖がっているんじゃない？　我慢できなくなるのを恐れているの？」

わたしは、また少しワインを飲んだ。〝ワインの小道〟を進むうちに、グラスの中の光の虹《スペクトル》がもっと色とりどりに美しく輝くのを見ようとしながら。ローレンスは、わたしを睨みつけて座っている。彼にも飲ませたかった。今日は一日、飲んでいないようだ。そんなときのアルコール依存症の人間は、見るに堪えない様相を呈する。

「サラのことを思っているわけではないんでしょう、ローレンス？　彼女が死んでからもう二日、四十八時間も経つんだものね。それがやがて五十八日になって、彼女のことはまったく忘れられてしまう。彼女の胸に赤い穴があいているのを見たときには、とても怖かったわ。でも、わたしの記憶の中では、もう黒く変わっているの。もう、赤くは見えないのよ。飲んでよ！」

ボトルとグラスをローレンスのほうに押しやった。彼は、ボトルを取り上げ、溢れそうになるほどのワインをグラスに注いで、飲み干した。そしてまた、酒を注ぐ。その一本では、とても足りそうになかった。そう言えば、マイクが土曜の夜、ワインとブランデーを持ってきたはずだ。素早く戸棚へと向かう。後ずさりをしているような気分だった。ワインが二本あった。一本は手つかずで、もう一本は空《から》に近い。それに、たっぷりと中身が残っているブランデーが一本。三本とも取り出し、テーブルの上に置く。いつの間にかわたしも、アルコール依存症患者と背中合わせになっていた。ローレンスを酔わせなければならない。酔わせて、最初は饒舌に、最後には動けないようにしなければ。

二人でさらにもう一杯飲んだ。わたしにはまだ、〝ワインの小道〟を離れて〝ブランデーの曲がり角〟に向かう準備はできていなかった。ローレンスがブランデーに手を出すのを盗み見るのには、慎重なテクニックが必要だった。こちらはちびちびとしかワインを飲んでいないのだから、相手に疑惑を抱かせないようにしなければならない。

ローレンスは、瞬く間に二杯のブランデーを飲み干した。まるで、グラスの底に穴があいているのを知っていて、早く飲んでしまわないと酒がみんな流れ落ちてしまうと思っているかのように。テーブルの上にグラスを叩きつけるように置く。そのグラスに、またブランデーを注いでやった。もう一杯くらい飲めば十分だろう。そのうち、何を言っているのかもわからないまま、しゃべり出すようになる。わたしは、ローレンスがグラスを上げるのを待っていた。でも彼は、テーブルからグラスを上げようとはしない。

「いつサラに会ったんだ？」彼は不意に尋ねてきた。

「金曜の夜よ」

「死んでしまった彼女にはいつ会ったんだと訊いているんだ」

「け、警察がわたしに確認させたのよ」

「それだけか？」

「そうよ」

「わたしには見せなかった」

「彼女の死体を見ずにすんだのなら、ラッキーだったのよ」

「そうなんだろうな」ローレンスはそう言って、三杯目のグラスを持ち上げ飲み干した。この辺で止めておくのがちょうどいい頃合いだろう。でも、彼はまた酒を注ぎ足した。

「禁酒中《オン・ザ・ワゴン》だったんだがな」言い訳じみた口調で呟く。

「お酒をやめるのは辛いの？」

「時々な」

「変わってしまうのは道のほうなのかしら？　それとも、車《ワゴン》のほうで方向を変えるの？」

こんなに早くから切り出すつもりはなかった。わたしのほのめかしの意味を理解しようと、ローレンスは目をしばたたかせている。

慌てて言葉を継ぐ。「さあ、飲みましょう。サラのために——四年前にわたしたちが知っていたサラのために」

わたしはグラスを上げ、ローレンスを見つめながらワインを飲んだ。彼も、酒に口をつける。ブランデーの味に耐えられないというように顔をしかめながら。

「サラのことを話してもいい、ローレンス？」

「いいや、聞きたくない」彼は立ち上がろうとした。

「座って、ローレンス。誰かにサラの話をしたいのよ。今は、ほかに誰もいないんですもの。あなたに聞いてもらわなきゃ」

「あの女は——」

「いいえ、違うわ。彼女は善良で寛大できれいだった。それだけでも、わたしたちより九十パーセントもいい人間だったのよ。彼女、きれいだったでしょう、ローレンス？」

彼は、面影を振り払うかのように、激しく頭を振った。

「それに、寛大だった。最後の一シリングを与えてでも、わたしを助けようとしてくれたのよ。言葉を尽くして助言もしてくれた。善良でもあったし。幸福な星の下に生まれた人ではなかったのよ。自分を嫌っている叔母さんと貧乏暮らしをしていたんだから。そんな状況から逃げ出して、ほかの人と同じように、いいえ、ほかの人以上に幸福に暮らすことだってできたはずなのに。誠実で、親切で、野心に溢れた人だった。でも、ピーターと出会ったときに、彼女の歩む道は変わってしまった。わたしたちの足元の道って、変わってしまうことがあるのよね。この二日間で、わたしの道も変わってしまった。こんなの、わたしが歩き始めた道じゃないわ」

ローレンスは身を乗り出して、わたしを見つめていた。完全に彼の関心を引きつけている。自分の考えは正しかったのだ。わたしが知りたいのはそれだけだった。でも、そこでやめておくべきだったのだろう。電話機には手が届かない。それでもドアにはたどり着けたはずだ。ローレンスが追いかけ始める前に、階段の半分くらいは駆け下りていられただろう。でも、この無分別さは、心臓や肺と同じくらい、わたしの重要な部分を占めている。すでに、長い横滑りに突入していた。今さら、止めることなどできない。

「彼女は自堕落なんかじゃなかったわ、ローレンス。そんなことは一度もなかった。あなたに対しても、誠実であろうとしていたのよ。マイクと結婚したときには、その生活を持続させようとしていた。十八カ月後にはドナルドとの結婚を考えていたけど、そんなことはできないんだって、彼女は気づいていなかったの。ピーターのせいでね。道を誤った瞬間なんて、わからないものよ。実際に、その道を進んでみなければ」

「何だって、道のことばかり話しているんだ?」ローレンスは尋ねた。さらにグラスを重ねている。顔は怒りに満ちていて、とても、酒を交えての会話を楽しんでいるようには見えなかった。

「ごめんなさい。友だちと車のスピードを出し過ぎてしまった夜のことを考えていたものだから。事故を起こしちゃったのよ。今は、サラのことを話していたのよね。あなたと知り合った頃の彼女は何も知らなくて、いろんなことを学びたがっていた。あなたに連れていってもらうまで、劇場にも行ったことはなかったんじゃないかしら。シェイクスピアのことなんて聞いたこともなかったんだと思う。あなたは大学のような存在だって、サラはよく言っていたのよ、ローレンス。あなたほど恩を感じている男性は、ほかにいないって」

「サラのことはもう十分だ」

「彼女のことはよく知っていたのよね、ローレンス。四年前、彼女の習慣なら全部わかっていたんじゃない？」

「たぶん、そうだろうな」

「でも、消えていく習慣もあるし、変わってしまう習慣もあるのよね」

「全部が全部ではないさ」ローレンスはぶつぶつと呟いた。「彼女はいつも八時に起きていた」

「そうね。あなたもわたしも、ドナルドもマイクもピーターも、サラの目覚まし時計も、その点では意見が一致するわね。彼女はいつも八時に起きていた」

「ダルシーは七時半に朝食を運んできた。その時間まで、わたしは起き出せなかったんだ。警察は、その説明で納得している」

「でも、単に納得しただけだわ」

ローレンスは本当に怒り出したようだ。真っ赤になった顔が強張っている。

「八時二十分までには彼女の所に行けたはずだわ、ローレンス。八時半までには簡単に」

彼はシャツの襟元を緩めようとした。「その頃には、彼女も起きていただろうな」

「ええ、そうでしょうね」わたしはワインを一口すすり、ローレンスはさらにブランデーを飲み干した。酒の量が心配になってくる。彼はすでに、かなりの量を飲んでいた。

「あなたがサラと暮らし始めた頃、彼女はまだ貧しかった。欲しい服をすべて手に入れられるわけではなかった。その後、彼女が下着類をいつも高価なセットで買うようになったのを、あなたは知らない。その下着と色が合わない洋服は決して着ようとしなかったことも。こういうのって、男の人は忘れがちだけれど、わたしは覚えているわ」

「ほかにもまだ覚えていることがあるのか？」

「彼女はいつも、着る順番に衣服を重ねてて。その服を、椅子の上に置いていた。順番が違っていたのよ。ストッキングやスリップが一番上にくるはずはなかったの」

「きみの記憶力は大したものだな、ナンシー。すばらしい記憶力だ」ローレンスの声は不明瞭になりつつあった。

「ベッドサイドには、水の入ったグラスが置いてあった。朝、目覚めたとき、彼女はここ何年も、レモンジュースを飲むようになっていたのよ。変化に追いついていないわね、ローレンス」

「それだけか？　ほかには何もつかんでいないのか、ナンシー？」

「あなたと知り合った頃、サラの髪はストレートだった。最近はずっと、ウェーブをかけていたのよ。彼女はカーラーを巻いて眠っていた。朝、お風呂に入って服を着始める時間まで、そのカーラーを取ることはなかった。でも、わたしが見たときには、ローレンス、彼女の髪にカーラーはついていなかったわ」

「あの女はベッドの上で撃たれたんだ」ローレンスは声を荒げた。

「どんなふうだったのか説明してみましょうか、ローレンス。彼女は八時に起きた。お風呂に入って、服を着始める。髪からカーラーを取る。ドアベルが鳴ったとき、彼女はグリーンのナイトガウンを羽織ってドアに向かった。郵便の配達かもしれないしね。彼女はドアをあけ、殺人犯を中に招き入れた」

「彼女はベッドで撃たれたんだ。そんな戯言《たわごと》では、何の証明もできないぞ」

「グリーンのナイトガウンはどこにやったの？」

「ばかばかしい、ナンシー。うわ言でも言っているのか」

「それに、青いスリップとブラジャーは？　それをどこに隠したの、ローレンス？　血だらけの服を脱がせるのは大変だったでしょうね？　どこでそんなことをしたの？　バスルーム？」

「やめるんだ、ナンシー。警告はしたぞ。もう、十分だ」

「それから、あなたは、彼女のネグリジェに銃弾の穴をあけなければならなかった。ぴったりの場所に穴をあけたのは、賢かったわね。あなたの手が、そんなにしっかりしているなんて知らなかったわ」ローレンスの手に視線を向ける。今は、しっかりしているどころではなかった。「二発目の銃弾はどうなったのかしら？」

「グリーンのナイトガウンは、ネグリジェの後ろに丸めて置かれたのかもな。サンドバッグみたいに。そんなふうには考えなかったのか？」

「そのあと、あなたは、彼女にネグリジェを着せなければならなかった。サラは死んでしまったんだもの、あなたがやらなきゃね」

ローレンスは椅子を後ろに押しのけ、テーブルから離れた。

「まずは、彼女をベッドに寝かせた」長々とため息をつきながら、彼は言った。ため息はなかなか尽きなかったが、吐き出してしまったあとは、ほっとしたような顔をしていた。どうやってサラをベッドに寝かせたのかを思い出しながら、彼はこちらを見ていた。でも、わたしのことを正確に認識しているわけではなさそうだ。見知らぬ他人。真夜中に出会った、どうでもいい存在。ローレンスは口早に話し始めた。何もかも吐き出そうとしているのだが、呟き程度の声にしかならず、ときにはそれがもっと小さくなる。彼の言っていることは、ほとんど聞き取れなかった。

「こんなことになるはずじゃなかったんだ。酔っていたんだよ。飲まなければ眠れない、いつもそんな調子なんだ。何日も眠れぬ夜を過ごしていた。眠るときは眠る。でも、眠れずに横たわっているのは、耐え難かった。そんな夜、彼女を殺すことを繰り返し繰り返し考えてきたんだ。それが、わたしを抹殺するために、彼女が生み出した方法さ。自分が銃やナイフを手にしている姿を何度も思い描いてきた。実際にそんなものを使ったことはないがね。わたしは、そんなことをする人間じゃない。彼女を窓から投げ落とすシーンも思い描いた。それでよく、明け方にダルシーを起こしてしまったものさ。毎朝、毎朝、何度も繰り返して。サラを殺してしまったとダルシーに話すんだ。昨夜、殺してしまったと。眠れない夜には、そんな妄想に捕らわれるものなんだよ。あの朝、ダルシーはお茶を手に入ってきて、場違いな金の話をした。わたしに新聞を投げつけて出ていった。彼女はいい女だよ、ダルシーは。いつも、わたしに味方してくれる。でも、彼女は新聞を置いて出ていった。その新聞に記事が出ていた。サラが金持ちの男と結婚する予定だと。うちには一杯の酒を飲む金もないのに。畜生、サラに会いに行こう、そう思ったんだ。彼女が仕事に出かける前に。あるいは、何も考えていなかったのかもしれない。どうだろうな。サラの部屋に着くと、彼女がドアをあけてくれた」

ローレンスはそこで一息つき、ブランデーをもう一口煽った。黙って待つ。彼が、ここですべてを話してしまわなければならないことは、わかっていた。

「彼女はドアをあけた。手首に何かつけていた。それが輝いているのが見えたよ。ダイヤモンドか、と思った。ダイヤモンドを身にまとったサラだと」

ローレンスの声はますます低くなっていった。〝窪地の町（旧約聖書「創世記」より。神の怒りを買ってソドムやゴモラとともに滅ぼされた町）〟についての断片や、石打ちの刑で殺された女たちについての話以外、まったく聞き取ることができない。今や、ひどく酔っ払っている。見知らぬ他人としてでも、わたしの存在を認識しているのかどうかさえ定かではなかった。バーの片隅に座った寂しい酔っ払いのように、独り言を言っているだけなのかどうかも。

サラはローレンスを中に入れたがらなかった。でも、やがて、コーヒーを入れるからと言ってくれたので、ローレンスはサラが着替えるあいだ、キッチンで待っていた。

そんな場面なら納得できる。彼は、サラがそう言い出すのを当てにしていたのだ。サラがローレンスを追い払ったことなど、一度もなかった。少なくとも十回以上は、彼が気まずいコーヒーや、楽しくもないお酒や、歯切れの悪いおしゃべりのために、中に入れてくれと頼んでいる姿を目にしてきた。わたしが自分で彼を招き入れたことも、数回ある。これまで追い返されることがなかったなんて、彼も何て運が悪いのだろう。

ローレンスはキッチンで待ってなどいなかった。寝室まで、サラのあとをついて行った。彼女はもうブレスレットをしていなかった。ちょうど引き出しにしまったところだったのだ。

彼の声はまた薄れ始めた。話していることの半分も理解できない。ローレンスは、引き出しからブレスレットを取り出そうとしたのだろう。そこには、銃もしまわれていた。彼女は、出ていってと言った。口論の筋道がつかめない。手紙についての話。サラはそれを書いたのがローレンスだと思っていた。そして、最後の一通をわたしに送ったことを話した。ローレンスは、そんなことなど覚えていない。思い出すこともできない。それでも、銃は発射され、サラは死んだ。部屋の中に銃など置いておかなければ、こんなことにはならなかったのに。

独り語りは不意に終わった。わたしたちは一分近くも無言で座っていた。ローレンスがまたブランデーを注ぐ。グラスの半分にしかならなかった。そのボトルも、それで空《から》になってしまった。

「それからどうしたの、ローレンス？」穏やかな口調で尋ねる。

彼は話したがらなかった。わたしが、何を話しても安全な、謎めいた他人ではないことを理解し始めたのかもしれない。物語の中から出てきた、無関係な人間などではないことを。ひとたび人を殺してしまったら、何を話しても安全な人間など、この世には存在しなくなる。

ローレンスはゆっくりと、つっかえながら話し始めた。単語を並べただけの話し方。一時的な記憶喪失に陥った人が、何とか心を奮い立たせて言葉を絞り出しているような感じだ。サラが違う時間、自分がそこにいることのできなかった時間に撃たれたふりをすることが、唯一の逃げ道であることはわかっているのだろう。ダルシーの証言があれば、八時前にリージェント・パークにたどり着けなかったことを証明できると思っているのだ。

「居間には入ったの？」

「いいや。居間には入らなかった」

ローレンスは話をやめ、眉を擦った。「ブランデーは？」

「もうないのよ、ローレンス。ワインはいかが？」

コルク抜きを手に取り、栓を抜く。酔い潰れてくれたらいいのに。

「わたしに対しては、どんな悪意があったの、ローレンス？」

彼は、ワインのボトルをぼんやりと見つめながら座っていた。わたしがコルクを抜き終わると、見るも痛ましいほどの激しさで頭を振り、意識をはっきりさせようとする。まるで、目の前の障害物を振り払おうとでもしているかのようだ。

「サラを殺した人間が必要だった。ピーターがいいと思ったのに、忌々しいことにだめだった。あいつの住処《すみか》を知っていれば、やつに銃を押しつけたのに。フェンビイはとも考え、警察にもほのめかしてみたが、ちょうど父親が泊まりにきていたという話だった。ドナルド・スペンサーという男がいることも知っていたが、あいにくその人物のことはよく知らない。サラを殺した人間が必要だった。だから、ここに銃を隠したんだ」

ドナルドが隣の部屋で寝ていたときに、ローレンスが彼の居場所を知らなかったというのは滑稽な話だ。ドナルドは、強力な薬を呑んで眠り込んでいた。そして、たぶん、銃声を聞いて目を覚ましたのだろう。

「でも、あなたはそんなことをあれこれと知るよりも前に、手紙を打ち直したでしょう？　あの手紙を、わたしのタイプライターで打ち直した。それって、友だちとしてひどいんじゃない？」

ローレンスは立ち上がった。片手でテーブルの端をつかみ、もう一方の手は、危なげなバランスを取るために揺らしている。彼が立ち上がれるなんて、驚きだ。こちらを見る目つきが気に入らない。素早く彼の前にワインのグラスを突き出した。この男は、座ってくれていたほうがいい。

彼は、ぶつぶつと何やら呟いていたが、そのうち目をつぶったまま怒鳴りつけてきた。たぶん、世界はいつもどおりに回り続けているが、それが彼の頭を痛めつけているのだろう。酔っていようがいまいが、彼には辛辣なことが言える。わたしにとっては耳の痛いこともあったが、そのうちのいくつかは真実だった。

やがて、ローレンスはまた腰を下ろした。「本当にすまない。「うわ言を言っていたんだよ、ナンシー」半分しらふに戻ったような声で彼は言った。「ずっと、目が覚めたまま悪夢を見続けているんだ。片側だけ頭が痛いんだよ。どうしてなのかはわからないんだが。何について話していたんだっけ？きみに何を言っていたんだったかな？　昨日の夜――昨日の夜はひどかった。サラを殺す夢を見ていたんだ。でも、それは夢なんかじゃない。目が覚めたのは、そのときなんだよ。この一カ月、眠っていなくてね」

「医者に行ったほうがいいわね、ローレンス」

「ああ、そうするよ」わたしたちは、ぎこちなく見つめ合った。

「あの夢ときたら――サラがベッドで殺されたのは、わたしにとってはラッキーだった」

「でも、さっきは認めたじゃない――」

「何も認めてなどいない！」ローレンスは突然、大声を上げた。「夢を見ていただけだ」立ち上がり、テーブルの上にのしかかる。テーブルが彼のほうに傾き、ワインのボトルが滑り始めた。それが、テーブルの縁に引っかかって倒れる。ワインが床にこぼれ始めた。滑り落ちそうになるボトルをつかもうとしたが、間に合わなかった。拾い上げたボトルは空《から》になっていた。飲む分は残っていない。ローレンスを泥酔させるチャンスももう、残っていなかった。

「うわ言を言っていたんだよ、ナンシー」ローレンスが言う。「たぶん、きみの言うとおりで、サラはベッドで殺されたわけではない。ピーターが訪ねてくることもできただろう。やつが彼女を殺したんだ。ピーターが！」彼は、空《から》のボトルをひっつかみ、自分のグラスの上に傾けた。落ちてきたのは、ほんの数滴。それを、自分の口に垂らし込む。

「いいえ。犯人はサラに手紙を書いたのよ。ピーターに読み書きはできない。彼女に手紙を書くことなんて、できなかったわ」

「それなら、フェンビイだ」

「マイクは詩に興味なんてない。芝居の台詞でもなければ。ドナルドは、学校を卒業以来、詩なんて一行も読んでいないはずだわ。詩が好きなのは、わたしとあなたとサラだけなのよ」

「まるで、彼女が生きているような口ぶりだな、ナンシー。そんなことには、我慢がならん」

「それなら、詩が好きなのは、あなたとわたしだわ」

「いったい、詩がどう関係するんだ？」

「手紙のことを覚えているでしょう、ローレンス？」

彼はまた頭を振った。前と同じように、激しく、苦しげな様子だ。

「わたしは覚えているわ。気にはなっていたんだけれど、別の心配事もあったものだから。今夜になって、やっと繋がりがわかったのよ。あの手紙は、脅しで始まって、脅しで終わっていた。でも、中間にこんな科白があったの。『ある一点まで、道はどれも変わらない。きみにとっても、わたしにとっても。問題なのは、その一点を過ぎてしまったら、引き返す道がないことだ。わたしたちはみな、あの分かれ道を通り過ぎてしまった。あとは、この道が一本あるだけ』。覚えている、ローレンス？」

「いいや、そんなものは見たこともない」

「でも、デイ・ルイスの詩は覚えているはずだわ。わたしもあなたも好きな詩人だもの。あなたは彼の詩集を持っていた。わたしも持っている。でも、あの詩は、ルイスが自分で編んだ詩集に収められた詩ではなかった。もっとあとになって出版された本に入っていた作品よ。あなたはその本をバタシーの公共図書館から借りていた。それを返し忘れていたのは残念だったわね。わたし、昨日、あなたのフラットでその本を見つけてしまったもの。開いたのが、ちょうどそのページだった。『今や夢の中ではなく、悪夢の中を歩いている』あなたが引用した部分だわ。もしかしたらあなたは、引用したつもりさえなかったのかもしれないわね。すばらしい視点に基づいた詩だもの。ほかの新鮮な着想と同じように、それはあなたの記憶の中に取り込まれ、ずっとそこで暖められてきたのかもしれない。それが、とんでもないときにひょっこり飛び出してくることもあるものね」

「そんなことは信じないぞ」ローレンスは言った。「わたしは、誰からの引用もしていない。その本を見せてみろ」

「そこの机の上よ」

彼は机に近づいた。本を取り上げる。わたしが開いていたページのままだ。ローレンスは、そのページに目を向けた。酔いが回って、活字なんてほとんど読めないはずだ。それでも、かつてサラやわたしによくそうしてくれたように、声を張り上げ、朗読を始めた。ローレンスには、詩を理解する心と、よく響く声がある。

だが、旅人たちにとっての真実がある。

ある一点までは、どの道も同じように見えるのだ。
それなら、どうして歩き続けないことがあるだろう？
問題は、その地点を通り過ぎてしまったあとのことだ。
引き返す道も、分かれ道も存在しない。
通り過ぎてしまうまでは、決して気づかない一点。
道に迷ったことがわかっても、なす術《すべ》はない。
選び取った道を歩き続けるだけだ。
たとえ、今や、夢の中ではなく、悪夢の中を歩いているのだとしても。

もし、彼が視線を上げ、わたしの顔を見ることがなければ、そのまま終わりまで読み続けるのだろうと思っていた。ローレンスにその本を取り上げてみろと言ったのは、ほかならぬわたし自身だ。ドアベルが鳴ったとき、机の上のその場所に本を置いた理由を忘れてしまったことには、何の理由もない。彼が詩を読み上げているあいだ、わたしはその場に釘づけになったように、ただぼんやりと、なす術《すべ》もなく待っていただけだ。ローレンスが本を閉じ、よろよろと振り返って、本で隠されていた銃に目を留める。

今や、わたしは第三者だった。まったくの部外者。見知らぬ家での出来事を、窓の外から覗き込んでいるような気分だ。見るべきものはさしてない。一人の男が本を閉じ、ゆっくりと振り返る。机の上にあったものを、ぎこちなく危うげな手つきで取り上げる。その時点で窓から離れれば、続いて起こることを、わたしは知る由もない。でも、わたしは振り返ってしまった。ローレンスが銃を手に取る。そこで突然、わたしは第三者ではいられなくなる。当事者に戻り、すべてが制御不能であることを知る。激突はもう目前だ。

ローレンスは手の中で銃をひっくり返していた。その存在に恐れおののいているようだ。

「きみに、そんな権利はない」ローレンスは言った。「そんな権利は……」不鮮明な呟きが、先細りになって消える。自分にどんな権利がないのか、わからない。でも、怯え上がったわたしは、ばかみたいにそれを曝け出していた。彼を止める手立てはあったはずだ。必要なのは、自信に満ちた気さくな態度──興奮した猛犬を宥めるときに推奨される態度だ。ローレンスは、猛犬よりもまだ始末が悪い。正気を失い、獰猛で、病んでいるのだから。今になって、やっとわかった。

わたしが後ずさると、ローレンスは詰め寄ってきた。

「銃なんて持つべきではないよ、ナンシー。銃なんてものは」

「ローレンス、お酒を探してくるわ。まだ、どこかにあるはずだから」

ローレンスが一瞬躊躇《ためら》う。わたしは、ドアににじり寄ろうとした。彼はゆらゆらと歩を進めて道を塞いだ。仕方なく、部屋の奥に戻る。

「今夜はここにいてくれよ、ナンシー。友人として、ここにいてくれ」そう言うローレンスの足元はふらついている。銃口は、漠然とこちらに向けられているだけで、わたしに焦点が当てられているわけではなかった。ゆらゆらと揺れる銃身を見つめる。こちらの頭さえ吹き飛ばしそうな大きさに見えるが、ごく普通の銃でしかないはずだ。

「友だち扱いなんかしないでくれ」今度は、そんなことを呟いている。彼は銃を見下ろした。自分がそんなものを握っていることに驚いているようだ。

わたしは寝室のドア近くにいた。顔はローレンスに向けたまま壁伝いに移動し、ドアノブを回そうとする。

「ドアから離れるんだ」その言葉に、ドアから離れる。

「ナンシー、きみはいつでも、我が道を進んできた。いつでも、周りの人間をみな道連れにして。今度は、わたしの選んだ道を進むんだ。座れ」

そんなことはできなかった。立っていればまだ、いくらかでも希望はある。そのうち、相手にしゃべらせることができれば、目的を忘れてくれるのではないかと思った。しゃべり続けさせることができれば。

「そんな銃なんかいらないでしょう、ローレンス？　もう、これ以上のトラブルなんて。そんなもの、置いてちょうだい」

「座るんだ。さもなければ撃たれることになるぞ、ナンシー」

「わたしを傷つけたりなんか、したくないはずだわ。そんなことのために来てくれたわけではないでしょう？」

「これをきみに渡しにきたんだ」

ローレンスはポケットに手を入れると、ダイヤモンドのブレスレットを引っ張り出した。二人に見えるように、自分の掌の上に載せている。部屋中の光が彼の手の中に集まり、そこからまた、外へと光が散らばっていた。

「イタリアへの逃げ道だ」ローレンスは言った。「イタリアでの六カ月。これできみは、いつでも好きなときにイタリアに行ける。わたしではなくてね。動くな。ほら」

彼はそれをテーブルの上に放った。ブレスレットは空《から》になったブランデーのボトルの上に落ち、掌に集めた小石が瓶に当たったような軽やかな音を立てた。わたしは、ブレスレットなど見ていなかった。不安定な手に握られた銃だけを見つめていた。

「拾え」ローレンスが声を荒げる。

ブレスレットに手を伸ばす。ダイヤモンドの代わりにブランデーのボトルをひっつかみ、相手に投げつけた。瓶はローレンスの側頭部に命中した。彼が身を捩《よじ》った隙に、その脇を走り抜け、玄関のドアをあける。その瞬間、ローレンスは振り返り、引き金を引いた。銃弾はわたしの肩に当たった。弾を打ち込まれた感じはしなかった。半トンもの岩で殴りつけられたような感じだけ。

そのあと何が起きたのか記憶はない。それでも、彼は何とかわたしを捕まえ、部屋の中に押し戻したようだ。ローレンスが前髪を掻き上げる。その髪は今や、血で濡れていた。

ローレンスはダイヤモンドのブレスレットを握っていた。すぐ横に立ち、何か叫んだり罵ったりしながら、わたしの顔の前でそのブレスレットを揺らしている。わたしは、聞いてなどいなかった。耳を傾けることなどできない。心の中で、〝とうとうやって来た。これが最後の激突だ〟と、自分に言い聞かせていた。そして、この世の終わりにふさわしいことを考えようとしていた。ドナルドの顔は浮かんでこない。見えるのはサラの顔だけ。彼女は怯えていた。わたしは必死で彼女に伝えようとしていた。〝大丈夫よ。怖がらなくてもいいから〟

部屋の中に、もう一人、人が増えていた。何が現実で、何がそうでないのか、わからない。銃声がもう一度響いた。ローレンスに目を向ける。そのそばに、もう一人男がいた。でも、銃弾がわたしの心臓に撃ち込まれたのは確かだった。心臓を撃たれて、どうしてまだ立っていられるのかはわからない。痛まないほうの手で左側の胸を触ってみる。それだけで十分だった。手には、血がべったりとついていた。

自分の手から目を上げる。サラの顔はもう見えなかった。見えたのは、ストーニーの顔だった。

「やあ、ナンシー」続く言葉をしばらく探しているようだったが、やっと見つかったようだ。

「新しいジャグで来たんだ。車を見るかい?」

十三

病院。目をあけては、ベッドの上に浮かぶクルー警部の顔を見つめていた。ぼんやりとした、感じの悪い顔だ。目をつぶってしまえば、その顔を視界から追い出してしまえるのが嬉しかった。警部の存在が周りのものとごちゃ混ぜになって、自分を取り囲む環境の一部になってしまうことがたびたび起こる。最後には、わたしも現実を受け入れた。自分がいるのは病院で、警部もすぐそこに存在する。看護婦たちが彼を追い払ってくれるかもしれないという期待も、すぐに捨てた。警部は常にそこにいる。時々目をあけると電灯が灯っていて、夜だとわかる。また目をあけたときに消えていれば、たぶん別の日なのだろう。時間を計る術《すべ》が、何もなかった。

ベッドを囲んで人々が話し合っている。みんな、ひそひそ声だ。本当に感じが悪い。わたしには聞き取れないようなことを、彼らは尋ねてきた。何を知りたいのかと考えを巡らせる。「近親者はいません」そんなことを答えてみる。病院では、誰の心も暗く沈んでしまう。

あまり目をあけたくなかった。自分が死んだときに、警部が自分の近親者だと思われるのが嫌だった。人生が終わろうとしているときに、ベッドの脇に座っているのが警察官一人だなんて、あまり褒められたものではない。警部を追い出したかった。でも、言葉がうまく出てこない。それで、声を出そうとするのもやめてしまった。おとなしく横たわり、どんな近親者がいれば満足だろうかと考える。

こんな状況なら、最高裁判所判事の父と、ニューヨークで、ちょっと怪しげだけど羽振りのいい商売をしている美術商の伯父でもいれば上出来だ。そんな後ろ盾があれば、どんな場所でも安心して死ねる。

再び目が覚めたとき、判事のほうは、ストラトフォードのロイヤル・シェイクスピア・カンパニーが猥褻な言葉を使用した裁判の審理をしている最中だった。美術商は、アムステルダムの地下石炭貯蔵庫で十二枚のレンブラントを発見したところ。だから、二人ともわたしのベッドサイドにはいてくれなかった。でも、警部のほうは、まだそこにいた。

今回は彼の声が聞こえてきた。証言を取るとか、そんなことを言っている。警部がそれを何と呼ぼうが、わたしを質問攻めにするつもりなのに変わりはなかった。

「サラを殺したのが彼なのはわかっていました。だから彼は、わたしを撃ったんです」こんな状態が続いたあとで、自分の声を再び聞けるのは嬉しかった。でも、いつまでも聞き続けていたいわけではない。警部が知りたがっていることを話してしまいたかった。そうすれば、彼も姿を消してくれるだろう。

でも、すんなりと帰ってくれるような相手ではなかった。ひょっとしたら、わたし以上に病院生活を楽しんでいるのかもしれない。警部は、拳銃がわたしのフラットに戻ってきた経緯を知りたがった。ダイヤモンドのブレスレットがどこから現れたのか。サラがベッドの中で撃たれたわけではないことを、どうしてわたしが知っていたのか。最初の二つの質問には答えられない。三つめの質問に答えようとする。そこで、下着類とグリーンのナイトガウンの問題に突き当たってしまった。どうしてわたしが、グリーンのナイトガウンのことなど知っているわけがあるだろう？　ドナルドのことを持ち出すには、もう遅過ぎる。嘘をつく気力など残っていないし、そもそもそんな性癖もない。高熱と、弱く不確かな脈拍を盾に逃れようとする。そうすれば、病院側も数日間は面会謝絶にしてくれるだろう。でも、状態が少しでも良くなれば、警部は必ず戻ってくる。

「これは非公式な面会なんですよ、グラハムさん」

「面会なんて、まだ許されていません」

「あなたなら、お知りになりたいだろうと思ったんですけどね。我々はホプキンス氏を、あなたに対する殺人未遂の罪で逮捕しました。でも、彼は、別の罪も認めたんです」

「かわいそうなローレンス」

警部は、好奇心に満ちた視線を向けてきたが、わたしは説明しなかった。サラは常に、ローレンスのことで悲しんできたのだ。彼女に敵意などなかった。ローレンスが自分のためにこれ以上苦しむことを、サラは望んだりしないだろう。

「ホプキンス氏と一緒に暮らしていた女性が、やっといくらか話してくれましてね。彼は、ナイトガウンと下着類を丸めて持ち帰ったそうなんです。彼女はホプキンス氏のために、それを川に投げ捨てた。それで、一件落着のように思われた。どうして、こんな矛盾だらけの嘘ばかりついてきたんですか？」

「説明なんてできません。尋問みたいですもの。とても、一般の人との会話だなんて思えません。あまりにも一方的な会話だわ」

「あなたは誰かを庇《かば》っている。それがローレンス・ホプキンスではないことは、我々にもわかっています。誰を庇っているんですか？」

「大金持ちのメキシコ人石油業者、ミゲル・オリノコよ。彼のことなら、誰かがあなたにも話しているんじゃありません？」

「噂なら聞きましたけどね」とても職業的とは思えない顔で、警部はわたしに微笑みかけた。彼のどこかにも、人間的なものが埋まっているのだろう。「ドナルド・スペンサーという男ですが。彼は一度も姿を現しませんでしたね」

「彼が今、必要なんですか？」

「この事件はもう終わりです。昨日の朝、ローレンス・ホプキンスが脳出血を起こしたんです。即死状態でした」

その知らせに、少しだけ興奮が鎮まる。誰の死も、少しくらいは顧みられて然るべきだ。こんなことになっても、彼に思いを寄せることはできなかった。ローレンスの死を悼む者は、誰もいない。わたしの心はドナルドに飛んでいた。警察は彼を必要としていない。警察が彼を追うことは、もう二度とない。特別な感情抜きで、そのことにはほっとしていた。

警部はまだ質問を続けていた。

「サラはあのダイヤモンドを自分の貯金で買ったんです」そう説明する。「遺言状なんてなかったはずです。わたしの言葉を信じてもらわなきゃなりませんね。彼女はそれを売って、然るべき保険会社にその収益を寄付しようとしていたんです」

警部は腰を上げた。「もうこれ以上、殺人事件なんかには巻き込まれないでくださいよ、グラハムさん。厄介事にかけては、あなたほど下手な嘘つきはいないんですから」

それが彼の、退場の台詞だった。悪い男ではない。警官でなければ、好きになっていたかもしれない。

警部が立ち去ったあと、わたしの病状はまた悪化した。最高裁判所の判事のところにも、怪しげな美術商のところにも戻れない。ずっと、サラや、ローレンスや、ドナルドのことを考えていた。面会謝絶状態だったが、気にならなかった。会いたい人間など一人もいない。ベッドに横たわり、ジャガーの事故で入院していたときのことを思い出す。あのときは、サラが来てくれた。マイクは、スキャンダルに巻き込まれたことで怒り狂い、わたしたちはその後、何カ月も口をきかなかった。

最後にはわたしも退院した。どんな状態であれ、人はいずれ病院を出ることになる。ストーニーが、時速五〇マイルのスピードでジャガーを飛ばし、わたしを家に送り届けてくれた。命を助けてくれたストーニーには、心から感謝していた。たとえ、さほどの人生が残されているようには思えなくても。

いろんな人が訪ねてきた。会うことに我慢できたのはストーニーだけだった。彼は、ジャガーとともにカナダに帰ることになっていた。それでも、出国する前に、わたしを深夜の長距離ドライブに連れ出してくれた。ほんの少し、生気を取り戻せたような気がする。でも、わたし自身は、肩を痛めていたせいで運転することはできなかった。

一週間ほど家でぶらぶらしていたけれど、家賃は払わなければならない。長々と遊んでいる余裕はなかった。ダイアゴナルが、スペインでできる仕事を見つけてくれた。仕事をするには、その会社の景気同様、いい会社だ。わたし自身も、英国から抜け出したい気分になっていた。サラを知っていた人たちから遠く離れて。

でも、間に合わなかった。ドナルドが戻ってきたのだ。予想どおり、すべてが片づいて、何の危険もなくなった頃に。感動的なシーンもあり得たかもしれない。でも、わたしはあえてそれを拒否した。

感動的なシーンなど、もううんざりだ。

「わたしたちは終わったのよ、ドナルド。もう、おしまい。事件は解決、わたしたちの関係も終了」

「空港できみを見捨てたのは間違いだったよ。あんなことはすべきじゃなかった。でも、ナンシー、ぼくは無実だったんだ。警察は信じてくれないと思っていた。何もしていないのに、ぼくが警察に出頭するなんて、きみだって望んでいなかっただろう？」

「わたしは、誰にも何も、期待したりしないわ、ドナルド。わたしたちは、この世界で一人きりなの。自分自身を探し出さなければならないのよ」

「ナンシー、ぼくを愛しているって言ってくれたじゃないか」

「人を愛するのは簡単なことね。難しいのは、それを持続させることよ」

「きみがぼくを捨てるだろうっていうことは、いつもわかっていたよ」

「それなら、その考えが正しかったんだわ。さようなら、ドナルド」

彼は去《い》ってしまった。それでおしまい。いつだって、それでおしまいなのだ。振り子が揺れ、時計が時を刻む。でもそれは、決して過去と同じ繰り返しではない。

ストーニーが帰ってしまったのは残念だった。今のわたしに必要なのは、時速百マイルで車を走らせることだ。吹きつける風が、この心をきれいに洗い流してくれるまで。

スペイン行きの準備に集中しようとするが、気持ちがざわついて落ち着かない。スーツケースを床に広げ、何時間も眺めた末に、ぼんやりといらない服を詰め始めた。何度も繰り返してきた作業なのだから、もうとっくに要領を得ていてもいいはずなのに。言い訳の余地などまったくなかった。

ドアベルが鳴ったとき、時間の見当がつかなかった。ひどく遅くなっているはずだ。ベルに応える気力も残っていない。

何とかドアをあける。マイクが立っていた。もちろん、彼には訪ねてくる理由がある。退院以来、恐れてきた瞬間でもあった。親しげなふりをする理由など、こちらにはかけらもない。

「こんばんは、マイク。何の用？」

「『こんばんは、ナンシー』って言うつもりだったんだよ。でも、こんなドア口じゃ言えないな」

「中に入ってもらうには時間が遅過ぎるわ」

「もっと早くには無理だったんだ。今夜は六回もカーテンコールがあってね。今度の芝居はどう思う？」

「見てないわ」

「ナンシー、病院を出て一週間も経っているんだよ。時間なら、たっぷりあったじゃないか。批評は読んだ？」

「マイク、わたしは疲れているのよ。もう、寝るところだったの」

「きみが十一時に寝るとは知らなかったな。疲れているなら、座ったほうがいいんじゃない？」

マイクはわたしの脇を通り抜け、居間に入っていった。

「ずいぶん散らかっているんだな」批判めいた口ぶりだ。

「荷造りをしていたのよ。出かけるものだから」

「羨ましいな、ナンシー。きみは、いつでも動き回っている。来る日も来る日も劇場に縛られているんじゃなくて」

「わたし、忙しいのよ、マイク。あなたと話なんかしたくないわ」

「でも、ぼくはきみに会いたかったんだ」彼は一歩下がり、眉をひそめてわたしを見ている。まるで、わたしが彼の芝居の脇役か何かみたいに。

「ちょっとやつれたんじゃないか。病院は、きみの状態を改善してくれなかったんだな」

「それは、どうも。さあ、もう帰ってちょうだい」

「いいや。座るんだ、ナンシー。きみがいなくなってからというもの、ぼくはとことん、ひどい目に遭ってきたんだから。初日の夜、観客が座席を引っこ抜いて、ぼくらに投げつけてこなかったのは、単に、肉体的な力と距離の問題に過ぎないね。ストール（劇場一階正面の舞台に近い特別席）でも同じことさ。まったく、何ていう女優を選んでくれたんだか！　まるで、老いぼれ大工が最後の釘を力任せに叩き込んでいるような声だったんだから。一週間ももたないだろうと思ったよ。ところがどっこい、とんでもないどんでん返しが起こってくれた。キットが喉頭炎になっちまったのさ。一生、治らないでくれと願ったよ。観客が劇場を取り潰してオフィスビルを建てるには、あの女の台詞三つで十分なんだから。それで、ぼくらは、胡散臭い手術から回復したリズを引き戻した。輝くばかりの姿だったね。あれこそ、彼女のあるべき姿なんだ。どんな表情を作る必要もない。この特殊な仕事で必要とされるのは、それだけなのさ。こうなれば一年公演でも大丈夫、少なく見積もっても」

「わたしも嬉しいわ」

「嬉しそうには見えないね」

「お休みなさい、マイク」

「ナンシー！」

「何なの？」

「病室に入れてもらえなかったんだ。面会謝絶だからって」

「そのとおりよ」

「ずっとそうだったわけではないだろう?」

わたしは答えなかった。

「あの辛気臭い病院が、禁止事項についてわめき立てるのも、最初のうちはまあ良かったさ。でも、そのうち、〝マイケル・フェンビイは立ち入り禁止〟っていう印象を受けたんだけどな」

「あなたには会いたくなかったのよ」

「入院患者っていうのは、少しばかり神経過敏になるからな。ぼくに会いたくなかったのは、どうしてなんだい?」

「どうしても知りたいなら教えてあげるわ。わたしがサラを殺したと言ったとき、あなたがそれを信じたからよ」

「そんなこと、一瞬たりとも信じなかったよ。でも、きみはぼくを怒らせたからね。ドナルドは、自分が逃げ出すために、きみを警察に売り渡した。それなのにきみときたら、まだ、そんなやつの罪を被ろうとしていたんだから。きみはぼくを激怒させたんだ。そんな考えを振り払ってやりたかったのさ。ところがきみは、ぼくに銃口を向けようとした。きみの欠点は、ナンシー、激情的なところだよ」

「わたしの欠点探しなんて始めないでよ」

「ドナルドと結婚するつもりなのかい?」

「まさか!」

「彼が、きみのことを退けたんだろうか?」

「そんなこと、あなたに話したくないわ」

「ほかにも誰か、きみに結婚を申し込んだ男がいるの?」

「そんなことも話したくない」

「ストーニーと結婚するのかい?」

「帰ってよ、マイク」

「ストーニーについてはもう、悪口なんて言えないな。彼と結婚したほうがいいと思うよ」

「そうなの?」

「彼は、すごくまともな男だ」

「ええ」

「今回の件とは関わりのない唯一の男だし」

「そうね」

「まだ英国にいるのかい?」

「昨日、カナダに帰ったわ」

「きみならきっと、カナダでの生活が気に入ると思う。あいつ、きみに結婚を申し込んだんだろう?」

「あなたには関係のないことだわ」

「そうしたと思うんだがな。まあ、それはいい。きみになんか二度と会うものかと心に誓いながら、通りを行ったり来たりしているあいだに、やつはきみの命を救ったんだよな。あの狂人がきみを撃った銃を残して、ぼくはきみの部屋を飛び出した。たとえ……ナンシー！」

「何？」

「その銃できみが自殺するんじゃないかと思って、地獄のような夜を過ごしたとしてもだ。きみの元に戻るべきだったのに、そうしなかった。だから、きみはストーニーと結婚したほうがいい」

「自分の結婚くらい、自分で考えたいわ」

「もう、考えているのかい？」

「あなたには関係ないでしょう？」

「いいや、あるんだ。もし、きみが、ほかの男との結婚を考えているなら、問題はない。でも、ストーニーに関しては、きみに選択権を与えた存在だと思っているんでね」

「それはすてきな解釈ね。ストーニーと結婚なんかしないわ。わたしは、仕事で旅に出るのよ。知っている人みんなからも離れたいの。誰とも、二度と会いたくないわ」

「ぼく以外には」

「あなたのほうこそ、わたしには会いたくないでしょう、マイク？　スキャンダルが嫌いなんだから。わたしは、世界中と言っていいほどの新聞の第一面を飾る事件に巻き込まれた人間なのよ。わたしこそ、あなたが振り捨てたいタイプの人間よね」

「窓から投げ落としてやりたいくらいだね」マイクは、そう言った。また、腹を立て始めたようだ。

「きみからは、ありとあらゆる類《たぐい》の侮辱を受けてきたけど、もう、うんざりだ。サラとの離婚が成立するのを三年も待ってきたんだぞ。きみと結婚するために。そんなこと、わかっているじゃないか」

「全然知らなかったわ。だって、あなたときたらいつも、アディとかリズとかジュディとか、そんな女たちといちゃついていたじゃない」

「美女たちで時間を埋めていただけなんだから、きみが怒る必要はないよ。たまたま気づいたんだけど、きみだって、胡散臭いブルガリア人詩人とか、やぼったいイタリア人伯爵とか、自動車狂いの男とかで、時間を埋めてきたじゃないか」

「さっきまでは、ストーニーとの結婚をあんなに薦めていたくせに」

「でも、やつとは結婚しないんだろう？　それなら、その話はもう終わりで、ぼくと結婚するしかないじゃないか」

「冗談じゃないわよ」

マイクは部屋の反対側に立っていたが、怒りに駆られてこちらに近づいてくると、わたしの肩をつかんだ。

「ナンシー、ぼくの顔を見ろよ」

「嫌よ」

「でも、そうすることになるんだ」

彼は、わたしを椅子に押しつけた。

「ほら、目をあけて」

「できないわ」

「いいや、できるさ。泣きまねなんてやめろよ」

「そんなこと、していない」わたしは目をあけた。わたしが彼を見ているかどうかは、マイクにはどうでもいいことだった。彼はただ、わたしの目を見ていたいだけだ。

「きみはぼくのことを怖がっているんだね、ナンシー。それが問題なんじゃないか？」

「今だってこうして、わたしの肩を痛めつけているでしょう？」

彼はすぐに手を放した。「きみがぼくのことを、意地悪な人でなしだと思っているのは知っているよ。少なくとも、ぼくの最低の部分を知っているわけだし。当然、そう思うよな。でも、いつだってきみが、そういう部分を引っ張り出してくるんだ」

「これはまた、期待に満ちたスタートだこと」

「真面目に話しているんだよ。きみはぼくのことを知っている。ぼくもきみのことを知っている。もし、ぼくが未開人と結婚するなら、きみだって、人でなしと結婚してもいいんじゃないか？」

「まさか」

「約束するよ。決してきみを傷つけたりしない」

「あなたが守れるような約束じゃないわね。自分を変えることなんて、簡単にできることじゃないもの」

「それなら、きみを傷つけないようにするって、約束する。時々、ひどい態度を取ってきたことはわかっているんだ。でも、それは、いつだってきみがほかの男のもののように見えたからさ。ぼくのものになってくれれば、二度ときみを傷つけるようなことはしない。逃げ出そうとでもしない限りは」

「あなたの奴隷にでもなるような言い方ね」

「そのとおりさ。きみには、そんなふうでいてもらいたいんだ。独占的権利だよ。最初から、そう望んでいたんだ。自分の楽屋で、きみにあれこれ命じていた頃から。あの当時、きみと結婚するつもりだったんだよ。身を固める気分になるのを、ただ待っていただけさ。ところが、そこにサラが現れて、ぼくは――まあ、そんな具合さ。ぼくは、間違いを犯したんだ」

「間違いなんかじゃなかったわ、マイク。彼女、本当にきれいだったもの。サラとなら永遠に幸せになれたのに。運が悪かっただけなのよ、ピーターのことは」

「そう考えたいなら、考えればいい。ぼくは、サラと結婚すべきではなかった。彼女はピーターのものだったんだから。でも、それはもう終わったことだ。きみも、ドナルドを愛するべきじゃなかった。それも、同じように終わったことだ。ぼくたちは、互いの過去を責め合ったりはしない。ぼくと結婚してくれるだろう、ナンシー？」

マイクは答えを待っていた。わたしには何も言えなかった。ただ、サラのことを考えていた。これを最後に、心を込めて、サラのことを思っていた。マイクの言うとおりだ。彼女はもう過去の存在。彼女もドナルドのように、わたしたちの背後に積み上がり、わたしたちの背中を押してくれる過去の一部でしかない。

「その気がないなら、それでいい」マイクはまだ、答えを待っていた。返すべき言葉が見つからない。

「もう帰るよ」マイクは言った。横柄で冷たい声を絞り出して。

彼が玄関へと歩き出す。

「マイク」

「何だい？」

彼は振り向かない。ドアノブに手をかけたまま、背中をこちらに向けて立っている。いつもの、芝居じみた態度だ。何とか、その癖を直してもらわなければ。

「まだネクタイにアイロンをかけて欲しいなら、今、やってあげるわよ」

マイクが振り向く。こちらの気持ちのすべてを、彼がわたしの顔から読み取っているのかどうかは、わからない。でも、マイクの気持ちなら、その表情からすべてが伝わってきた。

彼がキスをしてくれたことはなかった。知り合ってから、ただの一度も。今、マイクはわたしにキスをしている。わたしにはわかっていた。二人がやっと、本来歩むべき正しい道に戻ってきたことを。

訳者あとがき

親友の射殺死体を発見したのは、自分の恋人だった。

本書は、英国のミステリ作家マーゴット・ベネット（一九一二―一九八〇）による『Someone from the Past』（一九五八年）の全訳です。スコットランドに生まれたベネットは、広告代理店勤務を経て、一九四五年に『Time to Change Hat』でデビュー。一九五五年、『The Man who Didn't Fly』（邦題『飛ばなかった男』）でイギリス推理作家協会（ＣＷＡ）の最優秀長編賞にノミネート。そして、一九五八年には、本作品『Someone from the Past』で同じくＣＷＡの最優秀長編賞を受賞しています。邦訳され日本に紹介されている作品としては、前述の『飛ばなかった男』（現代推理小説全集７、東京創元社、一九五七年）と『ブラウン夫婦に浴槽はない』（講談社文庫「世界ショートショート傑作選２」、一九七九年）の二作品があります。

さて、今回の物語は、主人公のナンシーが久しぶりに親友のサラと再会した場面から始まります。過去につき合いのあった男たちの一人から、殺害予告の脅迫レターを受け取っている。共通の知り合いである四人の男たちに会ってみてくれないか。ナンシーはサラから、そう頼まれます。しかし、その翌日、サラは何者かによって射殺され、その第一発見者となったのが、サラの元恋人、現在はナンシーの恋人であるドナルドだったのです。

ドナルドに嫌疑がかからないよう、警察に嘘をつき続けるナンシー。現在の出来事の進行を縦糸とするなら、サラとの友情の思い出や二人が関わってきた様々な男たちとのエピソードが、横糸のように物語に編み込まれていきます。

ピーターと出会ったとき、サラはまだ十代でした。世の中には、良い悪いは別にしても、切っても切れない宿命的な縁というものが確かに存在するのかもしれません。相手を幸せにする手段として、良い暮らしをさせるための金のことしか想像できないピーターは、たびたび犯罪を繰り返します。そんな相手とは金輪際手を切ろうとしても、ピーターが姿を現すたびに、サラはその時点でつき合っている男を捨てて、彼の元に舞い戻ってしまいます。

そのサラは、非常に上昇志向の強い女性として描かれています。貧しく惨めだった少女時代から脱却し、何とか上流社会へ潜り込もうとする強力な意思を持っていました。「いつか、こんな生活からは抜け出してみせる」そう思って、歯を食いしばるようにして生きてきたのでしょう。普通なら、がつがつとした嫌な印象を受けそうです。それが、そうならないのは、彼女が積み重ねてきた努力のためだと思われます。華やかな恋多き女性に見えるのですが、彼女くらい自分に厳しく、生活を律していくのは、そんなに簡単なことではないはずです。「料理くらいできるのが常識」と思ったら、分厚い料理本を買ってきて、載っているレシピを実際に一つずつ作って練習を重ねる。彼女の生真面目さが窺えるエピソードの一つです。そんなサラが、苦労して築き上げた生活を簡単に捨ててしまうのですから、ピーターとの繋がりは、やはり運命的なものだったのでしょう。

主人公のナンシーは作家志望とあって好奇心旺盛。頭の回転が速く、周りの人とは物の見方や感性がちょっと違います。独特なユーモアセンスの持ち主でクール。その特徴が、この作品を淡々としながらも、どこかユーモラスなものにしているようです。

ナンシーとサラは同じ職場に同時採用され、親友同士になりました。数年間、同じ部屋に住み、経済的な余裕も社会的なバックボーンもない状態から、互いに協力し合って上を目指してきました。殺人事件が起こり、その犯人を捜すミステリではありますが、この作品には二人の友情を描いた青春小説のような色合いも感じられます。衝突もしたけれど、ともに貧しい時代を潜り抜けてきた友人。一緒に残業をし、二人で笑い転げ、互いの恋愛問題を相談し合ってきた相手。その親友を失ったナンシーの衝撃と悲しみ、友人に対する愛情に、切なさがこみ上げてきます。

真犯人と対峙する緊迫のシーンでナンシーは重傷を負うことになります。その後、彼女が退院したあとのラストシーンはいかがでしたでしょうか？　訳者としては、「あれっ？　こういう結末？」と、少しばかり拍子抜け。「ストーニーのほうがいいと思うけどねえ」というのが正直な感想でした。でも、ここで思い出したのが、真犯人が脅迫状に利用したデイ・ルイスの詩です。ある一点までは、どの道も同じように見える。通り過ぎてしまうまでは、その道が誤りであることに気づかない。気づいたときにはもう、引き返すことはできず、その道を歩き続けるしかない。ナンシーの決断も、彼女が選び取った道の一つということなのでしょう。その判断が正しかったのかどうかは、あとにならなければわからない。わたしたちの毎日は選択の連続です。今、自分がいる状況は、自分が選び取ってきたことの結果。たとえ、その結果が不本意だったとしても、選び取った責任は果たしていかなければならない。作者からのそんなメッセージが、この物語の底流として存在しているのだと思います。
なお、本文第二章の中でローレンスが朗読する『失楽園』の一節は、岩波文庫、平井正穂訳から引用させていただきました。

論創社からは、これまでも読み応えのある、すばらしい作品を何冊も紹介していただきました。その中でも、今回の『過去からの声』は、一番のお気に入りになりました。すてきな作品に引き合わせてくださった論創社に、心からのお礼を申し上げます。お読みいただいた読者のみなさまも、楽しんでいただけたなら幸いです。

板垣　節子

英国推理作家協会《CWA》賞を受賞したマーゴット・ベネット後期の傑作

横井　司（ミステリ評論家）

マーゴット・ベネット（旧姓ミッチェル。ミラーという説もあり）は一九一二年一月一日、スコットランドのレンジーに生まれた。スコットランドとオーストラリアで教育を受け、一九三〇年代にはロンドンとシドニーで広告会社のコピーライターを務めた。スペイン内乱（一九三六～三九）では看護スタッフとして従軍し、その際に出会ったジャーナリストと一九三八年に結婚。一九四三年から五〇年にかけて『リリパット・マガジン』の常連寄稿者だった。一九四五年に、私立探偵ジョン・デイヴィスが活躍する長編 *Time to Change Hats* を上梓して、ミステリ作家としてデビュー。同作品はグレアム・グリーン、ジュリアン・シモンズから絶賛されるという幸先の良いスタートを切った。翌年にはデイヴィスが再登場する *Away Went the Little Fish* を発表したが、シリーズ探偵を起用するのは、以上の二編に留まった。一九六八年までに、ミステリや普通小説、ＳＦなどのジャンルで十作ほどの長編を発表。五〇年代半ばからはテレビや映画の脚本家としても活躍している。一九八〇年一二月六日、ロンドンで亡くなった。享年六十八歳。

日本には、英国推理作家協会賞の候補となった『飛ばなかった男』（一九五五）が、東京創元社の「現代推理小説全集」の一冊として一九五七年に紹介された他、短編「ブラウン夫婦に浴槽はない」

が各務三郎編の『世界ショート・ショート傑作選』第二巻（講談社文庫、一九七九）に収録されたのみである。英国推理作家協会賞を受賞した本書『過去からの声』（一九五八）は、『飛ばなかった男』で初紹介されて以来、実に六十年ぶりの邦訳紹介となる。

『飛ばなかった男』は、今日に至るまでベネットの最高傑作として評価が高い。イギリスからアイルランドのダブリンに飛び立ったチャーター機が墜落し、乗客全員が死亡する。ところが予約した四人の乗客のうち、一人が乗らなかったことが判明する。乗らなかったのは誰なのか、また、なぜ名乗り出ないのか。この謎を解き明かすために、関係者に話を聞いて、四人の乗客が飛び立つ前の状況を再現していくというプロットである。乗客の四人は、零落して空いている部屋を貸している郊外の家族と何らかの形で関係があり、謎が提示された後は、当の家族を中心とする人間模様が主たる興味となっている。「現代推理小説全集」の解説「マーゴット・ベネットとイギリスの新しい推理小説作家たち」において植草甚一は「これはつまり、トライアル・アンド・エラー Trial and Error と呼ばれているパズル遊戯の方式を推理小説に当てはめたもの」であり「なんともいえない魅力がここにある」と述べている。また、ジュリアン・シモンズは『ブラッディ・マーダー』（一九七二）において「この謎とその解決は、望み得るかぎりもっとも見事なものであり、ベネット作品における登場人物の性格を重視する意識と、機知のひらめきを絶やすまいとする信条とが、申し分のないまでに発揮されている」と評している（宇野利泰訳）。シモンズが、作家・評論家の協力を得てセレクトした『サンデー・タイムズ』のベスト100（一九五八）にも『飛ばなかった男』が加わっている。H・R・F・キーティング他の「代表作採点簿」（一九八二）では「趣向は独創性の古典といってもいい」と評され

〈名和立行訳〉、近年では森英俊が『世界ミステリ作家事典［本格派篇］』（国書刊行会、一九九八）において「パトリシア・マガー風の〈被害者探し〉に新しいヴァリエーションを生み出した、じつに独創的なプロットの作品」と評価している。

昔も今も、これほどの評価を受けている『飛ばなかった男』だが、一九五五年度の第一回英国推理作家協会賞最優秀長編賞の候補作となりながら、受賞は逸している。ちなみに、当時は現在のように、金賞《ゴールド・ダガー》と銀賞《シルヴァー・ダガー》というふうに分けられていなかったことを付け加えておく。最優秀賞をゴールド・ダガーというようになったのは一九六〇年（第六回）からで、シルヴァー・ダガーが初めて設けられたのは一九六六年、毎年のように発表されるようになったのは六九年からだった。

続いて発表されたのが『過去からの声』（一九五八）で、本書によって第四回英国推理作家協会賞最優秀長編賞を受賞する。最終候補作の中には、論創海外ミステリ既刊のマージェリー・アリンガム『殺人者の街角』もあがっていた。

当時『ガーディアン』紙で書評を担当していたフランシス・アイルズことアントニイ・バークリーは、本作品について「最新の『はなれわざ』」といいつつも「本作において我らが女史が、抜け目のない明白さを読者の前に並べ立てるだけの作品では満足できなくなり始めている兆候を読み取ることができるだろう」と評している（三門優祐訳）。「抜け目のない明白さ」を「並べ立てるだけの作品」というのは、『飛ばなかった男』のことをさすのか、いわゆる本格ミステリから離れていると一般論としていいたいのか、はっきりしないが、本書がチェスゲームのように整然としたプロットさばきを見せているわけではないことは確かだ。

フリーライターのナンシー・グラハムは、四人目の相手との結婚を決めた女ともだちのサラ・サンプソンから、過去に付き合った何者かから脅迫状が届いたという相談を受ける。誰が送ったのか突き止めて欲しいと頼まれたその夜に、かつてのサラの恋人で、現在は自分の恋人であるドナルド・スペンサーが、サラが殺されている現場に居合わせてしまったといってアパートに転がりこんできた。ドナルドの話を聞いてサラのアパートに向かったナンシーは、ドナルドがいた痕跡を始末しようとしたことからトラブルに巻き込まれていくことになる、というのが『過去からの声』のストーリーである。

こうしたストーリー自体は今日では珍しいものではなく、『飛ばなかった男』の独創性に比べると一歩後退した印象は拭えない。ただ、本書の読みどころは、整然としたストーリー運びよりも、その場その場で嘘をつきながら行き当たりばったりで対処していくために、どんどん深みにはまっていき、にっちもさっちもいかなくなるという悪夢のような展開にある。近い時期に発表された作品でいえば、ライオネル・デヴィッドスンの『モルダウの黒い流れ』（一九六〇）で描かれている、チェコのプラハでスパイに間違えられた主人公があたふたするようなものだ。

今「悪夢のような展開」と書いたけれども、『モルダウの黒い流れ』がそうであったように（というか、それを紹介した植草甚一の印象がそうであったように）、おそらく原文で読めばオフ・ビートなドタバタ騒ぎのように感じられるかもしれないのだ。そういうオフ・ビートな感じというのは、権力に対して反抗心を持ち、警察に対してあとさきも考えずに嘘をついて誤魔化そうとするが、その嘘の底が浅くてすぐに見破られてしまい、見破られた途端になす術もなくなってしまう女性主人公ナンシーのありように、よく見出せる。特に、被害者の元夫で共通の友人でもある俳優のマイケル・フェンビイがサラを問い詰めるやりとりは、翻訳で読むとマイケルが実にイヤな奴という印象を受けるのだが、ナンシーが隠そう隠そうと思っていながらポロッと漏らしてしまうあたりの呼吸が絶妙で、テンポの良い会話のやりとりから演劇的な印象を受けないでもなく、おそらく舞台かテレビでやっているのを見たら苦笑に始まり、やがては爆笑してしまうのではないか、と思わせせなくもない感じがするのである。主人公が真面目にやればやるほどかえってぼろを出してにっちもさっちもいかなくなるというあたりが、植草甚一が『モルダウの黒い流れ』に感じとったオフ・ビートなスタイルに似ていると思うのだが、こういう感覚というのは実に説明が難しい。

先にふれたバークリーの書評で「本作はミス・ベネットが描く一連の『さほど尊敬されないだろう男性の人生』についての痛烈な、しかも大量のスケッチから成る。しかし、本当は語り手であるナンシー自身もまた愚かな少女であるところにポイントがある」といっているのは、右に述べてきたようなオフ・ビートなセンスを指摘したものではないかと思うのだけれど、どうだろう。

ちなみにバークリーは「『さほど尊敬されないだろう男性の人生』についての痛切な、しかも大量のスケッチ」が、ベネットが描いてきたものだというようなことを書いているが、このようにいわれて思い出されるのが、『飛ばなかった男』だ。そこでも、金儲けの才能が欠けているにもかかわらず株に手を出して危うく財産をなくしてしまいそうになる（それでいて父親風を吹かせて諫言に耳を貸さない）ヒロインの父親だとか、詩を書くことを生業《なりわい》としながら（というかしているために）生活落伍者として伯父やヒロインにたかってばかりいる詩人の青年だとかいった、情けない男たちが登場していたことに気づかされるのである。

こうした情けない男というのは、イギリス・ミステリの定番的キャラクターといってもよく、犯罪と謎に満ちた歴史スリラーの分野で有名なロバート・ゴダードの初期作品には、よくこうしたアンチ・ヒーロー型のキャラクターが謎解き役を務めていたことを記憶している。

アントニイ・バークリー自体、フランシス・アイルズ名義で書いた『殺意』（一九三〇）などのいわゆる倒叙ミステリで、こうしたキャラクターを重宝してきたことを思えば、マーゴット・ベネットの作風に敏感に反応し、評価するのも頷けなくはないのである。かてて加えて、『過去からの声』では、そうした男たちを女性が馬鹿にして見ているという、すかしたプロットではなく、ヒロイン自体も情けないのだから、ミソジニーな傾向を持つともいわれるバークリーとしては、どれほど愉快な小説であったことか。

一見したところ、ダメンズに翻弄されるヒロインを描いたシビアなロマンスのように思えるかもしれないが、実をいえばアナーキーな破壊力に満ちたコメディであるということは、いくら強調しても強調し足りないくらいだ。でなければ、シリアスなアリンガムの『殺人者の街角』を押さえて、英国推理作家協会賞の最優秀賞を受賞するはずがないのである。

同じ頃、海を隔てたアメリカでは、マーガレット・ミラーが『殺す風』（一九五七）という傑作をものしている。アメリカ・ミステリだけあってシリアスでドメスティックな方向に流れていく傾向があるのだが、ミラーや、分かりやすいユーモアで彩られた『毒薬の小壜』（一九五六）を書いたシャーロット・アームストロングなど、そうしたアメリカ作家の作品を補助線として引けば、マーゴット・ベネットのスタンスや、当時のミステリのトレンドがより明確になるのではないだろうか。『過去からの声』と同じく一九五八年に発表された、イギリス作家シリア・フレムリンの、シリアスでドメスティックな『夜明け前の時』が、アメリカ探偵作家クラブ賞を受賞しているあたりに、英米の違いが垣間見られて興味深いのだが、それはまた別の話。

ベネットは、*Twentieth Century Crime & Mystery Writers* の第一版（一九八〇）に、次のようなコメントを寄せている。

私が最初の本 *Time to Change Hats* を書いたとき、必須《オブリガート》な要素である殺人とコメディを結合させるという目新しいことを試みた。これは私に良いスタートを切らせた――だがその本はあまりに長かった。*The Widow of Bath* は完全にもっともらしく目新しいプロットを持っているが、コメディの要素が乏しくひねり《ツイスト》が多過ぎる。最も優れているのは最後の二冊であった。『飛ばなかった男』は並外れたプロットを持ち自分でも納得できる人間の組み合わせを描いている。同じやり方で、『過去からの声』は自分がどこかで会ったことがあるかも知れない五人のキャラクターを描いた。私の登場人物たちの中で最もよく書けているのは、まさに女としかいいようのないナンシーだ。彼女は親切でいて容赦がなく、高潔でいて意地が悪い。毒舌家で簡単に嘘をつくが、勇敢《ブレイヴ》だったし本もの《リアル》だった。これまで書いた本を通してやり遂げた最も素晴しいことは、登場人物をリアルに造形することである。

日本では、先に引いた『飛ばなかった男』評でも分かる通り、プロットの目新しさばかり喧伝されている嫌いがあるが、キャラクター造形によりいっそうの関心を持った作家なのである。その意味では本書『過去からの声』によって、六十年目にして初めてその真価を知らしめすのだといっても過言ではない。

もっとも、だからといってミステリとしてのプロットが甘いわけではない。探偵役が登場しないため論理的な推論の面白さは『飛ばなかった男』に一歩譲るとはいえ、ナンシーの回想の中に手がかりが隠されているあたりの巧妙さや、植草甚一のいわゆるトライアル・アンド・エラー方式の推理が可能な点は、『飛ばなかった男』にも通ずるものがある。一読すると、誰が犯人でもおかしくない、というタイプの作品のように感じられるかもしれないが、帰納的な推理のための手がかりはすべて提示されているのだ。そうした要素を前面に出さないあたり（それもまたオフ・ビートといえそうだが）いかにもイギリス・ミステリらしい。

また、ベネットの作品は、豊かな芸術趣味をともなっているのも特徴である。『飛ばなかった男』では、関係者の一人に詩人がいたり、ビゼーのオペラが重要な役割を果たしたりしていたが、『過去からの声』ではセシル・デイ・ルイスの詩が重要な役割を果たす。セシル・デイ・ルイスは桂冠詩人で、日本ではミステリ作家ニコラス・ブレイクとして、あるいは俳優ダニエル・デイ・ルイスの父親として、よく知られているものの、その創作詩については、ほとんど知られていない。詩の方は読まれておらず、かえって『詩をよむ若き人々のために』（一九四四）という詩論の方が読まれているという日本において、デイ・ルイスの詩が重要な役割を果たすプロットは、衒学趣味の臭みを感じさせるかもしれないが、イギリス本国では衒学趣味とも不自然とも思われていなかったことが想像される。そういう知的背景を持つ読者のために、程度を落とさず書いているともいえるわけで、そうした特徴を指して、かつて日本では「ハイ・ブラウ」という評言が使われたものだった。そういう「ハイ・ブラウ」さとオフ・ビートな調子がないまぜとなって、独特の化学反応を起こすのが、イギリス・ミステリの味わいでもあったわけである。

本作品が呼び水となってさらに、マーゴット・ベネットのハイ・ブラウでオフ・ビートな快作が紹介されることを期待したい。

●参考文献

植草甚一『雨降りだからミステリーでも勉強しよう』晶文社、一九七二／ちくま文庫、二〇一五
三門優祐『アントニイ・バークリー書評集』Vol.3、アントニイ・バークリー書評集製作委員会、二〇一五
丸谷才一編『探偵たちよ　スパイたちよ』集英社、一九八一／文春文庫、一九九一
森英俊編著『世界ミステリ作家事典［本格派篇］』国書刊行会、一九九八

＊

H・R・F・キーティング、ドロシー・B・ヒューズ、メルヴィル・バーンズ、レジナルド・ヒル「代表作採点簿／連載1」名和立行訳『EQ』一九八四・一
ジュリアン・シモンズ『ブラッディ・マーダー——探偵小説から犯罪小説への歴史』宇野利泰訳、新潮社、二〇〇三

＊

John M. Reilly ed. *Twentieth-Century Crime and Mystery Writers*. New York, St. Martin's Press, 1980.
Roger M. Sobin ed. *The Essential Mystery Lists: For Readers, Collectors, and Librarians.*

Scottsdale, Poisoned Pen Press, 2007.

＊

英語版ウィキペディア　https://en.wikipedia.org/wiki/Margot_Bennett_(writer)

〔著者〕
マーゴット・ベネット
1912年、スコットランド、レンジー生まれ。広告のコピーライターとして務め、1945年「Time to Change Hat」で小説家としてデビュー。「飛ばなかった男」(55) でCWA最優秀長編賞ノミネート。翌年、本作「過去からの声」(58) でCWA最優秀長編賞を受賞。80年死去。

〔訳者〕
板垣節子（いたがき・せつこ）
北海道札幌市生まれ。インターカレッジ札幌にて翻訳を学ぶ。訳書に『J・G・リーダー氏の心』、『ラスキン・テラスの亡霊』（いずれも論創社）、『薄灰色に汚れた罪』（長崎出版）、『ラブレスキューは迅速に』（ぶんか社）など。

過去《かこ》からの声《こえ》
——論創海外ミステリ 198

2017年11月20日　初版第1刷印刷
2017年11月30日　初版第1刷発行

著 者　マーゴット・ベネット
訳 者　板垣節子
装 画　佐久間真人
装 丁　宗利淳一
発行所　論 創 社
〒101-0051 東京都千代田区神田神保町2-23 北井ビル
電話 03-3264-5254 振替口座 00160-1-155266

印刷・製本　中央精版印刷
組版　フレックスアート

ISBN978-4-8460-1654-8